見えない求愛者

☆　☆　☆

アイリス・ジョハンセン／ロイ・ジョハンセン
瀬野莉子　訳

ハーレクイン®
MIRA文庫

＊　＊　＊

SIGHT UNSEEN

by Iris Johansen and Roy Johansen

Japanese translation rights arranged with JANE ROTROSEN AGENCY
through Japan UNI Agency, Inc.

Published by Harlequin Japan,
a Division of K.K. HarperCollins Japan, 2017

忘れえぬ、愛するセシリア・アイコ・オリヴェイラ・ジョハンセンに

見えない求愛者

★

主要登場人物

ケンドラ・マイケルズ……音楽療法士。
オリヴィア・ブラント……ケンドラの親友。
ディアナ・マイケルズ……ケンドラの母親。歴史学教授。
ディーン・ハリー……ディアナの同僚。歴史学教授。
ジェフ・ステッドラー……ケンドラの元恋人。故人。
アダム・リンチ……諜報機関のコンサルタント。
マイケル・グリフィン……ＦＢＩ主任捜査官。
ビル・サンティーニ……グリフィンの部下。
ローランド・メトカーフ……ＦＢＩ特別捜査官。
サフラン・リード……ＦＢＩ特別捜査官。
ビル・ディリンハム……似顔絵画家。
クリスチャン・ロス……監察医。
マイアット……連続殺人犯。

プロローグ

くそ、彼女に殺されちまう。

ゲーリー・デッカーはハンドルを切ってマーケット・ストリートに入り、アクセルを踏みこんだ。今晩だけは、コリーンの迎えに遅れたくなかった。コリーンはちょっとした集まりと称して〈ノブ〉での食事会を企画したが、ゲーリーにはよくわかっている。コリーンは友人たちに彼をもう一度見せびらかして、みなが思っているようなろくでなしではないことをわからせようとしているのだ。

あいつらにどう思われようと知ったことか。こっちが結婚しようとしているのはコリーンで、あの青くさい負け犬たちじゃない。

ゲーリーはにやりとした。そんな態度で、やつらを味方につけられるのか？

もちろんできる。会社の鼻持ちならない顧客相手に、くだらない見せ物をやってのけているのだ。婚約者の学生時代の友人たちを手懐《てなず》けられないわけがない。

セイバー・スプリングスにあるコリーンの家の前に車を停《と》め、電話をかけた。遅いという小言の電話がまだかかってきていないのが意外だった。

留守番電話が応答した。

ゲーリーはスペイン風の二階建ての家を見あげた。暗い。怒ってしまって、迎えを待たずに出かけたのだろうか。

エンジンを切り、玄関に向かった。ノックするが、答えはない。ゲーリーは鍵を取り出し、なかに入った。

居間のステレオから静かなクラシック音楽が流れてくる。

妙だ。コリーンらしくない。

ゲーリーはそっと呼びかけた。「ハニー？」

答えはない。

居間に入った。部屋は暗く、隅にあるランプがひとつだけついている。

メロディがひときわ低くなった。

ゲーリーははっとした。コリーンがソファに座っている。堅苦しい管理職のようにツイードのジャケットとスカートを着こみ、髪を後ろでまとめて、大きすぎる黒い眼鏡をかけている。

いつもとちがう。コリーンはラ・ホヤでいかしたアートギャラリーを経営していて、仕事中もそのあとも、たいていはカプリパンツと絞り染めのTシャツで過ごしている。

ゲーリーは微笑《ほほえ》んだ。「やあ、今夜は仮装パーティーだとは聞いてなかったぞ。それはなんだ、企業弁護士の扮装《ふんそう》か？」

答えはない。

くそ、かなり怒っている。

しかたない、下手《したて》に出てなだめよう。

ゲーリーは彼女に歩みよった。「怒らないでくれ。その眼鏡はいいと思うよ。今度ぼくのためにまたかけてくれないか？」隣に腰をおろし、そっと太腿をなでる。

冷たい。冷えきっている。

ゲーリーは身をこわばらせた。「ハニー？」

彼女の顔から眼鏡をとる。血走った目が大きく開いたまま、ゲーリーを見つめ返していた。

そのとき、首に残るあざに気づいた。

まさか。

とっさに立ちあがり、よろよろとあとずさる。

そんなばかな。

コリーンが。死んでいる。

信じられなかった。この……〝物体〞が少しも彼女らしくないぶん、余計に。

震える手で、携帯電話を探す。
何かが首のまわりにかかった。
くそ！
喉が締まる……もがけ……。
息ができない。
なんとか逃れなくては……。
襲撃者の熱い息が耳にかかる。
暗闇が忍びよってくる……。
ただの吐息ではない。暗闇にのみこまれながら、ゲーリーは悟った。
殺人者は笑っていた。

1

「会えてうれしいよ、ケンドラ。遅れてすまない。ぼくがディーン・ハリーだ」

ケンドラ・マイケルズは立ちあがり、〈ガスランプ・バー&レストラン〉に駆けこんできたハンサムな男性と握手をした。気持ちが沈んでいくのを感じた。ハリーの微笑《ほほえ》みは少しまぶしすぎる。おまけにハンサムすぎるし、身なりもよすぎる。飾らない上品さと、親しみやすい魅力を醸し出している。

お母さん、わたしを何に引きずりこんだのよ？

ハリーが眉を持ちあげた。「きみはケンドラだろう？」

「ええ」ケンドラは無理やり笑みを作った。「先週はキャンセルしてしまってごめんなさい。いろいろ忙しくて」

ハリーは肩をすくめた。「そういうこともあるさ。だが、いまこうして会えた。大事なのはそれだろう？」

彼は礼儀もきちんとしている。

ああ、どこかに欠点はないの？

これは母が初めてお膳立てしたブラインドデートだ。ケンドラ以外の女性なら、みな母の選球眼をほめるにちがいない。

とはいえ、夜はまだはじまったばかりだ。

ケンドラはオフィスから直接ここに来た。きょうは音楽療法のセッションを五つ、立て続けにこなした。クライアントにはいろいろな人がいて、八カ月の幼児から九十二歳のお年寄りまで年齢も幅広い。クライアントによって用いる技法もちがい、心の落ち着く音楽をただ聴くこともあれば、自閉症だったり自分のなかに引きこもっていたりするクライアントの反応を引き出すために、もっと複雑な訓練をすることもある。全員に手応えを感じられるわけではないものの、何人かはかなり効果が期待できそうだ。この魅力的で完璧すぎる男性が目の前にいても、ほんとうは早く家に帰って、セッションの記憶が薄れないうちに所見を書きあげてしまいたい。

でも、本音を悟られてはいけない。母と約束したのだから。ケンドラはにっこりとした。

「ええ、大事なのはそれよね」

ふたりはバーの一角に席をとり、飲み物を注文した。ディーンは指でテーブルをドラムのように叩《たた》いた。「きみのお母さんからいろいろ話を聞いていたんだが、すぐにほとんど忘れてしまったんだ」

正直だし、なかなか幸先《さいさき》のいい発言だ。「女性を喜ばせるのがお上手なのね」

「興味がないわけじゃないよ。大いにある。だが、きみは以前目が不自由だったと聞いて、そのことしか考えられなくなった」

やってくれるじゃないの、お母さん。「母がそんなことを話したの？」

「いい売りこみだったよ。興味津々になった」

「売りこんでもらう必要はないんだけれど。わたしは見たままの人間よ」

「もちろん売りこみなんて必要ないよ。言い方がまずかったな。きみもぼくと同じように、こういうお膳立ては好きではないようだね。お母さんはなんと言ってぼくに会うよう説得したんだ？」

「あなたに会わなければ、わたしの車のボンネットを鍵で引っかいて、悪口を書くと言われたわ」

ディーンはまたあの魅力的な笑みを浮かべた。「ほんとうにそんなことを言ったのかい？」

「ええ。今度わたしが海外の学会に行くことになっても、部屋の鉢植えの世話は引き受けないとも言っていた。だから、選択の余地はなかったのよ」

「今度はぼくが〝喜ばせられて〟いるようだな」

「母は冗談で言ったんだと思うわ、少なくとも車についてはね」

「次の学部内の食事会に向けて、いい話の種になりそうだ。ほかの教授たちに話してもいいかな?」

ケンドラは笑みを浮かべた。「ぜひ話してほしいわ。でもたぶん、誰も驚かないと思う。母はかなりの評判の持ち主だから」

ディーンはくすくすと笑った。「確かに」

ディーンと母のディアナ・マイケルズは、ふたりともラ・ホヤにあるカリフォルニア大学サンディエゴ校の歴史学教授だ。春に彼が着任するや、母はこのデートを画策しはじめた。けれども、彼に目をやりながら、意外なことにケンドラはこう思った。

なかなか……興味深い男性だ。母は彼に脈があると思っているのだろうか。

「それで、きみは生まれつき目が不自由だったんだね?」ディーンが尋ねた。

ケンドラは観察を続けながらワインを飲んだ。「ええ。二十歳になるまでずっと見えなかったの」

「信じられないな。そのあと二回手術を受けて、いまはすっかり視力を取り戻したんだね」

「すっかりかどうかはわからないけれど、じゅうぶんに見えているわ。コンタクトレンズをはずしたあなたよりも視力はいいんじゃないかしら」

ディーンは眉をあげた。「この照明でコンタクトレンズが見えるなら、問題はなさそうだな」

ケンドラは、バーの窓を頭で示した。「車のヘッドライトに助けられたのよ。いまのわたしがあるのは母のおかげ。不自由を感じたことはないわ。自分の持っている能力を活《い》かす方法を学んだから」

「幹細胞を使った治療で視力を取り戻したそうだね」

ケンドラはまたうなずいた。「イギリスで治療を受けたの。目の再生について膨大な研究を積み重ねた成果なのよ。人生で最高の出来事だったわ。少し怖くもあったけれど」

「ぼくには想像することしかできないよ」

きっと想像してみることすらできないだろう。そのことについては話したくなかった。

ケンドラはバーに設置された大型テレビを見あげた。ひどい交通事故の現場がニュース番組で生中継され、レポーターが犠牲者や、いくつものひしゃげた車体の様子を懸命に伝えている。

ディーンは振り返り、ケンドラの注意を引いたものを見た。「大きな玉突き事故だな」

ケンドラはうなずき、険しい目で画面を見つめた。ヘリコプターの映像が、作業灯に照らされた道路と、たくさんの警察車両や消防車を映し出す。現場は大きな白い橋のようだ。

ふいに、ケンドラは座ったまま背筋を伸ばした。

そして立ちあがり、テレビに近づいた。ディーンもすばやく隣に立った。

「カブリロ橋よ」ケンドラはヘリコプターの空撮映像をじっと見た。

「動物園に通じる橋か?」

ケンドラはうなずいた。「あの警官たちときたら。まるで事故みたいな対応をしてる」

ディーンが振り向いた。「いけないのか?」

「あれは事故じゃない」

ディーンは笑ったが、ケンドラが真剣なのに気づいてすぐに真顔になった。「なぜそう思うんだ?」

ケンドラはテレビを見つめたまま、苛立《いらだ》ちに頭を振った。「あれじゃ、現場が台なしよ。めちゃくちゃだわ」

「ぼくには何がなんだか――」

ケンドラは小さく毒づいた。「こんなところを見なければよかった」

「ぼくもそう思いはじめたところだよ」ディーンは淡々と言った。「バーテンダーに言って、チャンネルを変えてもらおうか」

「その必要はないわ」

「さあ、とにかく席に戻ろう。今度はぼくのことをいろいろ話すよ」ディーンはケンドラの腕をとろうとしたが、ケンドラはその場を動かなかった。

「あなたのことなら、もうかなりわかってるわ」ケンドラはテレビに気をとられたまま言った。「刑務所にいたことも」

ディーンは動きを止めた。「え？」

映像が別のカメラのものに切り替わり、ケンドラは画面に意識を集中させた。「若いときのことのようね」

ディーンは押し黙った。「……そのことは誰も知らないはずだ」

「あなたはフロリダで育って、そのあと北東部でしばらく過ごした。大学がそっちだったのかしら。アイビーリーグ出身なの？」

「グーグルでぼくのことを検索したのか？」

「あら、そんなことをするほど人生は長くないわ」ケンドラはそこでまた毒づいた。「あの駄目警官たちときたら、目の前にあるものすら見えてないんだから」

「少しぼくの話に戻ってくれ。きみのお母さんは服役のことを知っているのか？　このことが広まったら――」

「心配しなくていいわ。わたしも二分前まで知らなかったから。母があなたに何を見ているのか知りたくて観察していたら、ふと頭に浮かんだの」

「ほかには何が〝浮かんだ〟んだ？」

「あなたはバイクの愛好家ね。余暇とお金をつぎこんでる。乗るだけじゃなく、改造もする。愛車はハーレーのスポーツスター。きょうグリースの拭きとりをしたみたいね」

「驚いたな」

「正解ということね」

「ぼくをスパイしていたのか、それともきみは超能力者なのか?」

「どちらでもないわ」ケンドラは画面から目を離さずに言った。「ああもう。殺人課の刑事がひとりもいない。ただのひとりも。事故の捜査員ばかり」

ディーンは微笑んだ。「お母さんが言っていたよ、きみは観察眼が鋭いから動揺しないように、と。ようやくその意味がわかった。それから念のために言っておくと、大いに動揺させられたよ」

「ごめんなさいね。母にはいつも、急がずに会話で相手を知るようにしなさいと言われるの。いまはちょっと気をとられていたから」

「謝ることはないよ。気に入った。目の不自由な人はほかの感覚がすばらしく発達するというが、きみはその生き証人のようだね。だが、それだけではない気がする」

「わたしはちょっと極端なのよ。いえ、かなりかしら。いまは視覚の恩恵を受けているけれど、目が見えなかったときにほかの感覚で察知できるようになったものも無視できないのよ。どんなことも気に留めずにはいられないの」

「なるほどね。でも、なぜいろいろ言い当てられたのかを説明してもらいたい」

「いいわよ」ケンドラはテレビを指さした。「でも、その前にあそこに連れていって」

「事故の現場に？」

「事故じゃないわ。そう言ったでしょう」

「いますぐにか」

「ええ」

ディーンはしばらく黙っていた。「妙な趣味があるなんて言わないでくれよ、ああいうのを見て興奮するとか――」

「現場が荒らされて証拠がめちゃくちゃになる前に、誰かが話をしなくちゃならないのよ」ケンドラは振り返り、ディーンをまっすぐに見た。「ここには歩いてきたの。あなたが送ってくれないいなら、タクシーを呼ぶわ」

「じゃあ、デートはここまでということかな？」

「そうね、車を出してくれないなら」

ディーンはテレビに目を向けた。ヘリコプターが大勢の警官と緊急車両の上を旋回している。彼は首を振った。「こんな変わったデートは生まれて初めてだ」


車を走らせて十分ほどたったころ、ケンドラの携帯電話が鳴った。発信元の番号を見て、ケンドラは顔をしかめた。「母だわ。かかってくるかもしれないとは思ってたけど」

「そうなのか？　お母さんがきみの貞操を心配するほど時間はたっていないと思うが」

「母が心配してるのは貞操じゃないわ」ケンドラは電話に出た。「お母さん。いまディーン・ハリーといっしょなの。ちゃんと待ち合わせ場所に行ったし、まだ彼を怖がらせてもいないわ」ディーンのほうをうかがうと、彼はうなずいた。「ああ、変わり者だとは思ってるようだけど、まだいっしょにいてくれてる」

「肝の据わった人ね。彼ならだいじょうぶだと思ってたわ。教授としても優秀だし、すばらしい男性よ。認めなさい、あなたたちを引き合わせるなんて、わたしはいい仕事をしたでしょう？　あとはその縁を深めるだけね」

「そもそもどちらも望んでいなかった縁をね。どうしてこんなことをしたの、お母さん」

「答えはわかっているでしょう。ディーンは落ち着いていて、至極まっとうな人よ。お隣に住んでいるようなごく普通の人。あなたに必要なのはそういう人なのよ、ケンドラ。ディーンならあなたを警察やＦＢＩの連中から引き離しておいてくれるし、あなたを楽しませてくれる。頭がよくてゴージャスでユーモアのセンスもある。彼があなたに求めるのはセックスだけ。複雑なことは何も望まないわ」

ケンドラはくすくすと笑った。「さっきディーンに言ったのよ、お母さんはわたしの貞操なんて心配していないって」

「貞操なんて知るもんですか。わたしが心配しているのはあなたの人生。危ないことはしてほしくないのよ」

「わかってるわ」ケンドラはやさしく言った。「だからきょうのことも折れたのよ。お母さんのことは大好きだし、マザー・テレサみたいにふるまってわたしをわたし自身から救うチャンスをあげたかったの。これまでずっとそうしてくれていたし、いつも大いに助けてもらったわ。ねえ、そういう役割がなくなってさびしい？」

「少しね。長いあいだ、あなたはわたしの人生のすべてだったから」ディアナは咳払《せきばら》いをした。「でも、だからって今回の件がお節介ということにはならないわ。ねえ、ディーンのことは気に入った？」

「まだ会って間もないから――」ケンドラはディーンをちらりと見た。「そうね、彼のことは好きよ。最初はハンサムすぎると思ったけど、それは彼にはどうしようもないことだし。嘘《うそ》やごまかしは言わないし、正直な人なのかもしれないと感じるわ」

ディーンはフロントガラスの向こうを見たまま、にやりとした。「わかってるのかい、きみの話していることは全部ぼくにも聞こえているって」

「ディーンに何か迷惑をかけてるんじゃないでしょうね？」ディアナが言った。

「意図的にはかけていないわ」前方でライトが点滅しているのが目に入った。「ねえ、お母さん、もう行かないといけないの。いまディーンの車に乗っていて、これから――」

「ふたりで食事をするの？」ディアナはうれしそうに言った。「すごい前進じゃない」

「そうでしょう？　あとでまた電話するわね、お母さん」ケンドラは通話を切った。

「きみたちは仲がいいんだね」ディーンが静かに言った。「お母さんからきみのことを聞いたときにもそう思ったが、あらためて確信したよ」

「母のことは大好きよ。いまのわたしがあるのは母のおかげだもの。体の面でも、心の面でも」ケンドラは眉を寄せた。「ううん、少しちがうわね。自分が犯した失敗や、若気の至りは全部わたしの責任よ。それについては母は関係ない」

「若気の至り？　きみは音楽療法士なんだろう」

「人生というワインを最後の一滴まで楽しむべきだと思うようになってからはね」

「へえ？」ディーンは興味を引かれたように言った。「お母さんは若気の至りについては何も言っていなかったよ」

「そうでしょうね。母にとって、あなたはお隣さんみたいなごく健全な人なのよ。あなたを震えあがらせたくなかったんだわ」

「きみはまだお母さんの希望を打ち砕いてはいないよ……いまのところは」

「そうね。まだもう少し様子を見てみないと」ケンドラは微笑んだ。「お隣さんタイプの人は退屈なことが多いから。行動を起こす勇気のない人が多いの」何か言おうとしたディーンを見て、手をあげる。「あとでね。この先のライトが光っているところが目的地よ。難所をくぐり抜けないと」

「マアム、車に戻って引き返してください。捜査関係者以外は立ち入り禁止です」

ケンドラとディーンは、ローレル・プールバード沿いに橋まで三キロにわたって連なる車の脇を抜け、州間高速道路五号線を越えて現場にたどり着いた。がっしりした女性の交通巡査が野次馬を整理している。そのほとんどはジョギングや犬の散歩をしている人たちで、悲惨な現場をひと目見ようとあたりをうろついていた。

ケンドラはディーンを振り返った。橋の二車線道路につながるプラド・ロードの路肩に車を停《と》めたところだ。ケンドラは彼を手招きした。

交通巡査は彼を見やり、銃のようにトランシーバーを持ちあげた。「サー、そこに車を停めないでください。レッカー車を呼びますよ」

ケンドラはもう一度彼を手招きした。ディーンはためらったが、車から降りてきた。巡査が何か叫んだが、その声はテレビ局のヘリコプターの轟音《ごうおん》にかき消された。ケンドラは巡査越しに現場を見まわした。誰か知っている人間がいるはずなのに。この数年でケンドラは何回か警察の捜査を手伝っているが、いま橋の上で写真を撮ったり規制のテープを張ったりしている捜査官のなかに、知っている顔はなかった。

しばらくして、見覚えのある顔が見つかった。ウォーレス・プール警部補。やせて背が高く、はげ頭の彼は、報道陣のカメラの前に立っているだけで何もしていないように見える。

プール……。

二年ほど前のペトコ・スタジアムでの事件で彼を怒らせたことがあったかどうか、ケンドラは思い出そうとした。どうやら、それほど怒らせてはいなかったようだ。彼が近づいてきて、トランシーバーを振りかざす交通巡査を黙らせ、ケンドラを規制線の内側に手招きした。彼は微笑んで言った。「やあ、ドクター・マイケルズ。どうしてここに？」

「あなたと同じ理由よ。何人が亡くなったの？」

「四人だ」プールは背後を指さし、橋の上の大破した車三台を示した。「コンバーチブルに男女ひとりずつ、ピックアップトラックに男ひとり、ミニバンに女ひとり」目を険しくしてケンドラを見つめる。「殺人事件だけを手伝うんじゃないのか。誰に呼ばれた？」

「そうそう、紹介していなかったわ」ケンドラはディーンを手で示した。「こちらはディーン・ハリー。現場を見てもかまわないかしら」

プールはいぶかしげな表情を深めたが、うなずいた。「いいとも」消防車の脇を抜け、発煙筒の列に沿って進む。

ディーンが〝いったい何をするんだ〟という視線を向けてきたが、ケンドラは目の前の現場を観察するのに集中していた。

黒焦げになり、消火剤を滴らせているピックアップトラックが、右側の欄干のそばでまだくすぶっていた。運転席にはグレーのシートがかけられ、遺体を覆っている。その右側にBMWのコンバーチブルがあり、前部分が花崗岩《かこうがん》の欄干にめりこんでいる。ミニバンがその少し後ろで横倒しになり、やはり消火剤にまみれていた。

プールはピックアップトラックを手で示した。「あのトラックの運転手がコントロールを失って橋に激突したとわれわれは見ている。それが引き金となって、BMWがハンドルを切りそこねて石の欄干にぶつかり、バンが逆側に避けようとして傾き、横転した」

　ケンドラはうなずいた。「誰もシートベルトを締めていなかったの？」

「締めていなかった。だからひとりも助からなかったんだろう」

「エアバッグも作動しなかったの？」

「ああ。あいにく、それほどめずらしいことではないそうだ。盗まれることもあるし、一度作動したあとに費用を惜しんで交換されないままになっていることもある。衝突検知センサーが故障していたり、衝突の際にトリガーワイヤーが切れたりする可能性もある」

「それで四人の命が失われたのね」ケンドラはBMW320クーペに近づいた。三台のなかでいちばん損傷が少なく、頭がつぶれているだけで燃えてはいない。前部座席に遺体がふたつある。二十代後半の男性と女性で、大企業の重役会議に出た帰りでもあるかのように、かっちりとしたビジネススーツを着ている。頭から血が流れていて、フロントガラスにも飛び散っている。ガラスには衝突でできたひび割れがふたつあり、それぞれが被害者の前に位置していた。

「これを見て奇妙に思う点はない？」ケンドラはプールに尋ねた。

「何もかもが奇妙に見えるよ。何が言いたいんだ？」

「フロントガラスのひびを見て。衝突点からたくさんのひびが走っているでしょう。ひび割れの数は衝突のスピードに比例するの。頭がぶつかってああいうひび割れができるスピードで走行していたなら、欄干にぶつかったときにフロントエンドはもっと大きく壊れていなくてはおかしい。フィフス・ストリートのバーでニュースを観《み》ていたときに、そのことに気づいたの。まず引っかかったのがそれよ」ケンドラはフロントガラスに身をかがめ、さらに詳しく観察した。「手袋を貸してもらえる？」

プールは右の手袋をはずして手渡した。ケンドラはそれをはめ、ひび割れをガラスの内側と外側から指で探った。ときおり目を閉じ、いまでは滅多に使わなくなった指先の感覚に集中する。

やがてケンドラは顔をあげ、一歩後ろにさがった。「そしてもうひとつ、衝突の力はガラスの外側からかかっている。内側からではなく」

プールはガラスに顔を近づけた。「両面ともひび割れている。どうして外側だとわかるんだ？」

「ひびには二種類あるの。タイヤのスポークのように放射状に延びるひびと、同心円状に広がるひび。同心円状のひびは常に衝撃を受けた側にできる。どちら側にできているか目で確認するのは難しいけれど、さわればわかるわ」ケンドラは手袋をはずしてプールに返した。「さわってみる？」

「いや、いい。きみの言葉を信じるよ」

「とにかく、鑑識の人たちが裏づけをしてくれるはずよ」ケンドラはあたりを見まわした。「目撃者はいないようね」

「ああ、いない。動物園も植物園もとっくに閉まっている。ここは暗くなるとほとんど車が通らない」

「それなら、被害者たちはここで何をしていたのかしら」

「わからない。いま近親者を探しはじめたところだ」プールは、いまも上空を旋回しているヘリコプターを指さした。「もう嗅ぎつけた連中もいるみたいだがな」そしてディーンに言った。「それで、きみは？　メディアの人間か。もう一度名前を訊《き》いていいかな」

ディーンは手を差し出した。「ディーン・ハリーです。歴史学の教授をしています。ここには彼女を送ってきたんですよ」

プールはケンドラを見た。

「彼はこの件には関係ないわ」ケンドラは言い、すばやく付け加えた。「ブラインドデートをしてたの」

プールはふたりを交互に見た。「ほう。それで、どんな具合なんだ？」

「いい感じ、だと思うわ」ケンドラは言った。

ディーンはうなずいた。「死体を別にすればね。それがなければ、なおよかった」

プールはケンドラをじっと見た。「それなら、いったいなぜここにいるんだ、ドクター・マイケルズ？」

「証拠を台なしにしたくなかったのよ。今夜かあすには監察医から報告があると思うけれど、被害者たちはここで死んだのではない」

プールはまたしてもケンドラをじっと見つめた。「なぜわかる？」

「命を落とすほどの勢いで頭がフロントガラスに叩きつけられたのなら、もっと大量に出血しているはずよ。ふたりとも、首に同じようなあざがある。同じ模様のベルトかコードで首を絞められたみたいに」

プールはＢＭＷの死体を詳しく観察した。「なぜこういったものが見つかると思っていたんだ？」

「思ってなかったわ。でも、さっきも言ったように、この事故が見たとおりのものではないことはわかっていた」ケンドラは横転したミニバンの後ろに残っている、長いタイヤ跡を示した。「あれはバンがつけたもののように見えるけれど、ちがうと思う。アンチロック・ブレーキでタイヤがスリップした場合、タイヤ跡は破線状になるの。途切れていない直線ではなく。これもヘリコプターの映像で気づいたことよ」

プールはタイヤ跡に歩みよってしゃがみこみ、観察した。

ケンドラはそのそばに立った。「バンの焼け方も速い。トルエン系の燃焼促進剤を使ったのよ」

「トルエン?」バンのそばにいた、別の捜査官が顔をあげた。「ペンキの溶剤のようなものですか?」

「飛行機模型の接着剤にも使われるわ」

「なぜわかるんです?」

ケンドラは顔をしかめた。「においよ。ベンゼンのようなにおいがするの」

白髪のやせた捜査官は立ちあがり、空気のにおいを嗅いだ。「いろいろなにおいがしますが、ベンゼンのにおいはしませんね」

「信じて。サンプルをとって検査してちょうだい。車は意図的に燃やされたのよ」

捜査官は疑わしげにケンドラを見た。「信じる?　失礼ですが、あなたはいったい誰なんです?」

「耳を傾けるべき御方《おかた》だよ、ジョンソン」プールが言い、ケンドラの腕をとって、その場を離れた。「ドクター・マイケルズ」彼は低い声で言った。「これから殺人課に連絡する。しばらくここにいてくれ。連中が到着したら――」

「いやよ」

「なんだって？」

「ここにいるのはお断り。いまでさえ、夜の時間をじゅうぶん犠牲にしているんだから。わたしは注意を促しに来ただけ。あとは鑑識がやってくれるわ」

プールは驚きの表情になった。「冗談だろう。ここに来たのはただ――」

「そう、ただ殺人事件が事故とまちがわれないようにするためよ。まあ、あまりあなたたちを責められないけれどね。これは前例がないほど異常な殺害現場だわ」ケンドラは後ろを振り返った。「でも、さっきも言ったとおり、被害者たちはここで死んだわけではないと思う」

「それでも、きみの好奇心は少しもそそられないというのか」

「ええ。経過は新聞で追うことにする。捜査がうまくいくことを祈ってるわ」

プールは渋い顔をした。「強制的に足止めすることもできるんだぞ」

ケンドラは微笑んだ。「どんな理由で？」

「市民の義務ではどうだ」

「それはもう果たしたわ。知っていることは全部話した。おやすみなさい、プール」

ケンドラは体の向きを変え、ＢＭＷの後ろにかがみこんでいる鑑識員たちをよけて歩きはじめた。

ディーンは並んで歩きながら、最後にもう一度現場に目をやった。「わかっているよ、きみはただ、ぼくを感心させようとしていたんだ」

「うまくいったかしら？」

「もちろんだ。でもそんな必要はまったくなかった。ぼくはきみに〝囚《とら》われて〟しまったからね。そういえば、まだ収監の件の説明をしてもらっていないんだが、覚えているかな？」

ケンドラはちらりと後ろを振り返った。プールがまだこちらを見ている。「あとでね。いまは早く車に戻ったほうがよさそう。プールがレッカー車を呼びかねないわ。わたしのことをおもしろく思っていないようだから」

十五分もかからないうちに、ふたりはケンドラのコンドミニアムに着いた。

「感心したよ」建物の入り口に向かいながら、ディーンが言った。「警官たちも同じだと思う。そういう顔をしていた」

「すぐにしかめ面に変わるわよ、わたしのせいで自分たちが無能に見えると思ったらね。プールがわたしを残らせたがったのは、彼自身があの事実を見抜いたと、上の人間には信じてもらえないのをわかっていたからよ」

ディーンはうなずいた。「確かに厄介なことになりそうだ。だが、捜査の成り行きに興味はないのかい。とてもおもしろそうな事件なのに」

「わたしには仕事があるから。もっと建設的でやりがいのある仕事が」

「音楽療法か」

「ええ。わたしはいろいろな人を助けているの。研究をして論文を書くことで、ほかの人がいろいろな人を助けるのを助けてもいる」ケンドラは入り口の錠を開けた。「とにかく、送ってくれてありがとう。あなたが考えていたような夜にはならなかったと思うけれど」

「かえって楽しかったよ」ディーンはにやりとした。「初デートの世間話よりも断然おもしろかった」

「これ以上楽しませられるか自信がないわ。いまのうちにやめておく?」

「とんでもない」ディーンはケンドラに一歩近づいた。

彼を好ましく思っていることは否定できない。その返事をうれしく思いながら、ケンドラは微笑んだ。「じゃあ、電話番号は知っているわよね」

「おいおい、まだおやすみを言うつもりはないよ。いくつか説明してもらいたいことがある。まずはバイクのことだ。なぜぼくがバイク好きだとわかった?」

「ヘルメットをかぶっている頭をしているから」

ディーンは髪に手をやった。「そんなはずはない。最後にヘルメットをかぶってから二、三回は髪を洗った」

「髪じゃないわ。皮膚よ。首筋にくっきりした日焼けの線があるし、顔にもUの字を逆さまにしたような線が見える。それから、いま穿いているジーンズの右脚の内側に、かすかな焦げ跡がついている。ちょうど膝の高さに。ハーレーのスポーツスターの排気管は、信号待ちでペダルから足をおろすたびにそのあたりに当たるのよ」

「スポーツスターだけなのか？」

「ほかにもあるけれど、スポーツスターがいちばん人気のある車種だと思う。ハーレー・ダビッドソンのサングラスがシャツに引っかけてあるのが決め手になったわ」

ディーンは笑いながら、シャツの首もとにぶらさがっているサングラスを軽く叩いた。

「きみもバイクに乗るのか？」

「昔、やんちゃな仲間と付き合っていたことがあって、ときどき彼らといっしょに乗ったわ」ケンドラはズボンの右脚を持ちあげて、ふくらはぎの内側についた火傷《やけど》の痕を見せた。

「バイクにショートパンツで乗るのはいい考えとは言えないわね」

「おや、きみはほんとうにすごいと思いはじめていたのに」

「まあ、火傷をしたのは一回だけだけれど。学習するのは早いのよ」

「そうだろうね」

「それと、洗剤のにおいがしたから、きょうグリースの拭きとりをしたんじゃないかと思ったの」

「正確には、きのうだけどね。でも、そのあとシャワーを浴びた」

「その靴を作業のときも履いていたんじゃない？」

ディーンは茶色のウォーキングシューズを見おろした。「そうかもしれない」

「それから、皮膚についたにおいがどれだけ長く残っているか、知ったらきっと驚くわよ。シャワーを浴びても浴びなくても同じ。皮膚は大きなスポンジみたいなものなの」

「なるほどね。出身地がわかったのはどういうからくりなんだ？」

ケンドラは肩をすくめた。「しゃべり方よ。中央フロリダのアクセントに、大人になってから受けたニューイングランドの影響が混じっている」

ディーンはケンドラをじっと見た。「大人になってから？」

「もっと若いときに移住した場合はちがう響きになるの。赤ん坊のころから学んできた話し方に、ちがう影響を与えていたはず。だから、大学生くらいのときにニューイングランドに移ったのかなと思ったわけ」

ディーンはうなずいた。「合っているよ。だが、アイビーリーグじゃない。ボストン大学だ。きみは言語学にも精通しているんだな」

「それほど詳しくはないわ。あなたと同じように、わたしはこれまでの人生で何千人という人に会ってきた。小さいころから、耳で聞いたものと、その人について知った情報を突き合わせるのを習慣にしていたの。視力が使えないときは、持っているものを利用するしかないのよ」

ディーンはうなずき、しばらくしてから言った。「わかった。じゃあ、ぼくがいちばん知りたいことを教えてもらいたい」

「刑務所のことね」

「これまで、人生のその時期のことが将来に影響しないよう、細心の注意を払ってきた。この街にあのことを知っている者がいるとは思えないし、これからもそうしておきたい」

ケンドラは首を傾けた。「取り引きしましょうか。どうして服役したのか教えてくれるなら、どうしてわかったか話すわ」

「乗った」

ケンドラは彼の左手をとって、入り口の明かりにかざした。「たぶん誰も気づかないと思うけれど、かすかなタトゥーの跡があるのよ。この親指と人差し指のあいだに。どうやら消そうとしたようだけど」

「そう、気づく人はまずいない。気づいても、四角のなかに×印が描いてあると考える。ボウリングのストライク印みたいにね。刑務所のタトゥーだとは誰も思わない」

「そのために、もともとあった五つの点の上に、新たなタトゥーを入れたのね。五つの点――真ん中の点が受刑者を、まわりの四つの点が刑務所を表している。この図案はたいてい、親指と人差し指のあいだに彫られるの。ほかのどこよりも目につく場所だから」

「なぜそんなに刑務所のタトゥーに詳しいんだ？」

「さっきも言ったけれど、昔、荒っぽい仲間と付き合っていたことがあるから」ケンドラは彼の目を見た。「さあ、あなたの番よ」

ディーンはポケットに手を突っこみ、ケンドラから目をそらした。「ああ、ぼくの番だな。大学院のとき、ドラッグをやっていてね。はまりすぎて、続ける金を稼ぐために学生仲間にドラッグを売っていたんだ。ほんとうにばかだったよ。三十カ月服役した。ドラッグを断ち、博士号をとって、過去を振り返らずに生きてきた」

「手を見るときをのぞいては、でしょう。いまならもっときれいに跡を消す方法があるんじゃないかしら」

「これでいいんだ」ディーンは手を持ちあげて見つめた。「ときには、自分がどれだけ愚かになりうるか思い出すのも悪いことじゃない。そう思わないか」

ケンドラはうなずいた。「そうね」

「それで、ぼくにはまだ電話をする権利があるのかな?」

ケンドラは彼を見つめた。ディーンの率直な態度は好ましい。言い訳をせず、自分の過ちをごまかすことなく認め、心から悔いている。辛口なユーモアのセンスや、普通の夜のデートをぶち壊されても気にしない態度も好感が持てる。母の見立てどおり、彼はいい人だ。ケンドラは微笑んだ。「ええ。電話して」

「よかった」ディーンはケンドラの頬にキスをし、車へと戻っていった。

マイアットは背の高い草むらのなかで姿勢を変え、双眼鏡の焦点を合わせなおした。あらかじめ、カブリロ橋がよく見える場所を見つけてあった。何が起こっているかがつぶさに見えるが、距離があるのでこちらが見つかる心配はない。

橋のたもとから双眼鏡を動かしていき、現場を観察する。

大破した車。

くすぶるバン。

着飾った死体。

美しい。

ケンドラ・マイケルズの来訪で、警官たちの動きが慌ただしくなり、捜査の範囲がにわかに広がった。いまはもう、これが単なる事故ではないことが認識されている。その事実が明らかになるのは今夜遅くか、朝になってからだと予想していたのだが。

別に問題はない。

それどころか、ケンドラが現れたのは歓迎すべき展開だ。興味はないと言わんばかりにさっさと帰っていったのは残念だったが、いずれまた引きずりこんでやる。

ゲームのはじまりだ、ケンドラ。

いまはまだ気づいていないとしても……。

2

カリフォルニア州　サンディエゴ
シーポート・ヴィレッジ

七歳の少女が、ケンドラの手をきつく握りしめていた。血のめぐりが止まってしまいそうなほどに強く。

ゾーイ・ビールはケンドラの新しいクライアントで、会うのはこれがまだ三回めだ。広場恐怖症の徴候があって、人ごみを怖がり、家以外の場所では見るからに緊張している。けれども、ゾーイは音楽が好きだったので、ラディー小児病院と提携している臨床心理士の紹介でケンドラのもとにやってきた。普段ならクライアントとはスタジオで会うのだが、ゾーイの場合は特別に、ギターを持って少女の自宅に赴き、最初の二回のセッションを行った。まずは、少女が落ち着いていられる環境で信頼関係を築く。

そのあとで、安心できる環境から連れ出そうという計画だ。

少女はうなずき、握りしめた手にいっそう力をこめた。ふたりは波止場を抜け、シーポート・ヴィレッジに向かっていた。サンディエゴ湾に面した屋外型のショッピングセンターだ。晴れた土曜日の午後なので、あたりは買い物客やレストランでランチを楽しむ人々でにぎわっている。

大道芸人もたくさんいる。狙いどおりだ。

アフリカ系の男性三人が歩道でウッドパイプを吹き、心地よいメロディを奏でていた。オレンジと黄色のチュニック姿で、音楽に合わせて体を揺らしている。

五メートル手前で足を止め、ケンドラはゾーイに目を向けた。音楽に興味を引かれているようだ。体を硬くして立ちつくしていたが、やがてゾーイの手から力が抜けた。さらにしばらくたつと、人ごみのことも見慣れない景色のこともすっかり意識から溶け去ってしまったようだった。

ケンドラは前を指さした。「あっちにもっとたくさん演奏をしている人たちがいるわ。見に行く?」

ゾーイはうなずいた。並んで歩くうちに、少女からとまどいが消えていくのがわかった。

いいわ、その調子よ、ゾーイ。ここにはすばらしい世界がある。いまからそれを見せてあげるわ。

ふたりの若者が、プラスチックのフードコンテナを逆さまに並べてドラムにし、調理器具で叩《たた》いて演奏をしていた。リズムと風変わりな音が気に入ったらしく、ゾーイはドラムに合わせて頭を動かしはじめた。またしても周囲のことを忘れているようだ。しかも、今回は慣れるのが早い。

いけそうだわ。

きっとここにはゾーイに必要な鍵が――

そのとき、少女が身をこわばらせた。

ピエロがふたり、ゾーイの前に飛び出して、お得意の芸を見せはじめたのだ。操り人形の真似《まね》をして、ドラムに合わせてかくかくと体を動かしている。

ケンドラはゾーイを引きよせ、気味の悪い見せ物からかばった。「だいじょうぶよ、ゾーイ。怖くないわ」

ピエロたちが近づいてきて、おどけた顔をした。少女を笑わせようとしたのだろうが、かえって奇妙で恐ろしげな表情になった。

ケンドラはピエロたちに身を寄せて、波止場のほうを指さした。「どこか別の場所でやって。早く！」

ゾーイが泣き出し、露店の陰から見守っていた母親のダニカが駆けよってきた。「だいじょうぶよ、おちびちゃん。だいじょうぶ」ダニカは娘を抱きしめた。「何も怖いことはないわ。怖がらなくていいの」

〝ごめんなさい〟ケンドラは声を出さずに唇だけ動かして伝えた。

ダニカはうなずき、娘を駐車場のほうに連れていった。

ケンドラはふたりを見つめ、失望に拳を握った。

せっかくうまくいっていたのに。

一歩進むと、二歩さがってしまう。

ゾーイとダニカの姿が見えなくなるまで、ケンドラはその場に立ちつくしていた。

「あの子を責めるわけにはいかないな」

この声。聞き飽きるほどよく知っている、あの声だ。「アダム・リンチ」ケンドラは振り返り、彼と向き合った。

まさしく、リンチだった。力強く、セクシーで、活力にあふれている。たいていの女性の心をとろけさせる映画スターのような笑みを浮かべているが、ケンドラにはただ苛立《いらだ》たしいだけだ。「やあ、ケンドラ。会えてうれしいよ」

リンチはスラックスにローファー、ボタンダウンのシャツに茶色の上着という恰好《かっこう》だった。ショートパンツにTシャツ姿の人ばかりのなかで目立っている。とはいえ、どこにいようと目立つ人だ、とケンドラは思った。外見だけでなく、身にまとう磁力と力強さが人を引きつけるのだ。「あら、リンチ。ここで会うなんて意外ね」

「意外?」

「だって、ここはあなたが午後の外出に選びそうな場所じゃないもの」

「そうか？　何をしていたら似合うんだ？」

「そうねえ。捜査官仲間とゴルフをして、ウイスキー入りのまずそうな何かを飲んで、武勇伝を語り合って、お気に入りの弾薬装填具《クリップ》の情報交換をしているとか」

リンチはまた笑みを浮かべた。「気を悪くしたいところだが、実は先週の土曜にまさしくそのとおりのことをした。今度いっしょにどうだい」

「土曜日は仕事なの」

「ああ、見ていたよ。あのピエロが現れるまではうまくいっていたのにな」リンチは肩をすくめた。「きみの代わりにあいつらを片づけてこようか。昔のよしみで」

ケンドラは思わず微笑《ほほえ》んだ。「以前なら本気で言っていると信じていたところよ」

「以前なら本気で言っていたよ。だが、それはきみと知り合う前のことだ。ぼくもだいぶ丸くなった」

「そうは思えないけど」アダム・リンチに会うのはほぼ一年ぶりだ。元ＦＢＩ捜査官の彼は、アメリカのさまざまな諜報《ちょうほう》機関でやり手のフリーランス工作員として働いている。前回はリンチに頼まれて、とある事件の捜査に協力し、全体としては成功と言える成果をあげたのだが、そういう仕事がどれだけつらく、胸をえぐられるものになりうるかをあらためて思い知らされることになった。もう二度と捜査にはかかわりたくない。

リンチは街灯の柱に寄りかかった。「ゆうべ、あの橋でショーをしたそうだな」

「ショー？　あの人たちはそんなふうに言っているの？」

「ぼくがそう呼んでいるだけだ。その場にいたかったな。エンジン全開で頭を働かせているきみを見るのが好きなんだ」

ケンドラはうなずいた。リンチはまた、あのいやになるほど魅力的な笑みを浮かべている。腹立たしいことに、抗《あらが》おうとしても惹《ひ》かれずにはいられない。「何をしに来たの、リンチ。どうしてわたしをスパイしているの？」

「〝スパイ〟とは人聞きの悪い。邪《よこしま》な意図があるみたいじゃないか。事実とは正反対だ」

「あら、わたしなら邪なほうに賭けるけど。それはあなたのＤＮＡに組みこまれているんだもの」

「スパイなんてしていない。きみと話をする機会を待っていたんだ、セッションの邪魔はしたくなかったのでね。きみが仕事をとても大切にしているのはわかっている」

「ええ、わたしのすべててよ」

「〈ニューイングランド・ジャーナル・オブ・メディシン〉に載っていたドクター・マイケルズの論文を読んだよ」リンチは言った。「きみの音楽療法の技法は、自閉症患者にも使われているんだな」

「音楽療法は外界とのつながりを作るのに役立つのよ。自閉症でもアルツハイマー病でも、音楽は彼らの心にふれて、橋をかける手立てになりうる。いまはさまざまな技法の有効性を評価する手順を作ろうとしているの。まだ研究がはじまって日の浅い学問だけど、大いに進歩してるのよ」

「でも、イヴ・ダンカンの事件を手伝う時間はあったようだな。ケースファイルを読んだよ。ちなみに、すばらしい仕事ぶりだった」

「イヴは親友なの。だから手伝っただけ。イヴはわたしの助けを必要としていた」

「きみのおかげでイヴの命は助かった。おそらくは、ほかの大勢の命も」

ケンドラはしびれを切らして手を振った。「ここへは何をしに来たの、リンチ」

「きみの推測は正しかった。ゆうべのあの事故現場は作られたものだった」

「わたしがまだ知らないことを話してちょうだい」

「あの事件は連続殺人の疑いがあり、ＦＢＩの担当になった。だが、それもきみにはとっくにわかっていたんじゃないか？　きみが担当した別の事件とひどく似通った点があるんだ――昔の事件と」

「わたしなら、ひどく似通っているとは言わないわね」

「ぼくはその表現を使う。事故に見せかけた複数殺人。スタンリー・ヴィアーズの手口だ。ヴィアーズは、ヒューストンとオースティンで三年間に十四人以上を殺した」

「ヴィアーズはいまハンツヴィル刑務所の死刑囚監房にいるわ」

「きみのおかげでね。彼は大勢の人を殺してきたが、それが事故ではなく殺人だとは、長いあいだ誰も気づかなかった。連続殺人犯は世間から注目されたがるものだが、やつはちがった。自分だけのスリリングなショーを上演していたんだ。人々の目と鼻の先で殺人を犯すのを楽しんでいた。ゆうべあの現場に立ったとき、きみはやつのことを思い出していたはずだ」

「もちろんよ。でも、あれはヴィアーズの手口よりも大胆だった。犯人はカラーコーンを使って道路の片側をしばらく封鎖し、反対側をトラックで塞いだのだと捜査官たちは考えている。隠しとおすには危ういやり方だわ。でも、ヴィアーズとはちがって、今回の犯人は痕跡を隠すことにそれほどこだわっていない。自分のしたことを世間に知ってもらいたがっているのよ」

「でも、すぐにではない」

「そのようね。メディアが事故として報道して、そのあとすぐに殺人が明らかになるのを狙っていたのよ。事件と事故、両方の判断をさせようとしていたの」

リンチはうなずいた。「ＦＢＩのプロファイラーもそう見ている」

「それで、あなたはいつからＦＢＩの使い走りになったの？」

「使い走り？」

「彼らに言われて、この事件に協力するようわたしを説得しに来たんでしょう？」

「当たらずといえども遠からず、かな。グリフィン主任捜査官は、さすがに自分で直接連絡をとるのはあきらめたらしい。もうＦＢＩとはかかわりたくないと、きみは態度をはっきりさせていたからね。そこでワシントンの上司を通じて、ぼくから接触させることにした」

「大筋は正解ね。なぜグリフィンは、あなたを使うほうが有望だと思ったのかしら」

「ぼくが最高に魅力的で好ましい人物だからじゃないか？」

「はいはい、それで？」

リンチはにやりとした。「簡単には事を運ばせてくれそうにないね」

「当然でしょう」

「ぼくが呼ばれたのは、去年ぼくときみのペアがいい働きをしたと彼らが考えているからだ」

「まあ、そうね」

「認めるのか」

「ええ。捜査には大型ハンマーが役に立つこともあるから」

リンチは笑った。「ぼくが大型ハンマーというわけか。すると、きみはさしずめ精緻な外科用メスというところかな」

「どうしても比喩を使いたいなら……そうね」

「じゃあ、そういうことにしよう。ＦＢＩはこの事件で外科用メスに手を貸してもらいたがっている。どのメスでもいいわけではなく、きみに」

「わたしを説得するよう命じられてきたと言ってたわね。あなたはフリーランスなんだから、やりたい仕事だけ引き受けるんだと思ってたわ」

「ああ、そのとおりだ。興味のある仕事しか引き受けない」

もはや、あの輝かんばかりの笑みは消えていた。その顔に浮かんでいるのは、真摯さと……もしかしたら、かすかな思いやりだろうか。

思いやり？

リンチはＦＢＩのなかで〝人形使い〟と呼ばれている。人や状況を自分の思いのままに操る術《すべ》に長《た》けているからだ。その能力を使って、目覚ましい業績をあげてきた。リンチはいま、わたしを操っているのだろうか。たぶんそうだ。

リンチはケンドラに一歩近づいた。「正直に言うと、この事件に興味はない。興味があるのは、もう一度きみといっしょに働くことだ。ぼくは普段ひとりで動いているが、きみと捜査をした時間は特別なものだった。もう一度いっしょに働きたい。きみがもし、とっとと消えろと言うなら、ぼくもこの事件にはかかわらないつもりだ。目下、別の仕事を抱える身なのでね」

「諜報の仕事？」

「そんなところだ。だが上層部は、ぼくを使ってきみを説得しようとするくらい、この事件を重視している。きみが……なんというか、特殊な能力を持っているからというだけでなく、こういう殺人鬼の捜査で成功をおさめている、数少ない人間のひとりだからだ」

「こういう殺人鬼自体が少ないだけよ」

「それだけではないことはわかっているはずだ。謙遜はきみには似合わないよ、ケンドラ」リンチは言葉を切った。ゴス・ファッションのパフォーマーふたり組がバイオリンを弾きながらそばを通りすぎていった。「ところで、あの男は誰だ？」

「あの男？」

「ゆうべきみについてまわっていた男だよ。ブラインドデートだとかそんなようなことを耳にしたんだが、現場にいた捜査官の聞きちがいかと思ってね。いくらきみでも、殺人現場にデート相手を連れてきたりはしないだろう」

「足が必要だったのよ」

リンチは舌を鳴らした。「おいおい、ケンドラ……」

「彼も楽しかったみたいよ」

「なお悪い。殺人現場に行きたがるなんて、どんな悪趣味な男なんだ」

「あなただって、ゆうべ現場でわたしに会いたかったって言ってたじゃない」

「仕事だからな、職業的な興味だ。その男の仕事はなんなんだ？」

「歴史学の教授よ」

「まさしく悪趣味な仕事だな」

リンチにしてはめずらしい態度だ。「あら、嫉妬してるの？」

「嫉妬？　ばかばかしい」

「確かにばかばかしいわね、わたしたちの関係を考えたら。わたしはただ、見たり聞いたりしたことから推測しているだけ。わたしの〝特殊な能力〟でね」

「それなら、きみの勇み足だな」リンチは笑った。「街を走るバスの車体に掲げられている水着の広告を見たことがあるか？　アジア系の女性がストライプのビキニを着ているやつだ」

「知ってるわ」

「実は、彼女と付き合っている」

「嘘《うそ》ばっかり」

「ほんとうだよ。アシュリーというんだ」

ケンドラは眉を持ちあげた。「あら。美人よね」

「ああ」

「それで、その子を高校のプロムに連れていくの？」

「彼女は二十五歳だよ」

「それなら、もっと分別があってもよさそうなものだけど」

リンチは首を傾けた。「嫉妬しているのか?」

「全然」個人的な会話になりすぎている、とケンドラは思った。リンチとはそういうふうにならないようにいつも心がけているのに。リンチは、仕事の面でも個人的な面でも危険な人だ。そして、彼に惹かれていることは否定できない。彼と性的な関係を持つのはあっけないくらい簡単だろう。問題は、そのあとに何が起こるかだ。ややこしい関係にはならないほうがいい。「とにかく、あなたは時間を無駄にしているわ、リンチ。わたしには探偵ごっこをする時間も興味もないの」

「つまり、とっとと消えろということだな」

ケンドラは微笑んだ。「ええ、とっとと消えてちょうだい」

「わかった、いいだろう。これで任務は果たしたと報告できる」

「ぜひそうして。それから……信じてもらえるかどうかわからないけれど、会えてよかったわ」

「ぼくもだよ、ケンドラ。もうひとつだけ言っておくことがある。きみにとってはどうでもいいことかもしれないが、この事件にはきみがまだ知らないことがあるんだ」

「どうでもいいわ」

「そうとは言えないかもしれないぞ」リンチは上着の脇ポケットから小ぶりのマニラ封筒を取り出した。「すべてここに入っている。見ても見なくても、どちらでもかまわない」

ケンドラは封筒を受けとり、あいまいに肩をすくめた。「わかったわ」

その場を離れながら、リンチは新たな観客を怖がらせている白塗りのピエロたちを指さした。「あのピエロを始末してほしくなったら、いつでも言ってくれ」

ケンドラは微笑んだ。「そうするわ」


ケンドラはにぎやかなガスランプ・クォーターを抜け、Eストリートにあるコンドミニアムに向かった。リンチや、あのいまいましい殺人事件のことを頭から締め出そうと努力する。封筒は開けないことに決めていたが、家に帰る途中のごみ箱に投げ捨てるのは思い留《とど》まった。ＦＢＩは狡猾《こうかつ》だ。リンチを交渉役に送りこんでくるなんて。リンチとは事件をひとついっしょに捜査したことで強い絆《きずな》が生まれているし、彼はどの組織にも属していないので信用できる。

そして、彼がとても魅力的なことも認めなくてはならない。映画スターのような見た目はともかく、彼の自信にあふれた物腰――そして頭のよさ、強引さ、鋼のような意志が火花を散らし、捜査を続けるなかでその熱はますます大きくなっていった。

火花を散らす？　女学生みたいな言いまわしだ。

もう考えるのはやめなくては。

ケンドラはコンドミニアムの建物に入ったが、自分の部屋に帰る前に寄り道をすることにした。二階の一室に向かい、ドアをノックする。

二秒後、電子ロックがはずれる音がした。

「入って！」なかからオリヴィアの声が聞こえた。

ケンドラはドアを開けた。オリヴィア・ブラントが机に向かい、パソコンのキーボードを叩いていた。最近は、訪ねていくとたいていそこに座っている。

「もう少しで終わるから、座ってて」オリヴィアはタイプを続けながら言った。「獣に餌をやらないといけないの」

〝獣〟とはオリヴィアのブログ、〈視界の外側〉のことだ。目の不自由な人々のためのウェブコンテンツとして人気を集めている。このサイトでは、特殊なテキスト読みあげソフトを使い、インタビュー特集や旅のアドバイス、製品レビューといった記事を、目の不自由な人も読むことができる。二年もたたないうちに、片手間に書いていたブログがフルタイムの仕事に変わり、十万ドルもの収入を生み出すようになった。

しばらくして、オリヴィアは机の前から立ちあがった。「終わったわ。新しい機器のレビューを書いてたの。最近は毎日たくさんの製品が郵送されてくるのよ。ほんとうにいろんなものがあるの。ウッドワードにいたころにこういうものを使えたらよかったのに」

ケンドラは微笑んだ。ケンドラとオリヴィアは子どものころにウッドワード特別支援学校で出会った。オーシャンサイドにある盲学校だ。視力を取り戻したとき、さまざまな思いがケンドラの胸をよぎったが、そのなかには、オリヴィアを暗闇に取り残してきてしまったという悲しみと奇妙な罪悪感があった。幼いときに交通事故で視力を失ったオリヴィアは、ケンドラが受けた角膜再生治療の対象者にはなれなかったのだ。オリヴィア自身はいっさい不満を漏らさず、親友を支えて心から幸運を喜んでくれた。けれども、オリヴィアが長い時間を費やしてインターネット検索を行い、いつか自分の視力を取り戻してくれそうな実験的な治療法を探していることをケンドラは知っている。

オリヴィアはつややかな黒髪を後ろに払い、美しい顔をふと輝かせて、いたずらっぽい笑みを浮かべた。そして、手のひらほどの大きさの機器を手にとり、ケンドラのほうに向けた。「しばらくそのままじっとしてて」

「テーザー銃で撃つつもり？　十秒後に床で痙攣《けいれん》しながらズボンを濡《ぬ》らすことになっていたら、ただじゃおかないわよ」

「テーザー銃じゃないわ。いいからじっとして」

やがて、機器から男性の声が響いた。「アクアブルー」

オリヴィアは機器をおろした。「合ってる？　いま着てるのはアクアブルーの服？」

ケンドラは自分のシャツを見おろした。「ええ。驚いたわ」

「服を選んだり、洗濯物を仕分けしたりするための機械なの。オーディオやビデオの配線にも使えるわね、まだ不具合もあるけど、かなり役に立つ。いまレビュー記事をアップしたところなの」

「すごいわね。メーカーから送られてきた機器はもらえるの？」

「ほとんどはね。会社にとってはいい宣伝になるのよ。ただ、全部をレビューする時間がなくて」オリヴィアは部屋を横切り、ケンドラと並んでソファに腰かけた。「でも、この話はもういいわ。ゆうべのデートはどうだったの？」

「まずまずよ。母の選球眼はなかなかだった。彼は頭がいいし、おもしろいし、ハンサムだし……」

「あらあら。なんだか〝でも〟が続きそうな予感がする」

「〝でも〟はなしよ。楽しかった。また会うことになるかも」

「楽しかった、ね。なるほど。ねえ、いつものケンドラ節を披露したりしてないでしょうね？　彼のこれまでの人生を暴きたてたりとか」

「ええと……」

「やっぱりね」

「たまたまそうなっちゃったのよ。彼は気にしてなかった」

「気にしてるに決まってるわ。どんな男性でも震えあがるわよ――男性だけじゃなく、全員が。みんな、デートのたびに少しずつお互いを知って、親しくなっていくのが好きなのよ……わかるでしょう？　何回かデートを重ねるまで打ち明けたくないこともあるの。性病持ちだとか、ブラックリストに載ったことがあるとか、隠し子が六人いるとか……」

「刑務所にいたことがあるとか？」

オリヴィアの表情が凍りついた。「そうなの？」

「ええ。大学時代にドラッグをやってたんですって。もう昔のことよ」

「あなたがそう言うならいいけど」

ケンドラはしばらく黙りこんだ。「実を言うと、もうひとつニュースがあるのよ。さっき、アダム・リンチに会ったの」

「それで、〝でも〟が出てくるのね」

「いいえ、どうしてそれを言いつづけるの？　〝でも〟の出番はないわよ」

「あら、あるでしょう。申し分のない諜報員との再会で、新しい男は色あせてしまった。それがあなたの〝でも〟よ」

「〝でも〟の話はちょっと置いておいてもらえる？　リンチはまた捜査協力の依頼に来たのよ」

オリヴィアはうなずいた。「とっとと消えろと言ってやったんでしょう？」

ケンドラは頬をゆるめた。「まさしくそう言ってやったわ」

「よかった。何回言えばそういうことに興味がないってわかるのかしらね。ほんとうにどういう神経をしてるんだか――」

「まあ、今回は自分から鼻を突っこんだようなものなのよ」

オリヴィアは動きを止めた。「どういうこと?」

ケンドラはカブリロ橋の犯行現場や、自分の推測、リンチとの会話について話した。

話を聞き終えたオリヴィアは、長いあいだ黙っていた。「リンチからもらった封筒って……コーヒーテーブルに何か置いた音が聞こえたのは、それ?」

「そうよ」

「机のそばにシュレッダーがあるわ。突っこみましょうよ」

「あとで処分するわ」

「いまやりなさい」

「でも――中身を知らないのよ。あとで返してくれと言われるかも」

「替えの利かない大事な証拠のたぐいを、彼らが封筒に入れて中身も知らせずに渡すと思う? それに、リンチは言ったんでしょう、〝見ても見なくても、どちらでもかまわない〟って。あとで返す必要があるなら、そんな言い方はしない」

「そうね」

「だからいますぐシュレッダーにかけて」

ケンドラは封筒を取りあげたが、ソファから動かなかった。

ああもう。できない。

オリヴィアが唇を引き結んだ。「お互いにわかってるはずよ、あなたはその封筒を開けるって。そして、あなたにはわからなくても、わたしにはわかってる。あなたは捜査の手伝いをすることになる」

「いつから予知ができるようになったの？」

「そんな能力がなくてもわかるわよ。長い付き合いなんだから」

「でも、いつも捜査の手伝いは断ってるのよ」

「たいていはね。でも、いくら口で興味はないと言っても、あなたはこの件にかかわらずにはいられない。この事件に惹かれてるのよ、またつらい思いをすることになると知っていてもね。あなたに依頼が来るような事件のいくつかは——ほとんどかもしれないけれど——あなたがいないせいで未解決のままになっている可能性があるし、あなたにもそれはわかってるんじゃない？　だから、捜査を手伝わないこと自体で、もっとつらい思いをすることになる。この推測が事実なら、いまいましいにもほどがあるけど。それが理由？」

「ちがうわ」

「それなら、あなたなりに何か手伝いたい理由があるの？」

ケンドラはマニラ封筒を握りしめたまま、ソファに寄りかかった。「わたしは自分の仕事が好きよ。音楽療法の仕事以上に夢中になれるものなんてない。わたしはみんなの役に立てていると思ってる」

「もちろんよ」

ケンドラはしばらく黙りこんだ。「でもときどき、何週間も何カ月も、どのクライアントにも進歩が見られないことがある。この仕事では避けられないことだけど、でも、やっぱり……自分の無力さを感じるの」

オリヴィアは皮肉っぽい笑みを浮かべた。「そしてＦＢＩの仕事に携われば、自分の力を感じることができる？」

「そういうわけじゃないわ。その反対のこともある」オリヴィアのためだけでなく、自分のためにも答えを見つけようと、ケンドラは頭を働かせた。そろそろ逃げるのをやめて、きちんと向き合わなくてはいけない。「でも、事件の捜査には終わりがあるし、はっきりとした答えがある。本業では、なかなかそういうものは得られない」

「でも、命の危険にさらされることもないでしょう」

「わたしは生きることを楽しんでる。じゅうぶんに気をつけるわ、オリヴィア」

「気をつけるだけじゃ足りないこともあるのよ」

「わかってる。信じて。危険なことはたいてい銃を持ってる人たちに任せてるから」

「たいてい？　あまり安心できないわね」オリヴィアは立ちあがった。「まあ、あなたの病気について話し合うのはまた今度にしましょう。そろそろ帰ってもらわないといけないの。もうすぐオーストラリア人の新聞記者がインタビューをしに来るから」

「あら」ケンドラはにやりとした。「時間切れで命拾いしたみたい」

「必ずまた続きをやるわよ」オリヴィアは断固として言った。

「覚えておくわ」ケンドラは立ちあがり、オリヴィアを抱きしめた。長いあいだいっしょに暗闇と闘ってきた、大好きな親友だ。「わたしを思ってのことだとわかってるから」

「当たり前でしょう」オリヴィアはぶっきらぼうに言った。「あなたはわたしの親友なの。あなたなしで生きるなんてお断りよ」そして、ケンドラを離して体の向きを変えた。「さあ、帰ってちょうだい」


ケンドラは三階の自分のコンドミニアムに向かい、なかに入って鍵を小さな玄関テーブルにほうり投げた。リンチの封筒もその隣に投げようとして、ふと手を止める。

オリヴィアの言うとおりだ。開けずにはいられない。

封筒を破り開けて、なかに入っていた何枚かの紙を広げた。ほどなく、ケンドラは凍りついた。「まさか、そんな」つぶやきが漏れる。

紙と写真が床に落ちた。

しばらくその場に立ちつくし、いま見たものを理解しようとする。

いったいどうなっているの？

数秒後、ケンドラは携帯電話を取り出し、電話をかけた。

すぐにリンチが出た。「やあ、ケンドラ」

「いやな人。わたしが封筒を見ることも、電話をかけることもわかってたのね」

「ああ。全部わかっていた」

ケンドラは手が震えていることに気づいた。「グリフィンや、この事件を担当している捜査官たちに会いたい」

「きみとチーム全員の会議をセッティングしておいた。向こうは月曜まで待てないと言っている。あすの朝九時にＦＢＩ支局にきみを連れていくことになった。八時半に迎えに行くよ」

八時半。五時でもいいくらいだ。今夜はきっと眠れない。

「じゃあ、そのときに」ケンドラは電話を切った。

翌朝の八時半、ケンドラがコンドミニアムの前で待っていると、リンチのフェラーリが轟音《ごうおん》をたてて近づいてきた。

「まだこの派手な車に乗ってるの？」ケンドラは助手席に乗りこみながら言った。「考えてみたことはないのかしら、たいていの男性にはそういう自己顕示は必要ないって」

「ぼくにも必要ないが、恰好のいい車が好きだし、そのためならどんな投資も惜しまない」リンチはケンドラをちらりと見た。「眠れなかったのか？」

「ひどいものよ。でも、ゆうべ赤ん坊のようにすやすや眠れていたとしても、やっぱりこの高級車はいらないと思う」

「だが、しっかり眠れていたら、その意見を口に出すような無作法なふるまいはしなかったはずだ」リンチはふいににやりとした。「いや、訂正する。きみならきっと歯に衣《きぬ》は着せない。ぼくとしたことが、何を考えていたんだろう？」

「あなたの言うとおりね」ケンドラは気だるいため息をついた。「いまのは無作法だった。あなたに飾りが必要かどうかなんて、わたしには関係ない」

「今度こそ傷ついたな」リンチはケンドラの表情を観察した。「怒っているのか？」

「怒っていたわ。きのう、あなたはわたしを操った。あなたはまわりの人間を操らずにはいられないのよ。感心できることじゃない」

「時間がたてば慣れるんじゃないかと思ったんだが、ちがったか？」

「あなたはわたしを操った」ケンドラは繰り返した。

「わかった。認めるよ。すっかり身について自然にやっているから、ときどき操っていることに気づかないこともあるんだ」

「嘘よ。あなたはいつだって自分が何をやっているかわかってる。頭が切れて、計算高くて――」ケンドラは口ごもった。「ごめんなさい。会議が怖いのよ、リンチ」

「わかるよ」リンチは静かに言った。「これで気が楽になるかどうかはわからないが、ぼくが背後を見張っているよ」

「あまり効果はなさそうね。あのオフィスで待ち受けているものを考えたら……」

サンディエゴ
FBI支局

「ドクター・マイケルズ、また会えてうれしいよ」支局の狭苦しい会議室で、長テーブルの端に座ったグリフィン主任捜査官が言った。グリフィンは立ちあがらなかったが、ほかの三人の捜査官は席を立ってケンドラとリンチを迎えた。

薄茶色の髪に大きな太鼓腹をしたビル・サンティーニが笑みを浮かべた。「やあ、ケンドラ。おかえり」

心からの笑みだ、とケンドラは思った。これまでサンティーニに好かれていたことはなかったが、前回いっしょに働いた事件で彼が大きな手柄を立てるのを手伝ってから、だいぶ当たりがやわらかくなった。

二十代後半の細身の男性が進み出て、顔に対して少し小さすぎる金属ぶちの眼鏡を指で押しあげた。「特別捜査官のローランド・メトカーフです。お会いできて光栄です」

ケンドラは握手をした。「ありがとう、メトカーフ捜査官」

最後のひとり、金髪を短く切った三十歳ほどの女性が前に出た。「協力してくださってありがとうございます。特別捜査官のサフラン・リードです」

「きみをここに呼んだのはリード捜査官だ」ケンドラのために会議テーブルの椅子を引きながら、リンチが言った。「きみに渡した資料をまとめたのは彼女だよ」

「じゃあ、あなたのせいなのね」ケンドラはリードに冗談ともつかない口調で言った。

「残念ながら、そういうことになります」

「みな座ってくれ」グリフィンが椅子にもたれ、頭の後ろに両手を置いた。しばらく見ないあいだに白髪がいっそう増えていたが、五十過ぎにもかかわらず、骨張った顔にはほとんど皺《しわ》がない。「けさドクター・マイケルズに足を運んでもらえたことには、みな感謝している」

なぜグリフィンは本題に入らずにこんな茶番を続けているのだろう。長テーブルの反対側の端に腰かけながら、ケンドラはいぶかしんだ。グリフィンは妙に堅苦しくて礼儀正しい態度をとっている。グリフィンはいつも、腹を立てているときにドクター・マイケルズという呼び方を使う。これまでケンドラに好意や理解を示したことはないし、ほかの捜査官たちも、手放しでこちらの存在を喜んでいるわけではない。ケンドラは彼らのやり方や洞察力のなさを遠慮なく批判してきたし、彼らはケンドラが正しかったことがわかることをいつもおもしろくないと思っている。だが、苛立ってはだめだ。予想どおりゆうべはまったく眠れなかったけれども、疲れてはいない。あのいまいましい封筒のおかげで、不本意ながらアドレナリンが駆けめぐっている。いまもまだ胃がむかむかした。

グリフィンがリードに合図した。「はじめてくれ」

「はい」リードがリモコンのボタンを押すと、グリフィンの背後の壁にスクリーンがおりてきた。窓のシェードが自動で閉まり、天井に取りつけられたプロジェクターが作動して、スクリーンにパワーポイントのデータが映し出された。最初に表示されたのは、ふた晩前にケンドラが訪れた、あの事故現場の写真だった。

リードが全員のほうを向いた。「ドクター・マイケルズ。ご存じのように、カブリロ橋の擬装された事故現場には、あなたが過去に捜査をしたテキサス州のスタンリー・ヴィアーズ事件に似た特徴があります。ヴィアーズの事件の被害者たちは年齢も性別もばらばらですが、全員が事故に見えるやり方で殺されていました」小さなリモコンを使って、ヴィアーズ事件の殺害現場の写真をすばやく何枚か表示した。「しかし、われわれが渡した資料にもあったように、今回の犯人はこのひと月で少なくともほかに二件、殺人を犯しています。十月十七日にミッション・ヴァレーで女性がひとり、ピアノ線で絞殺されました。ピアノ線はそのあと巻きとられて被害者の口に押しこまれていました」リードは現場の写真を表示した。何枚かは封筒にも入っていたものだった。「そして、十月二十五日にオールドタウンで男性がひとり刺殺され、ラテン語の〝メンズ・レア〟——犯罪意思、という言葉が胸に刻まれていました」ふたたび、リードは現場写真を表示した。ケンドラもすでに見たものだ。「もともとはサンディエゴ市警がこれらの事件を担当していて、同一犯の犯行とは考えていませんでした。しかし、カブリロ橋の事件が当支局の担当になって、いろいろなことが見えてきました。これらの事件にはつながりがあったのです」

「そのとおりよ」ひと晩じゅう事件について考えていたのに、リードの説明を聞いていても、現実の出来事だとは思えなかった。「三つの事件のつながりは……わたしだわ」

全員が黙りこみ、ケンドラが話を続けるのを待った。

ケンドラは立ちあがり、最後の血まみれの現場の写真を長いあいだ見つめてから口を開いた。「ピアノ線を使った殺人は、マーティン・スタウトの手口よ。彼はネヴァダ州リノで、女性四人をまったく同じやり方で殺した。わたしが最初のころに担当した事件よ」ケンドラはリードを見た。「あなたの資料にはピアノ線の種類は記載されていなかった。どんなものだったか――」

リードはさえぎるようにして答えた。「レスロー社の十九番のピアノ線でした」

ケンドラはうなずいた。「ドイツからの輸入品ね。スタウトがいつも使っていたものよ。そして、二番めの被害者は〝ラテンキラー〟と呼ばれているルーカス・ヘンドリクスの手口で殺されている。被害者の体にラテン語の言葉を刻むの。これもわたしが担当した事件」

リードはうなずいた。

グリフィンが両手を広げてテーブルに置いた。「どうやら、何者かがきみの手柄の数々を再現しているようだ、ドクター・マイケルズ」

「相変わらず気配りの行き届いた物言いね、グリフィン」

「気配りするような繊細さなど、わたしにないことはお互い承知しているだろう。何者かがきみを挑発しているんだ。意図的に、きみの地元で事を実行している」

「それも、すばらしい手腕でね」

「きみにとってはつらいことだと思う。だが、きみと話をする必要があったことはこれでわかってもらえただろう」

「もちろんよ。わたしがこの事件にどれほど胸の悪い思いをしているかもわかってもらえるわね」

「われわれ全員が胸くそ悪い思いをしている。プロファイラーによると、犯人はきみの捜査活動のファンとでもいうべき人物とのことだ」

ケンドラは頭を振った。「ありえないわ。わたしにファンなんていない」

「そいつは意外だな」グリフィンはにこりともせずに言った。「ドクター・マイケルズ、われわれが問題にしているのは、過去のどこかの時点できみに接触してきた人間だ。直接でも、ネットの掲示板上でもいい。思い当たる人物はいないか？」

「いいえ、仕事用のウェブサイトからメールをもらうことはあるけれど、わたしのかかわった事件に興味を持っている人は多くない。ほとんどは、わたしが視力を取り戻した治療法について知りたがっている目の不自由な人や、その友人、家族よ」

「ふむ。きみの捜査活動に興味や知識を持っている人物を洗う必要があるな。メールは保存してあるのか」

「ええ、分類して転送するわ。掲示板のほうは、まったくわからない」

「こちらで調べています」メトカーフが言った。「数年前までさかのぼってファイルを作成しました。あなたがかかわった事件が報道されるたびに、あなたに関する発言が急激に増えます。IPアドレスを使って、掲示板やニュース記事のコメント欄などに投稿した人物のデータベースを作りました。何度も発言している人がかなりの数いることがわかっています」

「ほら、やはり熱烈なファンがいるんだ」リンチが言った。

グリフィンがうなずいた。「そのうちのひとりが、この数週間のうちに六人を殺した犯人なのかもしれない。メトカーフ、ドクター・マイケルズにデータベースのコピーを渡せるか？」

メトカーフはUSBメモリをテーブルに置き、ケンドラのほうに滑らせた。「これまでに判明したことがすべて入っています。目を通して、気になることがないか確認してください」

「わかったわ」ケンドラはUSBを受けとった。「普段はネット上でわたしについて書かれたものは読まないようにしているんだけれど」

「賛辞がほとんどですよ」メトカーフは言った。「でも、捜査に関するあなた自身のコメントの引用がひとつもないことに驚きました。まったくないんですよ」

「捜査についてメディアに話をしたことはないから。コメントを求められたら、すぐに追い払うことにしてるの」

「でも、音楽療法に関してはちがうようですね。いくつもの論文で引用されています」

「ええ、自分でもいろいろ書いてるし、本も二冊出してるわ。まだ新しい分野だから、できるだけたくさんの人に注目してもらう必要があるのよ」ケンドラは頭を振った。「ほんとうに、いま考えるべきことが音楽療法だけだったらよかったんだけれど」

リードがリモコンを持ちあげた。「続けても?」

グリフィンが身を乗り出した。「実際の話、きみとメトカーフに頼んだ作業はどこまで進んでいるんだ?」

「すっかり終わりました。ほとんど徹夜だったんですよ」

「よくやった。続きは下でやろう」グリフィンはケンドラとリンチのほうを向いた。「いくつかの部署が引っ越したので、いまこの建物の二階がまるまる空いているんだ。すべてが取り払われて、改装業者の作業がはじまるまで殺風景な状態になっているが、空間だけはたっぷりある。ここは手狭なのでね」
「なぜ広い場所がいるんだ?」リンチが尋ねた。
グリフィンは立ちあがり、菱形《ひしがた》の背もたれから上着をとった。「いまから見せよう」

3

「信じられない」ケンドラの声が広い空間に響き、むきだしの壁やコンクリートの床にこだました。

「すごいな」リンチがつぶやいた。

ふたりはFBIチームと二階の空きフロアにいた。四方に十九枚のボードが並び、ケンドラがかかわった事件の現場写真や新聞の切り抜き、詳しい資料が張り出されている。

「これで全部のはずだ」グリフィンが腕を振ってボードを示しながら言った。「きみが捜査にかかわった事件が網羅されている」

ケンドラはすぐには返事ができなかった。ずっと忘れようとしてきたすべての顔、すべての死、すべての現場。それがあらゆる方向から迫ってくる。

「だいじょうぶか」リンチが尋ねた。

ケンドラはうなずいた。わたしをよく知っていて、ボードを見たわたしがどんな反応を示すかわかっているのはリンチだけだ。ほかの面々にとって、これは単なる〝勝利〟や

〝手柄〟にすぎない。しばらくしてから、ケンドラはリードとメトカーフのほうを向いた。「忘れていたわ、こんなにたくさん手伝っていたのね。準備にひと晩近くかかるわけだわ」

「ここはわれわれのデータセンターだ」グリフィンが言った。「〝作戦室〟と呼んでいる。きみがかかわったすべての事件の詳細を張り出した。われわれと捜査したのは五件だが、ほかの警察や捜査チームに協力したぶんも含めてある。サンディエゴ市警と連携して、このいずれかと手口が一致する事件がほかにないか確認しているところだ」

ケンドラはふと動きを止めた。十二歳の少年、スティーヴ・ウォーラックの写真が目に入った。彼は、ケンドラが最初の事件の捜査に加わったその晩に殺された。

生きていればいまごろは高校生になって、デートをしたり、車を運転したり、大学進学を考えたりしていたはずだ。もしかしたら――

「ケンドラ？」リンチがそっと声をかけた。

ケンドラはうなずき、少年の顔から目をそらした。

「ドクター・マイケルズ」リードが言った。「関連情報に漏れがあれば教えてください」

「わかったわ」

「なかなかのものだろう？」グリフィンがボードの前を歩きながら言った。地獄のギャラリーの支配人のようだ。「こうして張り出せば、きみの記憶を新たにする役に立つと思ってね。リードのパワーポイントの腕前を軽んじるわけではないが、このほうが見やすいだろう」

心臓に短剣を突き立てられたようだ、とケンドラは思った。いま、みなと目を合わせてはいけない。こうした資料が悪夢を呼び覚ますことを彼らに悟られてはいけない。

「だいじょうぶよ」ケンドラは言った。「事件のことは何から何まで覚えてる。被害者全員の近親者と話をしたのよ。忘れられるような経験じゃない……忘れたくても」

リンチがすばやくケンドラとグリフィンのあいだに進み出た。「あの橋の被害者について、監察医から仮報告は届いたのか」

「ゆうべ届いた。ＢＭＷのカップルについてドクター・マイケルズが言ったことは正しかった。ふたりとも絞殺だったよ。ピックアップトラックの運転手は鈍器で殴られたようだが、遺体がひどく焼けている。燃焼促進剤が使用されたというのも当たりだった。トルエンが主成分の、ペンキの希釈液だそうだ」

「ミニバンの運転手は？」ケンドラは尋ねた。「焼け焦げていてよく見えなかったの」

「オールドタウン在住の三十二歳の女性だ」グリフィンが言った。「胸に複数の傷があり、刺し傷と思われる。監察医によると、遺体は冷凍されていたらしい」

「冷凍？」リンチが言った。

ケンドラはうなずいた。「お披露目の準備が調うまで、遺体を凍らせておいたのね。彼女の姿が見えなくなったのはいつだかわかる？」

「事故の四日前です」リードが言った。「彼女は失業中の教師でした。ルームメイトがいますが、フェニックスの実家に帰っているのだと思って気にしていなかったそうです」

ケンドラはグリフィンに目を向け、ボードを見ないようにしながら言った。「ピックアップトラックの運転手は？」

「事故の三日前から消息を絶っていた」グリフィンが言った。「ノースパークで家族と暮らしている男で、サンディエゴ市警がすでに行方不明者として捜索に当たっていた」

「いつから行方不明だったの？」ケンドラは尋ねた。

「彼の遺体も冷凍されていたとしても驚かないわね。ＢＭＷのカップルは？」

「ふたりは殺害されたばかりだった。数時間前まで仕事をしていたんだ。あの晩、レストランで友人たちと会うことになっていた」

「被害者たちが拉致された場所は、もう特定して封鎖してあるのかしら」

グリフィンが苦々しい笑みを浮かべた。「信じられないかもしれないが、われわれも初歩的な捜査知識は持っているんだ」

グリフィンの慇懃《いんぎん》な態度が剥がれ落ち、敵意があらわになりはじめていた。予想よりもよくもった、とケンドラは思った。いまいましいことに、ケンドラ自身の自制もいまにも擦り切れそうだった。「つまり、イエスということね」

「ああ」

「わかったわ。まずは監察医に会って、そのあとで拉致か殺人かが行われた現場をまわりたい」

「そのように手配する」グリフィンが言った。「問題は、誰がきみのお供をするかだな」

リンチが自分の胸を指した。「ぼくが行く」

グリフィンは眉を持ちあげた。「きみは多忙でわれわれの捜査には参加できないと聞いていた。ドクター・マイケルズの説得を終えたらワシントンに戻ると」

「フリーで働く利点は、何をするかを自分で決められることだ。当面はケンドラとこの事件を調べる」リンチは少し間を置いた。「大型ハンマーが入り用になるといけない」

「なんの話だ？」

「話せば長くなる」

リンチとフェラーリに乗りこんでシートベルトを締め、駐車場を出ると、ケンドラは微笑《ほほえ》んだ。「ワシントンのあなたのボスは、機嫌を損ねるんじゃない？」

「彼らはボスじゃない。提携者だ」

「あなたを雇って報酬を支払っている提携者でしょう。彼らの指示で彼らのために働いている。それってじゅうぶんボスに思えるけど」

「いまはグリフィンがきみのボスなのと同じようにね」

「さっきの言葉は訂正するわ、あなたが正しい。この仕事がいやな理由はまさしくそれよ。

でも、少なくともわたしは好きなときに手を引けるし、一度ならずその権利を行使してきた」

「ぼくもだよ。またひとつ共通点が見つかったな」リンチはサングラスをかけ、州間高速道路八号線に車を乗り入れた。「念のために言っておくと……ぼくがこの捜査にかかわることで〝ボス〟が激怒するとしても、別の忘我の喜びが得られる」

「それはよかった、あなたの水着モデルさんがきっと喜ぶわ。わたしも彼女に会えるかもしれないし」

「悲しいかな、彼女は来週までマジョルカ島にいるんだ。写真の撮影で」

「それは都合のいいこと。ますますアシュリーは実在しないんじゃないかと思えてきたわ。おばかな高校生男子が妄想で作り出す、カナダ人の恋人みたいに」

リンチはにやりとした。「学生時代にそういうやつがいたよ」

「そうでしょうね。あなたのことでしょ？」

「ちがうよ」

「まあいいわ。どっちにしろ、どの学校にもそういう子がひとりはいるものよ」軽口を叩《たた》きながらも、リンチのアシュリーは本物だとケンドラは思っていた。ことあるごとに彼のベッドに飛びこんでくるのだろう。リンチはセクシーなだけでなく、抗《あらが》いがたい力強さを発散している。

リンチは肩をすくめた。「きみの言うとおりかもしれないな。報われない恋といえば、あの若きメトカーフは、きみのお供が自分ではないと知って打ちひしがれていたようだぞ」

「ほんとう？　気づかなかった」

「それなら、思っていたほどきみの観察眼はたいしたことがないな」

「まあ、きっとまた別の機会があるでしょう。さっきは彼とリードの仕事の速さに驚いた。ふたりとも、過去の事件についてわたしと同じくらい詳しくなったんじゃないかしら」ケンドラはポケットからUSBメモリを取り出した。「先日の被害者たちのケースファイルも入っているとグリフィンは言ってたわね。あなたのタブレットを借りていい？」

「座席の下にある。中身を転送するといい。拉致現場と思《おぼ》しき場所を見てみたいと言っていたな」

「ええ……でもまずはカーニー・メサに行きましょう」

「了解」リンチはアクセルを踏みこんだ。「楽にして目を閉じていたらどうだ？　休んだほうがいい。グリフィンはきみに酷なことを強いた」

「ええ」ケンドラは窓の外に目をやった。「本人はそうと気づいてすらいないけど」

「それはどうかな」リンチは口もとを引きしめた。「きみは折にふれ彼のプライドを傷つけてきた。グリフィンはやられっぱなしでいる男じゃない」

「あなたの保護本能が頭をもたげているように感じるのはそのせいなの？　守ってもらう必要はないのよ、リンチ」

「そうだろうね。きみはタフだ」リンチは微笑んだ。「だが、きみのためならぬかるみの上に上着を広げずにはいられない。ＤＮＡに組みこまれているんだ」

「アシュリーのためにとっておくべきよ」

「それはまた別だ。アシュリーはぼくの保護本能のレーダーには映っていないんだよ」

映っているのはセックスのレーダーだけというわけね。

そう、きっとそういうこと。

「さあ、目を閉じて」リンチがやさしく言った。

彼の声は深く、ベルベットのようになめらかだった。微笑みが彼の顔を照らし、厳しさをやわらげている。圧倒的な存在感と魅力で、誰をも意のままに操る人。でも、その下にはもっと複雑な何かがあるのかもしれない。とにかく、いまだけは、なぐさめられ、甘やかされても気にならなかった。神経がひりつき、痛んでいて、被害者たちの顔が目の前から離れない。恐ろしい記憶でいっぱいのあの部屋で、リンチがそばにいてくれたことが心強かった。

いまも、何も訊《き》かずにいてくれる。向こうが求めてきたのは、彼のＤＮＡに組みこまれているという保護本能を発揮することだけ。

感謝しているなんて、本人には絶対に認めるつもりはないけれど。

「疲れたわ」ケンドラは目を閉じた。「着いたら起こして」

カリフォルニア州　カーニー・メサ
サンディエゴ郡検視局

検視局はFBI支局と同様に二十四時間稼働しているが、どちらも日曜日はごくかぎられた人数しか出勤していないようだ。ケンドラとリンチはブザーを鳴らしてからたっぷり二分待たされたあと、ようやく出てきた助手に上階のラボへと案内された。五分後、緑の手術着姿をしたドクター・クリスチャン・ロスが現れた。顎髭《あごひげ》をたくわえた、六十代はじめのがっしりした男性だ。綿密で徹底した仕事をするすばらしい監察医だと、ケンドラはかねてから評価している。さらにロスは、相手の知識に合わせた医学的説明ができるというたぐいまれな能力を持っていた。

ふたりを見て、ロスはにやりと笑った。「これはこれは、ケンドラ・マイケルズとアダム・リンチじゃないか。あらかじめ言っておくが、わたしはいま少々疲れている。十六時間連続で働いているんだ。きみたちの事件はきのうきょうでぐっと緊急性を帯びた」ロスはふたりについてくるよう合図し、廊下を歩きはじめた。「散らかっているが、わたしのオフィスで話をしよう。何を訊きたい？」

「長くはお邪魔しません」ケンドラは言った。「ゲーリー・デッカーとコリーン・ハーヴェイについて、二、三、お訊きしたいだけなんです。具体的には、彼らの服について」

ロスは驚いたようにケンドラを見た。「服？」

ケンドラはうなずいた。「彼らはBMWのなかにいた被害者です。殺されたあと、発見時の服を着せられたことを示す痕跡はありませんでしたか」

リンチは考えこむような顔つきでケンドラを見ていたが、何も言わなかった。

長いあいだロスは黙っていた。「なぜそう思った？」

「答えはイエスですか、ノーですか」

ついにロスはうなずいた。「イエスだ。だが、そのことはこのオフィスの人間しかまだ知らないはずだ。このあと正式な報告書に記載するつもりだった。情報が漏れているのか？　もしそうなら――」

「情報漏れではありません」

「それならどうやって――」

「先に教えてください。どうして着替えさせられていると判断したんですか」

ロスは肩をすくめた。「難しいことじゃない。犯人は、われわれが彼の仕事に必ず気づくように万全を期していた。解剖の準備をしていた助手がすぐに気づいたが、わたしがその情報を聞いたのは数時間たってからだった」

「情報というと？」

「男性の被害者のシャツが小さすぎたんだ。それで、背中側に切りこみを入れて上着に留め、見た目にはわからないようにしてあった。昔からある葬儀屋の技だ。最後のお別れのための衣装を着せるとき、用意されていたものが小さすぎることがよくあるので、背中の布を切り開いてサイズを合わせる。犯人はわれわれの観察力に賭けるつもりはなかった。誰にも見逃されようのない確実な方法を使ったんだ」

「事故現場そのものと同じように、か」リンチが言った。「完全に全員の目を欺くつもりなどなかった。すべてはきみのためというわけだ、ケンドラ」

ロスはケンドラのほうに身を乗り出した。「今度はきみの番だ。どうしてわかった？」

「先日の夜、被害者ふたりの爪に、着衣の細い繊維がついているのに気づいたんです」

「これまでその話はしていなかったな」リンチが言った。

「何か意味があるのか、はっきりしなかったから。でも、被害者それぞれの両手についているとなると少し不自然でしょう」

「それはわたしも気づいた」ロスが言った。「だが、恥ずかしながら、同じ結論にはたどり着けなかった。その繊維を見て、両方の遺体が着替えさせられたと考えたわけだね」

ケンドラはうなずいた。「シャツや上着を着るとき、わたしたちは袖のなかで指を動かして、布が引っかからないようにする。でも、死体にはもちろんそんなことはできない。

指があちこちに引っかかって、爪に糸くずがつく。このカップルは殺されたあとに服を着替えさせられたんです」

リンチが顔をしかめた。「そんなことをする人間がいるのか？」

「ウェイン・シェトランドよ」ケンドラは言った。

「なんだって？」

「わたしがかかわった別の事件。フレズノで起こったの。あなたのタブレットでファイルを見てみて。シェトランドは被害者の命を奪ったあと、別の服に着替えさせる。メディアは〝着せ替え人形殺人事件〟と呼んでいた」

リンチはうなずいた。「つまり、犯人はもうひとつ、きみの事件を模倣していたわけだな。警察がそれに気づいて、きみを引っ張り出すのを望んでいたんだ」

ロスがため息をついた。「そろそろ失礼していいかな。報告書にいろいろ追加しなくてはならないようだ」そして、ケンドラに顔を向けた。「ほかに何か訊きたいことは？」

「いまはありません」ケンドラは廊下へと戻りはじめた。「ありがとうございました、ドクター・ロス。進展があったらお知らせします」

ふたりが車まで戻ってきたとき、リンチの携帯電話が鳴った。リンチはケンドラのためにドアのロックを解除してから、外で話しはじめた。

ケンドラは助手席に座り、電話で話すリンチを観察した。しだいに緊張がみなぎり、激昂《げっこう》していくのがわかる。視力を取り戻してから、人が話すときの唇と舌と歯の緻密な連携にケンドラは魅了された。けれども、急激に上達した読唇術も、リンチがときおり後ろを向いて歩きまわっているいまはあまり役に立たない。まあ、特別な技術がなくても、この電話が楽しいものでないことは察しがつく。

しばらくしてリンチは電話をしまい、車に乗りこんできた。

「悪い知らせ？」ケンドラは尋ねた。

「癪《しゃく》に障る知らせだ。街を離れなくてはならなくなった」

「いつ？」

「三時間後だ。悪いが、家まで送るしかない」

「なるほど。正確にはボスではない、あなたのボスからの命令ってことね」

「ワシントンで何かあったらしい。必要不可欠な人材だなんて評判を築くんじゃなかったよ」

「あらあら」ケンドラは茶化して言った。「こんなふうに泣きを見ることになるとはお気の毒ね」横目で彼を見る。「好奇心から訊くんだけど、何があったの？」

「それは機密事項だ」

「そうだと思った。でも、きっと話してくれるとも思ってる。わたしは秘密を守れる人間でしょう?」

リンチは笑った。「ああ、そうだな」

「だから吐きなさい」

「まいったな」リンチは両手を持ちあげた。「連邦議会の事務局の人間が、機密情報を漏らしているんだ」

「漏らすって、誰に?」

「おそらく、誰でもいちばん高い値をつけた相手に。活動家、国防企業、ジャーナリスト……情報の内容によって変わる。ぼくの任務は、穴を見つけてそれを埋めることだ」

「〝埋める《プラグ》〟って、三〇年代のギャング映画で使う意味じゃないわよね」

リンチはにやりとした。「誰かに銃弾をぶちこむ《プラグ》ってことか? ぼくがそんな危険でロマンティックなことをすると思ってくれていたとは光栄だ」

実のところ、リンチはタフで大胆には見えるが、ロマンティックな点を想像するのは難しい――セックスに関することをのぞいては。彼の性的な魅力や嗜好《しこう》ははっきりしている。

「わたしは見たままの印象しか持ってないわ」

「いや、銃弾をぶちこむわけじゃない。ぼくが言っているのは、純粋に情報漏れを食い止めるということだ。この数週間、偽の情報をばらまいていたんだが、けさになって進展があった。だが、あいにく容疑者が口を割らないそうだ。戻ってきて尋問をしてほしいと頼まれた」

「拷問じゃないの？」

「正確にはそうだろうな。だが、彼らは肉体的にではなく、心理的に責めたいようだ」

「それであなたの技が必要なのね。あなたの特技は、人を半狂乱にさせることだもの」

「きらいじゃないよ、そうやってぼくの才能をねじ曲げてあてこするきみのやり方は」

「あら、あなた一流の、人を操るその技を〝才能〟と呼ぶことにしたの？」

「きみならなんと呼ぶんだ？」

ケンドラは首を傾《かし》げ、考えた。「災い。害毒。癪の種。好きなのを選んで」

リンチはエンジンをかけ、駐車場から車を出した。「とにかく、しばらくはぼくの才能なしでがんばってもらわなくてはならない。ついに若きメトカーフがきみのパートナーになるチャンスをつかむことになりそうだな」

「お供なんていらない」

「いやなら、ぼくが戻るまで待っていてもらうしかない。二日ほどだと思うが」

ケンドラは顔をそむけた。「二日なんて長すぎる。あなたは気づいていないかもしれないけれど、野放しの異常者がまた人を殺すかもしれないのよ」

「この事件の捜査をしているのはきみだけじゃない。ぼくが留守のあいだ、過去のケースファイルを読みこむのはどうだ」

ケンドラは信じられない思いでリンチを見た。「冗談でしょう。わたしが何もしないでただあなたの帰りを待っていると思う？　好きなだけワシントンにいてちょうだい。わたしはずっとひとりでうまくやってきたんだから」

「それはわかっている」リンチは言った。「だが、この事件はいつもとちがう。犯人が狙っていたのは被害者たちだけじゃない、きみのことも狙っていたんだ。きみを念頭に置いて殺人を計画している。次に何が起こるかわからない」

ケンドラはしばらく黙っていた。ケンドラ自身も同じことを考えていた。

「次に何が起こるかは、わたしたち全員よくわかってるわ」ケンドラは静かに言った。「FBI支局のボードに張り出されている事件のどれかが起こるのよ」

ふたりは黙りこんだまま、ケンドラのコンドミニアムまで戻った。

なぜリンチがいなくなることがこんなに不安なのだろう。リンチなんて必要ないのに。誰も必要ないのに。

二十四時間前までは、リンチはわたしの心からいちばん遠いところにいた。それなのに、ほんの数時間パートナーとして過ごしただけで、これがなくなることにこんなにも動揺している。

リンチの言うとおりだからだ。この事件はほかとはちがう。そして、認めたくはないけれども、大型ハンマーがそばにいてくれるのは心強かった。

リンチはコンドミニアムの前で車を停《と》め、エンジンをかけたまましばらく黙っていたが、やがて口を開いた。「ぼくの電話番号は知っているな。連絡を絶やさないようにしてくれ、いいな？」

「わかったわ」

「それから、ケンドラ……」

「何？」

リンチは身をかがめ、ケンドラの唇にキスをした。

ケンドラは凍りついた。いったい何が起こったの？　最初に頭に浮かんだのは、体を引くことだった。けれども次の瞬間、体を押しつけたくなった。二番めの本能が勝利をおさめ、気づくとケンドラはキスを返していた。

力強さ。ぬくもり。安心感。

これまでは、リンチから接触や誘いがあるとしたら、セックスや情熱に関するものだろうと無意識に想像していた。守られている、大切にされているという感覚を味わうとは思ってもいなかった。これはいったい……。

やがて、リンチが体を離した。「何を考えている？　言ってくれ」慎重な声だった。

「質問責めにしてあなたを困らせる気はないわ」ケンドラは息をつき、心臓を落ち着かせようとした。「これはあなたにとって、一時的な衝動にすぎないとわかってる。わたしにひとりで捜査をさせることを申し訳なく思って、その気持ちが行動に表れただけなのよ。とても……親切なことだけど、そんな必要はまったくない」

「ぼくの心理と行動を分析してくれてありがとう」リンチは皮肉っぽい声で言った。「きみの分析が正しいのかどうか、きみにはわからないのが残念だな。さぞかし苛立《いらだ》たしいだろう」そして、ケンドラの鼻の頭にもう一度軽くキスをした。「気をつけて」低くささやく。

ケンドラはすばやく車から降り、逃げるように建物に入った。後ろを見ることなく。

「いったいなんなのよ?」

コンドミニアムに入って椅子に座りこんだケンドラは、声に出してつぶやいた。リンチの突然のキスにとまどい、混乱していた。

そして、高ぶっていた。

その性的な反応は、どこからともなく現れた。そんな反応をしてはいけないと、あれこれ理由を並べていたのに。というよりも、それはずっと水面下に漂っていて、リンチが彼らしくない行動をとった驚きで表面に現れ出たのかもしれない。驚くことはないじゃない、とケンドラは自分に言い聞かせた。初めて会ったときから、リンチにはあらゆるレベルで人を惹《ひ》きつける力があることに気づいていたのだから。そのもっとも原始的な魅力に接して、めまいがするような感覚に襲われた。

たぶん、こういう反応をリンチは引き出したかったのだろう。

とはいえ、計算された行動には見えなかった。リンチはいつも、特定の結果を得るためこれは自然な、理性を超えた行動のように思えた。そして、最後の鼻の頭へのキスには、まちがいなく兄のような愛情がこもっていた。

ああ、もう。これから二、三日、あれはなんだったのかと考えて過ごすことになると思うといやになる。きっとリンチ自身にも答えはわかっていないにちがいない。彼のベッドに飛びこもうと待ち構えている、ビキニモデルのアシュリーがいるのだからなおさらだ。

ケンドラはポケットからUSBを取り出し、パソコンに差しこんだ。今回の事件についてのファイルのほかに、インターネット上の掲示板から集めた、ケンドラやケンドラの担当した事件への投稿をまとめたファイルもある。

ときどき送られてくるメールから、実際に起きた事件に夢中になる人々がいることは知っていたけれども、モニターに表示された異常なまでの関心には驚かざるをえなかった。実際の事件を扱う掲示板がたくさんあり、そのときどきにメディアで話題になっている事件について、大勢が意見や推理をやりとりしている。その熱狂ぶりといったら、ひいきのスポーツチームについて語り合っているかのようだ。

そして、ケンドラは選手のひとりなのだろう。

ケンドラ自身は事件についてメディアに話したことはなかったが、ほかの捜査関係者や家族、あるいは犯罪者自身が、話を聞いてくれる相手に胸の内をぶちまけるのは止められない。掲示板の投稿には誤りも多いが、事件の詳細を正確に伝えたものもたくさんあることに驚いた。伏せられているべき情報が漏れていたことに驚いたのではなく、そんな細部に関心を持つ人間がいることが意外だったのだ。

だが、確かにそういうことを気にする人々が存在する。そして、そのひとりが六人もの人間を殺した。

ケンドラは、今回の捜査ファイルに注意を向けた。カブリロ橋の被害者たちが殺された、もしくは拉致された現場の写真が集められている。コリーン・ハーヴェイとゲーリー・デッカーが襲われた、セイバー・スプリングスの家の写真を次々と見ていった。

南カリフォルニアによく見られる、スタッコ塗りの壁に瓦屋根というスペイン風の建物だ。写真だけでは、たいしたことはわからなかった。刑事やＦＢＩ捜査官が現場をうろついて、見るべきものを台なしにしていないことを祈るしかない。

ケンドラは電話機に手を伸ばし、グリフィンの携帯の番号を押した。

すぐに彼が出た。「グリフィンだ」

「セイバー・スプリングスにあるコリーン・ハーヴェイの家を見てみたいんだけど」

「いまからか？」

「ええ。できるだけ早く。現場はまだ保存されているんでしょう?」

「サンディエゴ市警が封鎖している。ところで、アダム・リンチがワシントンに取って返したと聞いたが」

「ええ、彼は戻ったわ。鍵を手に入れてもらえる?」

「もう暗くなってきている。あすの朝まで待ったらどうだ? メトカーフかリードに電話させる——」

「それじゃ遅いわ。暗くても平気よ。それに誰かに手を握っててもらう必要もない。わたしに捜査を手伝わせたいんでしょう?」

グリフィンは小さく毒づいた。「いいだろう。サンディエゴ市警に連絡して、現場に入れるようにしておく。だが、何か手がかりをつかんだらすぐに知らせろ」

「もちろんよ」

「何が〝もちろん〟だ。前にも同じ会話をしたことがある。いいか、われわれはチームで捜査をしていることを忘れるな。これは〝ケンドラ・マイケルズ・ショー〟じゃない」

ケンドラは苛立ちを押し殺した。思ったとおりだ。グリフィンはわたしに手を貸すことなど考えていない。情報を吸いあげることしか頭にないのだ。「見てるといいわ、グリフィン。すばらしいショーになるから」

グリフィンは何やら汚い言葉をつぶやいた。「アダム・リンチがいなくなってきみひとりになったのはいいことだったかもしれないな。やつの傲慢さがきみにも伝染しているようだ。ここにリンチはふたりもいらない」そして、電話を切った。

ケンドラがコリーン・ハーヴェイの家に到着すると、建物の前に警察車両が一台停まっていた。黄色い立ち入り禁止のテープはすでに剝ぎとられて歩道に丸めてあり、すべての窓から明かりが漏れていた。

玄関にたどり着く前に、若い制服警官が家から出てきた。「何かご用ですか」

「ケンドラ・マイケルズよ。わたしが来ると知らせが行っていると思うのだけれど」

「はい、聞いています。お待ちしていました」警官は握手をした。「丁重にご案内するよう命じられています」

「ありがとう……」ケンドラは彼の右胸のポケットの名札を見た。「ジレット」

警官は小さなプラスチックのバスケットを掲げた。「申し訳ありませんが、なかに入る前に、カメラやレコーダーのたぐいを預からせていただきます」

ケンドラは眉を持ちあげた。「そうなの？」

彼は肩をすくめた。「そういう決まりですので」

「いつから？」

「最近、封鎖されている犯行現場の写真がインターネットやテレビニュースに流れたことがありまして。写真に撮りたいものがあるときは知らせてくだされば、撮影係を呼んで撮らせます。本部の許可がなければ撮影はできません」

「写真は必要ないと思うわ」ケンドラは携帯電話をバスケットに入れた。

警官は脇に退き、ケンドラをなかに通した。

ケンドラがまず注意を引かれたのは、玄関ホールや居間のいたるところに飾られた、個性的で大胆な絵だった。とはいえ、驚くには当たらない。コリーン・ハーヴェイはアートギャラリーを経営していたのだ。

けれども、その抽象画は怒りと暴力を感じさせるもので、血のような赤や大胆で荒々しい切りこみが画面を横切っていた。ほんとうにここであの女性が恐ろしい死を迎えたのだとしたら、これ以上ふさわしい背景はないだろう。

「なんだかぞっとしますね」警官が言った。

ケンドラは答えなかったが、心のなかでは同意せざるをえなかった。居間を見まわし、最近クリーニングしたらしいカーペットに注意を向ける。

ソファの近くに、二箇所大きくへこんだ部分があった。足跡には見えない。

膝の跡だろうか?

そうだ。誰かがソファの近くに立っていて、膝をつけさせられた。サイズから判断して、おそらく男性だろう。

「ゲーリー・デッカーはここで首を絞められたんだと思う」ケンドラは声に出して言った。

警官がカーペットの跡をじっと見た。「確かですか」

「確信はないわ。たくさんの人がカーペットの上を歩いてしまっているから。でも、この部分に続く足跡は、部屋から出ていっているどの足跡とも一致しない。ゲーリー・デッカーの靴は二十九・五か三十センチだと思うわ」

そのとき、ソファに残るかすかなザクロの香りに気がついた。すっぱいような香り……香水だろうか。

ボディローションだ。ジャフラ社の〈ロイヤル・ポメグラネイト〉。コリーン・ハーヴェイのものだろうか。

もう一度、居間を見まわした。ほかに見るべきものはないようだ。

ケンドラはキッチンに向かった。ケースファイルにあった写真のとおり、芝刈り機と高圧洗浄機が置いてある。そちらに近づいた。

「こういうものを置くには変わった場所ですね」警官が言った。

「いつもはちがう場所に置いていたようね」ケンドラはキッチンにあったドアを開け、ガレージをのぞいた。「普段はここに出してあるのよ。でも、犯人にはゲーリー・デッカーのBMWを置く場所が必要だった。車に死体を積んで、橋に運ぶまで置いておいたのよ。家の前の道端ではやりたくない作業だわ」

警官はうなずいた。

ケンドラはガレージのドアを閉め、家の中心に向きなおった。「二階に行ってみるわ。あなたはずっとついてまわるよう言われているの?」

警官は首を振った。「いいえ、わたしはこのあたりにいて、あなたが帰るときに戸締まりをします。ごゆっくりどうぞ、ドクター・マイケルズ。外で待っています」

「ありがとう」

ケンドラは階段をのぼり、仕事部屋とふたつの寝室を調べた。わずかに散らかっているが、特に変わったところはない。

ふと、廊下で足が止まった。

この作業はきらいだ。

殺人の被害者の家を歩きまわることほど気の滅入《めい》ることはない。二度と戻らない、幸せな時間の写真。モニターに映し出された、返事の届くことのないメール。読み終えられることのない、開いたままの本。

コリーンが何も知らずに人生最後の一日を過ごしていたときと少しも変わっていない。

ああ、もう。しっかりするのよ。

ケンドラは廊下を進み、主寝室用のバスルームに入った。またしても、あのつんとするボディローションの香りがした。ここでローションをつけたのだろうが、普通に使ったのではありえないほど香りが強い。

おかしい……。

ローションのボトルがないかと、バスルームのブルーパール御影石《みかげいし》のカウンターを見まわした。

ない。

振り向いて、部屋全体を確認する。

やはりない。

そうか。ボトルは割れたのだ。最近――おそらくはふた晩前、コリーンがディナーデートの支度をしていたときに。

でも、コリーンが落としただけなのか、それとも……。

ケンドラは膝をつき、キャビネットの周囲の床を手で探った。埃《ほこり》以外何もなさそうだ。角まで手を伸ばし、キャビネットとバスタブのあいだに指を差し入れる。

何か冷たくて尖《とが》ったものがふれた。

やった！

手を戻すと、人差し指と中指のあいだにガラス片が一枚挟まれていた。ガラスを観察する。表面に黒い文字が見え、ローションのブランドが推測どおりだったことがわかった。

ケンドラは寝室に戻り、廊下に通じるドアに近づいた。部屋の隅に向かって半分開いたままになっている。ドアノブをつかみ、手前に引いた。

ケンドラは鋭く息をのみ、床を見つめた。「なんてこと」

ドアの陰の絨毯《じゅうたん》に、男性の足跡がひと組残っている。

跡は深く、くっきりと刻まれていた。誰かがここに立って、開いたドアの陰にしばらく隠れていたのだ。

いや、誰かではない。コリーン・ハーヴェイを殺した犯人だ。

コリーンが帰宅して二階にあがってくるのを待ち伏せていたのだろう。二階には逃げ道がほとんどない。待ち伏せしながら犯人が感じていたにちがいない、悪意に満ちた歓喜が目に見えるかのようだった。すべてを計画していたのだ。殺しの興奮を味わいながら、コリーンが二階にあがってくる音を聞いていたにちがいない。

コリーンは彼がそこにいることすら知らなかった。

犯人が隠れているドアの前をコリーンが通りすぎる光景を想像して、ケンドラは胸が悪くなった。

コリーンがバスルームに入ったあとで、犯人は彼女を襲った。そしておそらく、揉《も》み合いの最中にローションのボトルが割れた。

服にローションがついたのだろうか。

ケンドラはベッドの反対側にあるウォークインクローゼットに向かった。扉を開けると、たちまち強いローションの香りが漂った。

吊《つ》りさげられている服に顔を近づけ、横に移動していく。しばらくして足を止め、グレーの長袖Tシャツを引き出した。

前身頃にローションが散って染みになり、布がわずかに破れていた。

コリーンはこれを着ていたときに殺されたのだ。

今度は上部の棚にたたんである服の香りをたどり、黒のカプリパンツを見つけた。こちらもローションの染みがついている。なぜ犯人は服をきれいにたたんでクローゼットにしまったのだろう。妙だ。

ケンドラは深呼吸をした。気の毒な女性の服をじっくり見たせいで、悲しみにのみこまれそうになっていた。

しっかりしなさい。仕事をするのよ。

クローゼットの床にビニールのショッピングバッグがあるのを見つけ、二着の服を入れた。コリーン・ハーヴェイと揉み合いになったのなら、犯人の皮膚組織――そしてＤＮＡ――が残っているかもしれない。可能性は低いけれども、もっと分が悪い可能性に賭けたケースもあった。

そのとき、ベッド脇のナイトスタンドでコリーン・ハーヴェイの家の電話が鳴った。

リンリン。

リンリン。

リンリン。

すぐに留守番電話に切り替わると思ったのに、呼び出し音はいっこうに鳴りやまない。

ケンドラはゆっくりとテーブルに歩みより、コードレスホンの発信者を確認した。

そして、凍りついた。

そんなばかな。

発信者は〝ケンドラ・マイケルズ〟と表示されている。

この電話は自分の携帯電話からかけられているのだ。ケンドラは深呼吸をしてゆっくりと電話機を持ちあげ、通話ボタンを押した。「もしもし？」

「服を見つけたな」低い、かすれた声がささやいた。男か女かもわからない。「あの夜に彼女が着ていた服を。あんたなら見つけられると思っていた」

ケンドラは体を硬くした。「誰なの？」

「ずっとあんたを見張ってた……うれしいよ。あんたは期待を裏切らない」

裏庭に面した大きな窓を振り返る。いまも見ているのだろうか？　ケンドラはかがみこみ、ベッドのそばに身を寄せた。

「いったい誰なの？」

「あんたならすぐに突き止める。会える日をどんなに楽しみにしているか、言葉では言いつくせない」ささやき声が剃刀《かみそり》のようにケンドラを切り裂いた。

ケンドラはふたたび室内を見まわした。今度は何か武器になるものを見つけるために。

「あの警官はどうしたの？」ケンドラは尋ねた。「わたしの携帯電話は彼が持っていた。彼に何をしたの？」

男は笑った。これは男の声だといまは確信していた。「自分の心配をしたほうがいい」

頭を働かせて、男に話を続けさせなくては。

「彼に何をしたのよ？」

「なぜ気にする？」

「彼はこの件に関係ないでしょう」

「そうかな？」

「そうよ。これはわたしとあなたの問題だわ」

「そう考えていてくれてうれしいよ。その点をはっきりさせておきたかった」

「わたしはあなたの意図を読みちがえたりしない」ケンドラは物音をたてないように廊下に移動しはじめた。この異常者が二階にあがってきていたのなら、そのときに気づいたはずだ。「あの警官はまだ生きてるの？」

「いまのところはね。彼について話してくれ、ケンドラ。彼がどんな人間か描いてみせてくれないか。そうしたら、命ある存在として見られるようになって、肉くずみたいに投げ捨てるのはよすかもしれない」

「ほかの人たちにはそうしたのね。本人に直接訊けばいいじゃない」

「あんたに訊いているんだ」

「わたしは――さっき初めて会ったばかりなのよ」

「だが、あんたなら問題にはならないだろう。お得意の技を見せてくれ、ケンドラ。彼について話すんだ。こちらを驚かせてみろ。言っておくが、もし電話を切ったら、すぐにこの家の電話線を切る。そしてあんたと警官を切り刻んでやる。助けを呼ぶのは不可能だ」

男はどこにいるのだろう。家の外？ 階段の下で待ち構えている？ 隣の部屋にいるの？

「彼を救うチャンスをやる。この警官について話せ」

ケンドラは廊下にまた一歩近づいた。足もとで床がきしみ、はっと動きを止める。音をごまかすために、急いで言った。「彼はたぶん水泳をやっている」

「ほんとうか？」

「ええ」物音がしないかと、家じゅうに耳を澄ました。「腕と肩が日に焼けていたし、背中の筋肉が発達していて、腹部が平らで引きしまっていた。ウエイトリフティングでも陸上でもなく、水泳をやっている」

「おもしろい」

「以前は煙草《たばこ》を吸っていたけれど、いまはやめている。上唇のまわりに喫煙者特有の皺《しわ》があるけれど、煙草のにおいはしなかった」

「すばらしい」

「左利きだけれど、文字は右手で書く。子どものころに親か教師に矯正されたのね」

「ひどい話だ」

「右手の中指の脇にペンだこがあった」

「ああ、見える」

「わたしの中指も見せてあげたいわ」

男が笑い、その声が一階の壁に響くのが聞こえた。これで、少なくとも男がどこにいるかはわかった。「そのうちにな、ケンドラ。ほかに話せることは？」

ケンドラは必死に考えた。男が凶行に及ばないよう、時間を稼がなくてはならない。

「髭を剃《そ》るのに電気シェーバーを使っている。ラウンドヘッドが三つついた機種よ。つまり、ノレルコかブラウン社のもの」

「そんなことがわかるのか？」

「ええ。剃り跡に少しむらがあった。髭を剃るとき、円を描くようにシェーバーを動かしているのもわかったわ」

「ほかには？」

「たぶん南部の出身だと思う。意識してアクセントを隠そうとしていたけれど、そのときに母音を不自然に短くして、単語の二番めの子音を強調していた……」はっとして、ケンドラは口ごもった。冷たいさざ波が全身に広がっていく。「……あなたのように」

男はしばらく黙っていた。「何が言いたいんだ、ケンドラ」

ケンドラは答えず、襲いかかる恐怖の波と闘っていた。

ついに、男はささやき声で話すのをやめた。「わかった、わかったようだな」

「ええ」ケンドラは唾をのみこんだ。「あなたが彼なのね。わたしがここに着く前に、あの警官を殺したのよ」

「ブラボー、ケンドラ」

「どうやってか、あなたはわたしがここに来ることを知った。なんてことなの、あなたにさわれる距離にいたのに、まったく気づかなかった……」

「実際にさわったよ、ケンドラ。またそうするつもりだ」

脅しは明白だ。男は行動に移ろうとしている。

ケンドラは窓に駆けよった。下のコンクリートの小道まではかなり距離がある。

階段を一歩のぼる足音が聞こえた。

また一歩。

そしてまた一歩。

追ってくるつもりだ。さっきわたしは彼を見た。生かしておくつもりはないだろう。

ケンドラは窓に取りついた。開かない。

さらに足音が響く……。

あと一分。もっと早いかもしれない。

化粧台のスツールをつかんで、窓に投げつけた。窓が割れ、ガラスが降るなか、開いた穴に身を投げ出す。

一瞬、静寂が広がり、ガラスが割れる音も鳴り響く足音も、すべてが遠い昔の悪夢のように立ち消えた。

そして、パティオの冷たいセメントに叩きつけられた。

痛み。

両脚と左の手首に、焼けるような、突き刺すような痛みが走る。

着地したときに転がったので、ガラスの破片であちこちから血が出ていた。

見あげると、あの男が窓からこちらを見ていた。男はすばやく身を翻し、姿を消した。

ここから離れなくては。

脚が体重を支えてくれることを祈りながら、ケンドラは立ちあがった。

立てた。とりあえずは。

ふらつきながら、隣家との境のブロック塀まで歩いていった。左手首のひどい痛みと闘いながら、体を持ちあげ、乗り越える。反対側の湿った芝生に落ちたあと、建物の脇へと走った。背の高い茂みの陰にしゃがみこむ。

武器——何か武器を見つけなくては。

暗闇に目が慣れてくると、壁にシャベルが立てかけてあるのが見えた。それを逆さに構え、握りしめた。

さあ、来なさい……。

ケンドラは息を詰めた。裏口の木戸が開く音がすると思っていたのに、何も聞こえない。

通りから、車のエンジンがかかる音が聞こえた。

あの男だろうか?

しばらくエンジンを吹かしたあと、車は走り去った。

ケンドラはシャベルを握りしめたまま、ゆっくりと立ちあがった。

コリーン・ハーヴェイの家は静まり返っている。

男は行ってしまった。

4

「救急隊員たちが、きみは手に負えないと怒っていたぞ」グリフィンが言った。コリーン・ハーヴェイの家の私道を、ケンドラのほうに近づいてくる。「仲間にようこそと言っておいた」

「お気遣いありがとう」ケンドラは救急用のブランケットを体に巻きつけなおした。震えているのは寒さのせいではない。家から逃げ出して一時間ほどがたち、建物は警察車両や作業灯、鑑識員たちに囲まれている。ケンドラは救急隊員を追い払って座りこんでいた私道から、そろそろと立ちあがった。体じゅうの筋肉がこわばっていた。「病院に連れていかれそうになったから、そんな時間はないと言ってやったのよ」左腕を持ちあげ、手首の包帯を見せる。「骨は折れてない。ひねっただけよ。これを巻いてもらって、切り傷とあざの手当てもしてもらった。ほかに何が必要なの？」

「レントゲンの一枚か二枚かな。その頬と腕のあざはかなりひどそうだぞ。二階の窓から転がり落ちたんだからな。わたしの部下であれば、医者の診察を受けるまで任務には戻さない」

「あなたの部下でなくてよかった。それに、転がり落ちたわけじゃない。飛びおりたの」

「救急隊員たちの目は確かだったな。きみはまったく手に負えない」

善意であるにしろ、しなくてはならない仕事から遠ざけようとする人たちの相手をするのはもうたくさんだ。いまのわたしにそんな気力は残っていない。「あの警官について、何かわかった？」

「いや。まだ手がかりはない」グリフィンは路上の警察車両を親指で示した。「あれは彼のものだが、車内や家の周辺に争った形跡はない。まだ生きている可能性もある」

そうであることをケンドラは祈ったが、そんな幸運には恵まれていない気がしてならなかった。救急車が到着する前に自分でも車を調べ、遺体がなかったことにほっとしたのだ。

「あの男の話しぶりから、警官は死んでいるような気がしていたの。あの男の言葉を信用するわけではないけれど」

「そう、信用できない」

ケンドラは吐き気と闘っていた。二階から落ちた痛みと衝撃のせいだと思いこもうとしたが、うまくいかなかった。殺人犯に骨の髄まで震えあがらされた生々しい記憶が頭から離れない。「信じられない……あの異常者が目の前に立っていて、それに気づかなかったなんて」

「生き延びられて幸運だったんだ」グリフィンが厳しい声で言った。

「あの男はわたしが来ることを知っていた。先まわりしていたのよ。どうやって知ったのか、突き止めないと」

「メトカーフがすでに動いている。犯人はあの警官の制服を着ていたんだな？」

「少なくともバッジと名札は。制服は本物に見えたし、サイズも合っていた。あの警官のものかもしれないし、自分のものを持ってきたのかもしれない」

「ドクター・マイケルズ……」グリフィンは長らくためらってから言いなおした。「ケンドラ。この犯人は、きみのことを、きみの仕事のしかたを知っている。きみがいずれここに来ることを知っていたんだ」

「わたしがひとりではなかったら？」

「別の場所にひとりで行くのを待っただろう。きみのやりそうなことだ。きみはそれをわかっているし、わたしもわかっている。そして犯人もわかっているんだ。きみがこの事件にかかわっていることが犯人をあおり、刺激しているのかもしれない」

「これまでのところ犯人は首尾よく事を運んでいるわね。でも、わたしに手を引けと言っているのなら――」

「そんなことは言っていない」グリフィンは苦々しげに言った。「考えなくはなかったが、口には出さなかった。いまのきみは重要な役割を果たしているから、感情に任せて追い払うわけにはいかない。わたしはただ、認識しておいてほしいことを指摘しただけだ」

「忘れたくても忘れられそうにないわ。ちゃんとわかってる」ケンドラはブランケットをさらにきつく巻きつけた。「似顔絵画家と話をしたい。とびきり腕のいい人と」

「すでに手配した。きみのことだ、頭のなかにはさぞ鮮明な記憶があるんだろう」

「ええ。写真のように覚えてる」

「警察が折にふれ似顔絵を頼む優秀な画家がいるんだ。もう引退しているが、いまでもときどき――」

「ビル・ディリンハムね」

「知っているのか」

「ええ。とても優秀な人だわ。最高と言ってもいいくらい。できるだけ早く似顔絵を配布すれば、それだけ進展が見こめる」

「そのとおりだが」グリフィンは首の後ろをこすった。「きみはやつを見た唯一の生き証人だ。背中に大きな的を背負ったも同然なんだぞ」

「犯人はわたしの仕事ぶりを見るほうに興味があったようよ。わたしに正体を悟られずに接近することへ、ひねくれたスリルを感じていた」

「それはわれわれのプロファイラーの所見とも一致する。犯人がきみに魅了されていることは明らかだ。だが、あすには州じゅうの新聞やテレビニュースに自分の似顔絵が出まわることをやつは知っている」

若い捜査官が透明なビニールの証拠袋を持ってふたりに近づいてきた。「失礼します。ミス・マイケルズ、これが玄関にぶらさがっていたんですが」捜査官は袋を持ちあげた。ブラックベリーの携帯電話が入っている。

「わたしのものよ」ケンドラはグリフィンを振り返った。「カメラは現場に持ちこめないとか適当なことを言って、あの男が取りあげたの」

捜査官は袋の上から携帯電話のボタンを押した。画面が明るくなった。「これに興味があるのではないかと思いまして」

ケンドラとグリフィンは身をかがめ、画面をのぞきこんだ。メイン画面にメモのページが表示され、短いメッセージが残されていた。

とうとう会えてうれしかったよ、ケンドラ。ほくろを忘れるな……。
敬具
――マイアット

グリフィンはメッセージを見つめた。「マイアットという名前に心当たりは？」

ケンドラはしばらく考えた。「これまでに聞いたことはないと思う」

「あたれるかぎりのデータベースであたってみよう。だが、このメッセージは？　〞ほくろを忘れるな〟とはどういうことだ」

ケンドラは顔をそむけた。あの男が自分の携帯をなでまわしてメッセージを打ったと思うとぞっとした。立ち去る前にわざわざ打ったにちがいない。「あの男の左の小鼻の上に、小さなほくろがあったの」なんとか画面に目を戻す。「どうやら、警察の似顔絵のことはそれほど恐れていないようね」

「あるいは、恐れていないと思わせたいか」

ケンドラは顔をあげて捜査官を見た。「玄関にぶらさがっていたと言っていたわね。正確にはどうなっていたの？」

捜査官はもうひとつの証拠袋を掲げた。淡褐色の薄手の布が入っている。「このなかに入れて、ドアノブにさげてありました」

グリフィンは証拠袋を受けとって作業灯にかざした。「これは――」

「ストッキングよ」ケンドラは唇を湿らせた。「ふくらはぎまでの丈で、素足に見えるタイプの」ふたたび、寒気が襲った。

グリフィンは目を険しくした。「これも過去の事件に関係しているんだな？」ゆっくりと付け足す。「覚えがあると」

「ええ。ヴィンス・デイトンの事件についてできるだけ情報を集めて」ケンドラはブランケットを置き、私道の脇に停《と》められている覆面車両に向かった。車の前部に作業ライトが当てられ、非公式の作戦本部になっている。四人の刑事がボンネットに地図を広げ、考えうる逃走ルートにマーカーを引いていた。

「一般道や高速道路は考えなくていいわ」ケンドラは単刀直入に言った。「近くにある水場を探して」

刑事たちがケンドラを見つめた。

「やって。浜辺、池、湿地……」ケンドラは輪に割りこんで、広げた地図を見おろした。「人目につかずにたどり着けるどこかのはずよ」

背の高い白髪の刑事が、車の反対側からケンドラを見た。「ドクター・マイケルズ、警部のイェーツです。何かわれわれの知らない事実をご存じなんですか」

知っていたくはなかった、とケンドラは思った。「わたしの携帯電話がストッキングに入れられて玄関に置いてあったの。数年前にセントラル・コーストで四人を殺したヴィンス・デイトンの事件――犯人が使ったのとまったく同じタイプのストッキングだった。それもわたしが過去にかかわった事件なの」

イェーツは眉を寄せた。「犯人は被害者をストッキングで絞め殺したんですか」

「いいえ。麻痺《まひ》を起こす薬を被害者に注射して溺死させたの。ほんの十センチほどの水深のところで」

られていた」

イェーツはうなずいた。「思い出しましたよ。被害者たちは頭にストッキングをかぶせられていた」

「そのとおり。わたしの携帯電話が入れられていたのと同じタイプのストッキングよ。行方不明の警官も、いままさにかぶせられているかもしれない。そして、もうすぐ近くの水場に沈められてしまうかもしれない。まだ無事ならばの話だけれど」

イェーツは、輪に加わっていたグリフィンに向かって言った。「この捜査はＦＢＩが指揮をとることは承知しています。ですが、同胞の警官を救い出せる可能性があるなら、いますぐに犯人を追わないわけにはいきません」

「もちろんだ」グリフィンは静かに言った。「邪魔立てするつもりはない。われわれはできうるかぎり協力するためにここにいる」

ケンドラは地図に指を走らせ、東に延びる道路を海岸までなぞった。「わたしならここからはじめるわ。いちばん近くて、まっすぐ向かえる道路があるのはここよ。そのあと北や南のもっとさびれた場所に捜査を広げる。水辺のごく近くまで車で行けて、なおかつ人目につかない場所を犯人は選ぶと思う」

イェーツは地図をじっと見た。「犯人を理解しているような言い方をしますね」

「ヴィンス・デイトンならそうするだろうということよ。そして、何者であれ、この模倣犯が念入りに下調べして行動していることは明らかだわ」

イェーツはうなずいた。「よくわかりました。水上警察に協力を仰いで、ヘリを出してもらいます。犯人がそこにいれば、見つけられる」

カリフォルニア州　ラ・ホヤ
スクリップス・パーク

マイアットは体じゅうにアドレナリンが駆けめぐるのを感じて、ハンドルをいっそうきつく握りしめた。ああ、おれは生きている。

ケンドラ・マイケルズの目の前にいたのに、向こうはまったく気づかなかった。あの場ですぐに殺すこともできたが、コルビーの言うとおりだ。お楽しみはとっておくにかぎる。ジャングルキャットが獲物をもてあそんでから息の根を止めるように。

薄暗い脇道に入り、車を停めた。しばらくじっとしたまま、インフィニティG37SUVの後部座席から聞こえる息遣いに耳を澄ます。最初は何も聞こえなかった。しくじったか？　くそ、これだけの準備をしたのに――

いや、聞こえる。苦しげな、浅い呼吸音。警官はまだ生きている。

このベクロニウムは扱いが難しい。少なすぎると、動いて助けを呼ばれる危険があるし、多すぎると呼吸器が止まる。

マイアットは微笑《ほほえ》んだ。その微妙なさじ加減をうまくこなせた。いずれにせよ、すぐに問題ではなくなるが。

マイアットはドアを開け、ＳＵＶから降りた。

カリフォルニア州　トーリー・パインズ州立保護区
午前零時十五分

なぜ連絡がないの？　ここに着いてもう一時間たつのに。

ケンドラは拳を握りしめながら、警察の移動指揮車の外を歩きまわった。この車は、ケンドラの目には改造したＲＶ車に見える。ルーフにマイクロ波や衛星通信のアンテナが積まれ、内部にはＮＡＳＡの管制センターのように液晶モニターが並んでいる。この車と、ほかの同装備の四台は、五十万ドルという価格でかつて論争の的になった。

ジレットの捜索はこの車両から指揮されている。車がいま停まっているのはトーリー・パインズ州立保護区の浜辺にある駐車場だ。数百エーカーにわたって海岸沿いに広がるこの州立公園には、すばらしいハイキングコースや見晴らしのいい高台がいくつもある。捜査がはじまってすでに三時間以上がたっていた。遠くでヘリコプターが二機、サーチライトで波間を照らしながら飛んでいるのが見える。

見つけて。生きている彼を見つけて。あの男にゆがんだゲームをさせてはならない。

携帯電話が鳴って、ケンドラははっとした。グリフィンだろうか？

ちがった。かけてきたのは、いまいちばん話をしたくない相手だった。ケンドラは電話に出た。「誰にかけてるの、リンチ。まだワシントンにやっと着いたくらいの時間しかたってないわよ」

「きみが殺されかけるにはじゅうぶんな時間のようだぞ」リンチがぶっきらぼうに言った。「おまけに、グリフィンの話では病院に行こうとしないそうじゃないか。いったい何を考えているんだ、ケンドラ」

「これ以上処置は必要ないもの。それに、あなたの指図は受けたくない。お役所のためにしなくちゃならない仕事があるんでしょう？　わたしも忙しいのよ」

「せめて家に帰って休め。窓から落ちたあと動きっぱなしだとグリフィンが言っていた」

「つまり、グリフィンがあなたに電話して、あなたからわたしを説得させようとしたわけね。でも無駄よ」ケンドラは言葉を切った。「まだ警官が見つかってないのよ。彼の車を調べたとき、奥さんと子どもの写真を見つけた。とても温かくて、幸せそうな……」口ごもり、咳払《せきばら》いをする。「わたしにとって、彼はまだ生きてるの。帰るわけにはいかないのよ、彼を見つけ出すまでは……どんな形であっても」

リンチはしばらく黙っていた。「わかった、これ以上諭してもしかたがないようだ。とにかく、気をつけろよ」そして、言わずにはいられないという様子で付け加えた。「ちなみに、グリフィンには何も言われていない。ぼくは部下ではないからね」

「命令はされていなくても、操られたのよ。認めなさい」

また沈黙が流れた。「そうかもな。グリフィンはばかじゃない」

「でも、人を操ることではあなたの足もとにも及ばないでしょう。あなたがグリフィンの思惑に乗るなんて驚きだわ」

「動揺していたんだよ。なぜだか、きみが連続殺人犯と相対して、窓から飛びおりて逃げたというのが気に入らなかった。ぼくを待っていればよかったんだ。ぼくがいたら、そんなことは起こらなかった」リンチは間を置いて言った。「いまの仕事をキャンセルして、次の飛行機でそっちに戻ろうと思う」

「ばか言わないで。あなたがいなくてもだいじょうぶだったのよ。わたしは生きてぴんぴんしているし、犯人の顔もわかった。これで一歩前進できたわ」

「命を狙われるというおまけつきでね」

「そうね、でも犯人はもともとそれを望んでいたのよ。それに、ひとつわかったことがある。あなたがいたら、こんなに早く物事が進まなかった。どうぞそっちにいてちょうだい。戻るのは情報漏れの穴を埋めてから、それまではあなたの協力も存在も受けつけません。ところで、そっちの任務は恐ろしく退屈そうね。凄腕《すごうで》と評判のあなたみたいな秘密工作員がやる仕事とは思えない。大物が墜《お》ちたものね」返事を待たずにケンドラは続けた。「もう切るわ」そして、電話を切った。

深く息を吸い、RV車のアルミのボディにぐったりと身を預けた。最後の嫌みは余計だったかもしれない。けれども、リンチを怒らせ、ケンドラのことを助けが必要な犠牲者だと考えるのをやめさせて、本来の任務に集中させたかった。リンチには過保護なところがあって、ときにはそれを抑えなくてはならない。

それに、いまの自分はそういう過保護を受け入れてしまいかねない心境になっている。ひとりきりで、無防備になったように感じる。犯人の前にひとりで身をさらしたことで、先ほどリンチに話したような収穫を得られたけれども、あの出来事を思い出すだけでいまも体が震えた。自信を打ち砕かれ、自分を立てなおさざるをえなくなった。立ちなおるまでのあいだ、リンチがここにいてくれたらきっと心強いだろう。

しかし、これまで自分を奮い立たせるのに誰かを頼ったことはない。誰かに頼ろうとするのは弱さの表れで、リンチにそんな弱さは見せたくない。リンチは強靱《きょうじん》な人間で、わたしがほしいのは彼の敬意であり、憐《あわ》れみではない。

そうはいっても、いまは強くいられそうになかった。これまで意識から締め出していたうずきや痛みが戻ってきはじめている。何か仕事をしなくては。この車から離れて、グリフィンを探しに行こう。そして最新の情報を聞こう。グリフィンならきっと――

「できれば温かくて居心地のいい部屋で仕事をしたかったな、ケンドラ。ここは冷える」

はっとして目をあげると、ビル・ディリンハムが駐車場を横切って近づいてくるところだった。白い髭《ひげ》と、これまでに見た誰よりも豊かな白髪の持ち主で、年は八十代のはじめか半ばほどだろうか。ぎこちない不安定な足どりで歩いてくる。

「ビル、いったいどうしたの？　もう真夜中過ぎよ」

「それに、寒くて湿っぽい。肺炎にかかって死んだらきみのせいだぞ。警察署で待っているのにくたびれたんだ」

「ごめんなさい。いま捜索が進行中なの」

「ほう？　きみが警察署に来て一時間かそこらわたしと話をしてくれていても、捜索は進行していたと思うがね。喜んでくれ、道具を持ってきたよ」ビルは脇に挟んでいた、大きなスケッチブックを持ちあげた。「早く取りかかるのが肝心なんだ」そして、顔をしかめた。「トラックに轢《ひ》かれたようなそのありさまを見るに、きみの記憶に期待はできなさそうだ。ただでさえ、記憶はどんどん薄れ、事後の会話によってゆがめられていく……きみも知っているはずだ、ケンドラ」

「ええ。でも、わたしにかぎってはその心配はしなくていいわ」

ビルは薄青の目を光らせた。「そうだな。偉大なる全能のケンドラ・マイケルズには、余人を悩ます認知ミスなど起こりえない……」

「その言い方はフェアじゃない。わたしが言っているのはそういうことじゃないわ」

「いや、そういうことだよ。六十年の経験でよくわかっている。絶対まちがえないと言う人間ほど気をつけないといけないんだ。気づいたら、目撃者が前の晩にカーソンのトーク番組で観《み》た誰かを描いていたなんてことになりかねない」

ケンドラは唇をゆがめて笑みを噛《か》み殺した。「こんなことは言いたくないけれど、ジョニー・カーソンが司会をした最後の回が放送されたのは、わたしが小学生のときだったわ」

「そういう年寄りいじめをしても、わたしには効かんぞ。深夜のトーク番組はどれも似たようなものだ。さあ、どんどんなじれ。どんな皮肉を言われても、どれも聞き慣れている」

「わたしは事実を言っただけで、なじったわけじゃないわ。あなたはこの仕事を任せられる唯一の似顔絵画家よ、ビル。どんな年でもね。これは異例の難しい仕事になると思う」

「なんだか怖いな」

「だいじょうぶよ。ただ、想像力と独創性のある人が必要なの」

「ふむ、うまく好奇心をつついたな。温かいベッドから這《は》い出した甲斐《かい》があったと言うほどではないが、なぜ呼ばれたのかを聞きたくはなった」

ケンドラは微笑んだが、ビルがすっかり弱々しくなっていることに心を痛めていた。会わなかった二年のうちに、十歳は年をとったように見える。時の流れは残酷だ。

「だが、この湿っぽい場所にいるのはごめんだ」ビルは移動指揮車に手をついて体を支えながら言った。「このばかでかい車のなかに作業できる場所はないのか」

「ちょっと騒々しいのよ」ケンドラは数メートル先に停めてある自分の車を手で示した。

「暗いけれどあそこでも作業できるかしら」

ビルはスケッチブックにクリップ留めした読書灯を掲げてみせた。「明かりは持ってきた。そこにしよう」

ふたりはケンドラの車に乗りこみ、ケンドラは運転席に、ビルは助手席に座った。

ビルはスケッチブックを膝に置いた。「よし、では輪郭からだ。四角形か、楕円形《だえんけい》か、三角形か？　その組み合わせか？　思い出してくれ。まずカンヴァスを決めて、そこから進めていこう」

「四角っぽかったわ……頬骨が高かった」

「よし」ビルは描きはじめた。鉛筆が紙の上を飛ぶように動く。「こんな感じか？」

「いいえ、顎がもっと尖《とが》ってた」

稲妻の速さで鉛筆が動き、線を修正していく。「こうか」

「そんな感じよ」

「次は目だ。どのくらい離れていた？」

あっという間に十五分が過ぎた。ビルは鉛筆と同じように消しゴムも巧みに使い、ケンドラは絵が描きこまれるそばから間髪入れずに修正の指示を出した。ほどなくケンドラが見た男によく似た絵ができあがったが、さらに十五分かけて微調整を加えると、記憶にそっくりの似顔絵が完成した。あまりに似ていて背筋が寒くなるほどの出来映えだった。

「すごい」ケンドラはついに言った。「この男よ、わたしが見たのは。さすがね、ビル」

「ありがとう。だが、これはいつもやっていることと変わらない。想像力と独創性というのはどうなった？」

ケンドラは黙りこんだ。「ずっと考えてたの。犯人がありのままの姿をわたしに見せるとは思えないって。今夜、わたしを殺すチャンスが何度もあったのに、あの男は何もしなかった。つまり、まだゲームは終わっていないのよ。あの男は、まだわたしに何かやらせたがっている。だから、わたしの有利になるような手がかりは与えまいとしていたはず」

ケンドラはスケッチに視線を落とした。「これは……変装した姿かもしれない」

「つけ鼻とか？」

「それなら気づいたと思う。でも、わたしたちの目をごまかすために犯人が使った手を、この絵からあぶり出さないと。あしたこの似顔絵がメディアに流されたら、親類や同僚が通報するかもしれないと犯人にはわかっているんだから」

ビルは肩をすくめた。「気にしていないのかもしれないぞ。これまでの生活を捨てるつもりかもしれない」

「ありうるわね。でも、犯人は対策をとっていたと思う。なんらかの方法で見た目を変えていたはずよ。わたしがすぐには見破れない方法で」

「きみの言いたいことがわかってきたよ」ビルは鉛筆の先を、絵の生え際部分に置いた。

「精巧なかつらを使ったか、髪を染めたかした可能性もあるな。前歯につけ歯をするとか」

「そうかもしれない」

「そのあたりは気づかなかったのか？」

「ええ、特には。犯人はわたしの能力を買っているようだから、細心の注意を払っていたのかも。普段なら、入れ歯をしていれば話し方で判断できるけれど、あの男からは何も感じなかった。練習をしたか、専門家の力を借りたのなら、わたしをだますことはできる」

ビルは目を険しくしてスケッチを眺めた。「この頬骨は、高く見せるために上唇と歯茎のあいだにシリコンパックか何かを入れたのかもしれない。それだけでもかなり顔の形が変わるんだ」

「あなたの力を借りたいのはそのことなの。このスケッチの別バージョンを描いてもらえない？　変装をしていない普段の顔がどんなふうに見えるかを」ケンドラは熱をこめて言った。「犯人が使ったかもしれない変装のテクニックを考えてみてもらいたいの」

「なるほど。ケンドラ・マイケルズが気づけないような変装ということだな」

「ええ」

ビルはかすかな笑みを浮かべた。「きみの言うとおり、これは難しい仕事だ。どこまでできるかやってみよう。とりあえず、この絵はどうすればいい？」

「警察に渡して配ってもらうわ。犯人が変装していたかもしれないという憶測だけで配布を遅らせるわけにはいかない。その絵はわたしが今夜見た顔そのものよ。左の小鼻の小さなほくろまで含めてね。とりあえずはこの絵で満足するしかないわ。わたしの脳みそから取り出して、紙に貼りつけたみたいにそっくり」

「これまでにもらった最高の賛辞とは言えないが、ありがたく受けとっておくよ。じゃあ、これを――」

ドン、ドン、ドン。

運転席の窓を叩《たた》く大きな音がして、ふたりははっとした。

グリフィンだ。

ケンドラは窓を開けた。「何かわかったの？」

「ああ」グリフィンはドアを開けた。「来てくれ。シェル・ビーチに向かう」

グリフィンの車で少し移動したあと、ケンドラはイェーツやほかの刑事たちと歩いて現場に向かった。

みなの顔がこわばり、張りつめている。

いい徴候ではない。そう思いながら、ケンドラは階段をおり、ラ・ホヤの小さな湾に面したシェル・ビーチに出た。

その名が示すように、ここは貝殻拾いに最適な海岸だが、アシカが沖の岩場で戯れたり日光浴をしたりすることでも有名だ。いまも暗闇からアシカの鳴く声が聞こえる。上空のヘリコプターや、懐中電灯を持ってなわばりに侵入してくる人々を煙たがっているのだろう。

ケンドラと十人あまりの刑事たちは、大きな弧を描いて水際に向かう道を一列になって進んだ。現場はロープで保護されていたが、証拠が残っていても、じきに潮が満ちて洗い流されてしまうだろう。自然には逆らえない。

目的地はまちがえようがなかった。すでに五個ほどの懐中電灯がその場所を照らしている。

そこにジル・ジレットが横たわっていた。

遺体は、観光名所となっている、入り組んだ岩場にできた潮だまりにうつぶせに倒れていたが、いまは砂浜に運び出されていた。ケンドラが近づくと、制服の右胸ポケットにジレットと書かれた名札がついているのが見てとれた。

顔にはストッキングが張りついていて、デパートのマネキンのように見える。

二年前のほかの遺体と同じだ。

自分に鞭打《むちう》って、死んだ警官の顔をじっと見た。ストッキングの上からでも、目が開いていて星を見あげているのがわかった。

彼はこんな目に遭うようなことは何もしていないのに。いまごろ家で、妻と幼い娘と、あのおかしなチワワとジャックラッセルテリアのミックス犬に囲まれていたはずなのに。彼の車で見た家族写真が脳裏によみがえる。家族のこれからを思うと、身のよじれるような悲しみがこみあげた。

刑事のひとりが、遺体の醜く腫れあがった首を指し示した。「これはどうしたんだろう。それほど長く水に浸《つ》かっていたわけではないのに」

ケンドラは身をかがめた。「臭化ベクロニウムの反応よ」

刑事は顔をあげた。「え？」

「麻痺を起こさせる薬なの。この犯人は過去の事件を模倣しているから、使ったのは臭化ベクロニウムだと思う。体内から検出されるはずよ」

ケンドラは慎重に遺体を観察した。ジル・ジレットはほかに何を教えてくれるだろう？あなたにこんなことをした男を逃がすわけにはいかない。手を貸して。糸口を見せて。

けれども、すでに把握していることを確認できただけで、たいしたことはわからなかった。名札をつけたのは犯人で、ジレットではない。ピンが、ステッチでかがられた穴をはずれてシャツに刺さっている。シャツはまだ濡《ぬ》れていたが、本人なら絶対にしないミスだ。

ほかには？

もうひとつある。唇のまわりが荒れていて、口髭が何本か抜けている……。

ケンドラはすばやく顔をあげた。切迫した声で刑事の一団に声をかける。「急いで砂浜を捜索して。大きな絆創膏《ばんそうこう》か、ダクトテープのたぐいを探してもらいたいの。見つけたら証拠品として袋に入れて。たぶんジレットの口に貼られていたものよ。犯人のＤＮＡが付着しているかもしれない。いい？」

「行け」イェーツが鋭い声で命じた。「かかれ！」

刑事たちが風に吹かれた木の葉のように散っていった。

ケンドラはそれを見送ったあと、頭をすっきりさせようと首を振った。急に疲れを感じ、目の前がぼんやりしはじめた。ジレットを見つけ出さなくてはという使命感に駆られていたのが、いまは全身から力が抜けていくようだった。

「いまにも倒れそうだぞ」グリフィンが後ろに立っていた。「そろそろ病院に行け」

「行かない」

「ケンドラ、きみはいったい――」

「家に帰ることにする。今夜のことを整理したいの」ケンドラはグリフィンを見た。「それから、リンチに電話して介入させるのはやめて。効果はないし、気に入らない」

グリフィンは肩をすくめた。「試してみただけだ」

「わたしが現場から持ち出したコリーン・ハーヴェイの服は誰が持っているの？」

「鑑識だ。すでにラボに運んだ」

「よかった。あしたオフィスに行くわ」

「わかった。きみのコンドミニアムの前に護衛を置いて、いつでも動けるようにしておくから覚えておいてくれ」グリフィンは反論されるのを見越して片手をあげた。「きみに選択の余地はない。連続殺人犯が野放しになっていて、きみはその唯一の目撃者だ。貴重な存在なんだよ。失うわけにはいかない」

「おやさしいこと。涙が出てくるわ」

「そう言わなければきみは納得しないだろうと思ってね」グリフィンは不機嫌に言った。

ケンドラは疲れた笑みを浮かべて背を向けた。今度ばかりは、グリフィンもまともな態度をとっている。一時的にせよ、いつものとげとげしさは消えていた。「そうね……あなたの言うとおりだわ。まさしく理に適《かな》ってる。それで、誰がわたしの車まで送ってくれるの？」


〝い、い、い、いとうとう会えてうれしかったよ、ケ、ケンドラ。ほ、く、ろを忘れるな……〟

ケンドラははっとして目を開けた。心臓が激しく脈打っている。

ああ、もう。

その夜も、よく眠れなかった。この夢を見るのは三度めで、制服姿の異常者がこちらを振り向き、微笑む場面でいつも目が覚める。ただし、あのメッセージを声に出して言い、電話で聞いたあの恐ろしいささやき声でケンドラをあざけるのだ。

ケンドラはベッドで寝返りを打ち、時計を見た――午前七時四十五分。

睡眠はじゅうぶんだ。

ベッドから足をおろし、立ちあがろうとしたとき、携帯電話が鳴った。発信者は表示されていない。ケンドラは携帯を取りあげた。「もしもし？」

「ミス・マイケルズ、ネルソン捜査官です。いま部屋の前で見張りをしているんですが、女性がひとりここに来ていて、あなたの――」

「母親だって言ってるでしょう」

母が叫んで気の毒な捜査官を困らせている声が、電話口と、ドアを二枚隔てた建物の廊下の両方から響いた。

「聞こえたわ、ネルソン。ごめんなさいね、通していいわ」

ケンドラは立ちあがり、ローブをはおりながら鏡をのぞきこんだ。

ああ、ひどいありさまだ。打撲した部分が腫れ、切り傷もあちこちにあって、ナイフで決闘したかのように見える。長袖を着たら少しは隠せるだろうか……。

もう遅い。母が合鍵で玄関に入ってきた。あと数秒で寝室に乗りこんでくる。

しかたがない。いさぎよく報いを受けよう。

ケンドラは寝室のドアを開けた。

ディアナ・マイケルズがはたと足を止めた。言葉を失って、茫然《ぼうぜん》とケンドラの傷を見つめている。

「おはよう、お母さん。朝食はパンケーキとワッフルとどっちがいい？」

「いったい何があったの？」

「ちょっとトラブルがあってね」ケンドラは母の脇をすり抜け、キッチンに向かった。

「知ってるんじゃないの？　だからここに来たんでしょう」

「ここに来たのは、殺された警官のことを聞いたからよ。犯人はあなたが過去にかかわった事件を模倣してるってニュースで言ってた」

ケンドラはコーヒーカップに伸ばした手を止めた。「予想しておくべきだったわね。秘密にはしておけないって」

「特にわたしにはね」

ケンドラは後ろを振り返った。母の声の張りつめた響きが気にかかった。怒られるのには慣れているけれども、これはちがう。母は心配でたまらないのだ。

「お母さん、わたしはだいじょうぶよ」

「気休めを言わないで。あわてて駆けつけたら、まず目に入ったのがあの……部屋の前に陣取っている用心棒だった。それだけでも面食らうのに、あなたときたらそんな姿で」

「見た目ほどひどくはないのよ」

「かなり悲惨に見えるわよ」

「そうでしょうね」

「じゃあ、何があったのか教えなさい。いますぐに」

「話すわよ。落ち着いて」ケンドラはコーヒーを置いた。「でも、朝食を作りながらでいい？ こんな早くに来たってことは、まだ食べてないんでしょう。オムレツはどう？」

「わたしは何も――」ディアナは娘の表情を見て、言いなおした。「いいわ、なんでも」

そして、キッチンの椅子に腰をおろした。「わたしをなだめるのはやめて、誰がそんなことをしたのか話してちょうだい」

「誰でもないわ。自分でやったの」ケンドラは冷蔵庫を開け、卵を探した。そして、カブリロ橋での出来事から、真夜中のシェル・ビーチのことまで、すべてを話した。なるべく控えめな言葉を選んで、危ないことはなかったかのように説明したものの、その試みは自分の耳にも、おそらくは母の耳にも滑稽に響いた。ごまかしようがない。ゆうべは恐ろしい夜だった。

話を聞き終えると、ディアナは立ちあがって椅子を示した。「座りなさい。わたしが作るわ」

「何か忘れてない？ お母さんは料理なんてできないでしょう」

「冷凍庫にワッフルはないの？」

「あるけど」

「それなら朝食は作れる。座りなさい」

母が冷凍庫をあさりはじめ、ケンドラは言われたとおりに椅子に腰かけた。「あの警官を助けたかったのよ、お母さん」静かに言う。「でもたぶん、何が起こっているのかわたしたちが気づいたころには、彼は潮だまりに浸かっていたんだわ」

「あなたが助かっただけでも幸運だったのよ」母は冷凍ワッフルを取り出し、パッケージを開けてトースターに並べた。「ところで、先日の橋での冒険についてはディーンからも聞いたわよ」

「いまごろどこかに逃げ出しているんじゃない？」

「逆よ、興味津々みたい。あなたの観察力が、トラブルを呼ぶ以外の役に立つとは思わなかった。どうやら惚《ほ》れ薬としても使えるみたいね」

「ありえない」

「ディーンに聞いてごらんなさいよ。あなたにまた会うのが待ちきれないようよ。電話したのに留守番電話になっていて、折り返しの電話もかかってこないって言ってた。二回めのデートはできそうだろうかってわたしに訊《き》いてきたのよ。かわいいじゃない」

「彼はいい人よ。でも、いまはそれどころじゃないの。この事件が終わるまでは」

ディアナはゆっくりとケンドラを振り返った。「まさか、続けるつもりなの？」

来た。「そうするしかないのよ」

「いいえ、ＦＢＩはそうでもあなたはちがうわ」

「わたし以上に過去の事件に詳しい人間はいないのよ。ＦＢＩがパワーポイントやボードでいくら知識を仕入れても、直接経験するのとはちがう」

「ひとりだけ、あなたに匹敵する人間がいるでしょう、ケンドラ」

ケンドラは母を見つめ、言わんとすることを理解した。「そうね、お母さんの言うとおりだわ。犯人がいる。余計にわたしが捜査を離れるわけにはいかない」

「犯人が遊びに飽きたらどうすると思う？」

「まだまだ飽きたりしないわ」

「なぜわかるの？」

「こういう殺人犯をこれまでたくさん相手にしてきたからよ」

「今回の犯人は別でしょう」

「たいして変わらないわ。犯人はまだ行動をはじめたばかりよ。ずっとほしがっていたわたしの注目をようやく手に入れたばかりなの。病んだ欲求を満たさずにはいられないはず。そこを利用してやるつもりよ」

「でも、向こうもあなたを熟知してる。あなたが犯人について知っているよりも、ずっと詳しくあなたのことを知ってるのよ。家も職場も把握していて、好きなときに狙うことができる」

　ケンドラが廊下のほうを指さそうとしたのを、ディアナは止めた。

「あのFBIの護衛が、レーザースコープつきの強力なライフルを持っていても関係ない。これまでにはっきりしているとおり、向こうはいろんな方法で殺しができる。この建物から出た瞬間、あなたは無防備になる」ディアナはケンドラの隣に座り、娘の手をとった。「危険すぎるわ」腕の切り傷や打ち身を指でそっとたどる。「こんなあなたを見ると、痛感せずにはいられない。わたしはあなたを失うかもしれないのよ」

「だいじょうぶよ、FBIはわたしを生かしておこうと躍起になってるから」

「それだけじゃ足りないかもしれない」

「わたしも死ぬつもりはないわ。それならじゅうぶんでしょう。この犯人はわたしを標的にしているの。あらゆる方法でわたしを傷つけようとするだろうし、つかまるまで人殺しをやめない。ねえ、わかるでしょう？　犯人を止められるとしたら、それはたぶんわたしなのよ」

　ディアナは黙りこんだ。「FBIが擁する人員と装備を考えたら、あなたのほうがチャンスが多いなんてとうてい思えない。詭弁《きべん》よ、ケンドラ」

「そんなことない。この事件に関しては理に適ってる。それに、FBIに背を向けるのはかまわないけれど、犯人が殺そうとしている人たちを見捨てることはできない」

ディアナは椅子に背を預けた。「目が見えるようになって、しばらくあなたが荒れていたとき、わたしは怖くてたまらなかった。あなたはすばらしい才能に恵まれているけれど、過分なんじゃないかと思ってたのよ。あなたはいいことも悪いことも、新しい経験を貪欲に吸収しようとしていた。不安だったわ……自滅するんじゃないかと。どれだけ危うい状況だったか、あなたはきっとわかってない」

「わかってるわ」ケンドラは母の手を握った。「でも、お母さんにとってどれだけつらいことだったかに気づくのには少し時間がかかった。ごめんなさい、心配させて」

「大変だったのよ」ディアナはしばらく黙りこんだあと、さばさばと続けた。「でも、なんとか乗り越えた。今回のこともきっと乗り越えられるわ」

「ええ、絶対に」

「わたしがここに越してくれれば、ばっちりよ」

ケンドラは目を見開いた。「え?」

「あの廊下の護衛は信用できないけど、わたしなら信用できる。ここはわたしが――」

「だめよ、お母さん」ケンドラは断固として言った。「そんなことはさせない」

ディアナはため息をついた。「あなたはいやがるだろうと思ってたけど、とにかく言ってみたのよ」そして、いたずらっぽく付け加えた。「じゃあ、少なくともディーンに電話して、安全な未来が見えるようにしてちょうだい」

「もう、転んでもただでは起きないんだから」ケンドラは思わずくすくすと笑った。「リンチにそっくり。人を思いどおりに動かさずにはいられないのよ」

「リンチは危険な人よ。わたしはあなたにとっては危険じゃない。母親として、娘に幸せな道を歩んでもらおうとしているだけ。電話してくれるわね？」

ケンドラは顔をしかめた。「ええ、電話するわ。でも約束できるのはそれだけよ」

「それでじゅうぶんよ……いまのところは」ディアナはにやりと笑った。「戦利品を持たずに帰るわけにはいかないから」

「それを手に入れたってことね」ケンドラは言い、重々しく続けた。「でも、悪い知らせがあるの」

「何？」

ケンドラは空気のにおいを嗅いだ。「やっぱりお母さんは料理ができないようよ。ワッフルが焦げてる」

5

正午にケンドラはＦＢＩチームと三人の刑事に会った。刑事たちは同僚を殺され、見るからにいきり立っている。ケンドラは以前にも、同僚や子どもが殺された事件でこうした怒りを見てきたが、残念ながら、むきだしの感情はずさんな捜査や誤認逮捕を招くことが多い。熱の入りすぎた刑事に目をつけられた、無実の容疑者を救ったことが一度ならずある。

ケンドラは再度ゆうべの出来事について詳しく説明し、犯人についてシェーバーのタイプに至るまで情報共有を徹底した。

二時間に及ぶ会議のあと、ケンドラはようやく立ちあがって退席しようとした。しかしそのとき、サフラン・リードが注目すべき発言をした。

「マイアットの意味がわかったような気がするんです、ドクター・マイケルズ」リードは言った。「覚えていますか？　携帯電話のメッセージに添えられていた署名です」

ケンドラは足を止めた。「忘れられるわけがないわ。続けて」

「ジョン・マイアットという贋作師《がんさくし》がいるんです。画家で、スコットランドヤードはこの男を二十世紀最大の絵画詐欺師と呼んでいました。世界じゅうの画廊やオークションハウスに贋作を売ったと言われています。さまざまな画家の精巧な贋作を作れたそうです」

ケンドラは黙ったまま、そのつながりについて考えをめぐらせた。「この犯人は自分を贋作師だと考えているのね。芸術家と見なす殺人犯の手口を真似《まね》ている」

「そういうことです」リードは言った。「念頭に置いておくべきだと思います。犯人は、自らを虐殺者ではなく芸術家と見なし、作品が賞賛されることを望んでいる。そうした欲求は、しばしば犯人の足をすくいます」

ケンドラはうなずいた。「お手柄ね、リード。ありがとう」

「きみにも感謝するよ、ケンドラ」グリフィンがケンドラのためにドアを開けながら言った。「協力に礼を言う」そして、静かに付け加えた。「きみにしては意外なほど協力的だ。もう少しだけ付き合ってくれないか。ちょっといっしょに来てもらいたい」

「言うべきことはすべて言ったわ」ケンドラはそっけなく言った。「これ以上は何も引き出せないわよ」

「尋問はしない」グリフィンは廊下に出て、小さな会議室に案内した。「すぐに終わる」

「これはどういうこと?」ケンドラは会議室に入ってすぐ足を止め、なかで待っていた白髪の男性を見つめた。床に大きな革の医療鞄《かばん》が置いてある。

男性は微笑《ほほえ》んだ。「ケンドラ、会えて光栄ですよ」

ケンドラはグリフィンを振り返った。「誰なの？」

「きみの医者だよ。きみは気に入らないかもしれないが」

「何を言ってるの？　わたしを診察させるために医者を呼んだの？」

「ちがう」

「じゃあ、いったい――」

医師が鞄を開いた。「わたしはドクター・ポール・トンプソン。スクリップス医療センターで働いています。アダム・リンチに頼まれて来たんですよ。けさの四時に電話がかかってきて、あなたを診察しろと命じられました。早めに診察室を開けると言ったら、それではあなたは足を運ばない、と」

「リンチはサンディエゴで唯一の、往診してくれる医師を見つけたというわけだな」

「いつもはしていませんよ。ミスター・リンチの弁舌には勝てない」

「その点に異論のある人はいないでしょうね」ケンドラは鞄を頭で示した。「どうりで変わった鞄を持っているわけね。それは本来、医療鞄ではない。普段はノートパソコンとハムサンドを入れているんでしょう？」

ドクター・トンプソンは聴診器を取り出しながら言った。「ツナのこともありますよ」

ケンドラは不信の表情を浮かべてグリフィンを見た。

「身元は確認ずみだ」グリフィンは言った。「本人の名乗ったとおりの人物だよ」

医師は紙でできた検査着を鞄から出した。「では、これに着替えて……」

「冗談でしょう」

「ミスター・リンチから、徹底的にやるよう命じられているのでね。外で待っているので――」

「帰って。診察は受けない」

「あなたが検査に同意するまで、どこまでもついていくように言われているんですよ」

「ほかにやるべき仕事があるでしょう」

医師は答えをはぐらかした。「ミスター・リンチが破格の補償を約束してくれました」

ケンドラは頭を振った。リンチはいまごろ大笑いしているにちがいない。抗《あらが》って時間と気力を無駄遣いするか、いさぎよく記録的なスピードで検査をすませるかだ。

近いうちに仕返ししてやる。

ケンドラは医師の手から検査着をすばやくとった。「いいわ。着替えるからふたりとも出ていって。さっさと終わらせましょう」

ケンドラが目を向けると、グリフィンの大きな笑みが愉快げな含み笑いに変わった。

「グリフィン、あなたが笑うのを初めて見たわ」

グリフィンは肩をすくめた。「アダム・リンチがほかの人間を怒らせているのを見るのはいいものだな。きみの仕返しを見るのが楽しみだ」彼は部屋を出ていきながら言った。

「検査をがんばれよ」


〝問題なしと聞いた。よかったな〟

リンチからのメッセージを見つめながら、ケンドラは携帯電話を握りしめた。まだエレベーターにも行き着かないうちに携帯が震えたのだ。ドクター・トンプソンはわたしが部屋を出るなり、リンチに電話したにちがいない。

返信を送った。〝すべて問題なしよ、アダム・リンチのせいで吐き気がする以外は。治療法はないみたい〟

数秒後に返事が来た。〝誤診だな。アダム・リンチが不足しているんだ。早く状況を改善できるよう善処する〟

返事を打つ。〝急がなくていいわよ。リンチなしの日々で急速に回復しつつあるから〟

すぐさま返信が来た。〝脳にひどい外傷を負っているようだ。偉大なるアダム・リンチへの感謝がないのはそのせいとしか考えられない〟

ケンドラは返信した。〝かなりの恥辱と痛みを伴う直腸検査をあなたのために手配しておいたわ。予告なしに行くから、背後に気をつけて〟

返事が来た。〝どうせ口だけだろう。じゃあ、近いうちに〟

ケンドラは携帯電話をポケットにしまった。

リンチの保護者ぶった態度には腹が立ったが、怒りはおさまりはじめていた。医師には検査など時間の無駄だと言ったものの、少しだけ胸を打たれずにはいられなかった。自分を医者に診せようとした人は何人かいたけれども、わざわざ手間暇をかけて実際に医者を差し向けたのはリンチだけだ。

リンチだけ。

エレベーターに乗ると、閉まりかけた扉にローランド・メトカーフが肩を割りこませ、いっしょに乗りこんできた。「忘れ物ですよ」

「なんのこと？」

「ぼくです。きょうはぼくが護衛を務めます」

「そうなの？　あなたみたいな高給取りにさせる仕事ではないんじゃない？」

「あなたのパートナーというか、アシスタントも務めます。なんでも手伝いますよ」

「それで、ボスに進捗を報告するわけ？」

メトカーフはにやりと笑った。「まあ、そういうことになりますね。でも、秘密にしておきたいことがあるなら……」

ケンドラは肩をすくめた。「なんでも自由に報告して」

「そうさせてもらいます。それで、きょうは何をするんですか」

「あら、ゆうべ二階の窓から飛びおりたんだから、休みたがるとは思わないの？」

「まさか、そんなことを考えるやつはいませんよ。さあ、何をするんです？」

「みんな、わたしのことを理解しすぎてきたみたいね。なんだかいやだわ」ケンドラはメトカーフをじっと見た。どうせボディガードがつくなら、少しは役に立ってくれる人間がいい。メトカーフは呑気《のんき》で快活な雰囲気をまとっていて、自分自身についてもほかのすべてについても考えこみすぎないタイプなのは明らかだ。これまで知り合ったＦＢＩ捜査官とは毛色がちがって、なかなかいいかもしれない。「あなた、車には詳しい？」

「車ですか。エンジンオイルは五千キロごとに交換することになってますが、一万キロくらいまで待ってもだいじょうぶなのは知ってます」

「すごいじゃない」

「合格のようでよかったです。で、何をするんですか」

「ゆうべ、犯人が車のエンジンをかけて走り去る音を聞いたの。もう一度音を聞けば、メーカーと車種が特定できる」

「それこそすごいですね」メトカーフは目を輝かせた。「どこからはじめます？」

「ディーラーね。あまり歓迎されないと思うのよ、車が売れるわけじゃないから。あなたにバッジをひけらかしてもらいたいの」

「ぼくのいちばんの得意技ですよ、マアム」

「それは残念な情報ね」ケンドラは微笑んだ。「それから、マアムと呼ぶのはやめて。それほど年は変わらないんだから」

メトカーフはいたずらっぽく、なおかつセクシーに笑みを浮かべた。「了解、マアム」

徒歩圏内に車のディーラーが集まる、コンヴォイ・ストリートの〝自動車通り〟にケンドラは狙いを定めた。メトカーフは本人の言葉どおりバッジをひけらかすのがうまく、権威を振りかざして瞬時に販売マネージャーの注意を引きつけ、キーの束とともに敷地を駆けまわらせた。取り扱っている車種一台一台のエンジンをかけ、アクセルを踏んで、ときにはケンドラの要望で駐車場をぐるりと走らせたりもした。

四つのディーラーで三十五台の車の音を確かめたあと、ゆうべ聞いたのは六気筒エンジンの音だとケンドラは確信したが、それ以上のことはほとんどわからなかった。ケンドラは〈ホンダ〉の駐車場でマネージャーに礼を言い、もどかしい思いでメトカーフを振り返った。「無駄骨を折っているように思えてきたわ」

「ぼくはそれも得意なんですよ。でも、この通りのマネージャー全員を悩ますまではまだわかりません。提案なんですが――」

「待って！」ケンドラは耳を澄ました。「聞こえる」

「どこですか」

「黙って」道路に目を向けると、一台の車が店から走り去るところだった。「あれよ！あの車は何？」

「ああ、青いやつですね」メトカーフは近くにいた販売員をつかまえて車を指さした。「抜き打ちテストだ。あの車の名前は？」

販売員はすぐに答えた。「〈ニッサン〉のスカイラインです」

メトカーフはケンドラを振り返った。「あの車の可能性が？」

ケンドラはうなずいた。「一ブロック先にニッサンがあるわ。行きましょう」

マネージャーがスカイラインのキーをまわしたとたん、ケンドラはそのエンジン音がゆうべ聞いたものと同じだと確信した。３７０Ｚのエンジン音も確かめ、さらにニッサンの高級車ブランドである〈インフィニティ〉のディーラーでもいくつか試した。

インフィニティのショールームで、各車のカタログを見比べた。「見て」エンジン仕様を指さす。「どの車種にもＶＱ37ＶＨＲエンジンが使われてる。スカイラインやＺと同じよ」

「ほんとうに？」メトカーフは携帯電話でカタログを写真にとった。「すごいな。あなたを信じるしかないですね。きょう聞いた車の音は、どれもぼくには同じに聞こえました」

「見た目も似ていた？」

「いいえ」

「わたしは目が不自由だったから、外の世界を知るには音に頼るしかなかったの。あのエンジン音はわたしにはまったくちがって聞こえるのよ、赤い車と青い車や、スポーツカーとピックアップトラックを見ているみたいに」

「なるほど。でも、実際に目の当たりにすると驚かされます」メトカーフは撮影した写真を次々と眺めた。「所有者の情報と運転免許証を突き合わせて、免許証写真の一覧を作れるかもしれません。でも、八車種もありますね」

「ええ、サンディエゴの住民に絞っても、おそらく数千人はいるでしょうね」

「それでも、容疑者を特定する手がかりにはなります。あのブロックの登録車両を調べて、あなたが聞いたのが近隣住民の車の音でないことを確認しましょう。午後の成果としてはなかなかですよ」

「それに、少なくとも、これまでに訪ねた六つのディーラーのエンジン音について詳しくなれたしね」

メトカーフは疑わしげにケンドラを見た。「ほんとうに、もう一度聞いたら思い出せるんですか」

「ほとんどはね。区別しにくいものもいくつかあったけど、残りは自信があるわ」

「おもしろいな」メトカーフはカタログを集め、ケンドラといっしょに表に出た。外は暗くなりつつあり、通り沿いのディーラーの看板が輝きはじめていた。彼は左の肩越しに後ろを指さした。

「いま後ろの駐車場に入っていく車の音が聞こえましたよね。車種を当てられますか」

「〈トヨタ〉のFJよ。たぶん四輪駆動ではないものだわ」

後ろを振り返ると、まさしくトヨタFJの四角い車体があった。

メトカーフは頭を振った。「信じられない」

「たいしたことじゃないわ。でも、きょう行かなかったディーラーの車なら、はずしていたかも」

「今度ほかのディーラーもまわって、レパートリーを完璧にしましょう。いつ役に立つかわかりませんよ」

「これはわたしの本業じゃないのよ、メトカーフ。使う必要がないならそのほうがいい」

彼は笑った。「またまた。あなたには才能があるんですよ。そんなふうに言うのは、スーパーマンがジャーナリストを自分の天職だと言ったり、バットマンが自分のライフワークはスーパーモデルとデートすることと金を稼ぐことだと思ったりするのと同じです」

ケンドラはぞっとした顔でメトカーフを見た。「あら、あなたコミックマニアなの？」

メトカーフはにやりとした。「グラフィックノベルの愛好家はみんなマニアですか」

「やっぱり！　毎年夏になるとガスランプ・クォーターを占拠してコミコンに行くファン

の一員なのね」

「だからってマニアとは言えませんよ」

「つまり、行ってるってことね。あなたの姿が目に浮かぶわ。原色のスパンデックスのコスチュームに、大きなブーツとマントをつけて……」

「コスプレはしませんよ」

「職場のみんなは知ってるの？」

「もちろんです。休暇をとらないといけないですから」

「仕事を休むの？」

メトカーフは肩をすくめた。「何ひとつ見逃したくありませんからね」

「白状しなさい。まわりには、大学時代の友達と毎年恒例の釣り旅行に行くと言ってるんじゃない？」

「この話はもうやめましょう」

「いいじゃない、教えてよ」ケンドラは冷やかした。

「いやです。あなたからは、現代グラフィックノベルの芸術性に対する敬意が感じられない」

ケンドラは表情を改めた。「ちょっとからかっただけよ、メトカーフ。あなたには自分の意見を持って人生を楽しむ権利がある。あなたを尊敬するわ。自分を幸せにしてくれるものに手を伸ばすあなたに敬意を表する。ずっとそのままでいて」

「ええ、そのつもりです」メトカーフは目を輝かせた。「こうしているといつまでも少年の気持ちでいられるんですよ。次のコミコンにはあなたもぜひいっしょに行きましょう」

そして、いたずらっぽく付け加えた。「マアム」

「汚いわよ。わたしはただ――」ケンドラは口ごもった。メトカーフの携帯が鳴っていた。

「たぶんグリフィンでしょう」メトカーフはポケットから携帯電話を取り出した。

「着信メロディはジョン・ウィリアムズのスーパーマンのテーマじゃないのね」

「仕事中はね」メトカーフは数歩離れて、電話に出た。そして一分もたたないうちに振り返った。「これからFBIのオフィスで会議に出られますか?」

「いまから?」

「はい。やはりグリフィンからでした。ゆうべ犯人があなたの行き先をどうやって知ったかがわかったそうです」メトカーフは車に向かって歩きはじめた。「あなたも興味があるんじゃないですか」


三十分後、ケンドラとメトカーフはFBIの会議室にいた。グリフィンとリード、そしてロバート・ウィンドリーと紹介された髭面《ひげづら》の技術者もいる。

ウィンドリーは会議室のテーブルでノートパソコンに向かっており、グリフィンがそのまわりに全員を集めた。

「ケンドラ、きみの部屋を電子機器を使って調べたが、盗聴器のたぐいは見つからなかった」グリフィンが言った。

「すると、情報が漏れたのはあなたの側ということね？」

「考えにくいが、このウィンドリーがある仮説を立てた」

　ウィンドリーが顔をあげてケンドラを見た。「いまから流すものを聞いてください、ドクター・マイケルズ」

　彼がキーボードのスペースキーを押すと、スピーカーから男の声が流れた。ウィンドリーの声だ。堅苦しく、一音一音をはっきりと発音している。「テスト、テスト……本日は晴天なり。テスト、テスト……」

　ケンドラは言った。「どういうことなの？」

　ウィンドリーは微笑んだ。「いまはあなたの家のコードレス電話を使っていたんですよ。あなたの電話機でかけたり受けたりした通話を、無線で傍受したり録音したりできるんです。おそらく犯人も同じことをしたんだと思います。きのうのあなたとグリフィン捜査官の通話を傍受して、あなたがコリーン・ハーヴェイの家に向かうことを知った。警察よりも早く」

　ケンドラはゆっくりと会議テーブルの椅子に腰をおろした。「信じられない。デジタルの電話機は盗聴できないものだと思ってた」

「かつてはそうでした。DECTと呼ばれるデジタルコードレス電話規格は、長年安全を誇っていたんです。しかし、メーカーやセキュリティ会社が製品評価に用いるソフトウェアがネット上に流出して、コードレス電話やほかのDECTを用いた機器——たとえばドイツの信号機や、イギリスの交通制御システムなどのハッキングに使われるようになりました」

「まあ、頼もしいこと」

「いい知らせもありますよ。コードでつながれた電話機を使えば安全です」ウィンドリーは付け加えた。「少なくとも、この捜査のあいだは」

「ごもっともね。家に帰ったらすぐにコードレス電話は片づけることにするわ」

「いや」グリフィンがすかさず言った。「まだその必要はない」

「でも、いま聞いたとおり——」

「この状況を利用できるかもしれません」リードが割りこんだ。「さっき話し合っていたんですが、いまのわたしたちにはゆうべまでなかった強みがあります」

ケンドラはみなの顔を順に見た。「何を言いたいのかわかった気がするわ」

「あなたならわかるだろうと思っていました。それで、やれそうですか？」

「場合によるわね。具体的には何をさせたいの？」

リードは革のファイルを開き、薄い紙の束を取り出してケンドラの前に置いた。「これが台本です」

ケンドラは笑った。「台本？　冗談でしょう」

「指針のようなものですが」リードはまじめな声で言った。「つまりこういうことです。あなたはFBIの護衛を連れて家に帰り、数分後にコードレス電話でグリフィンに電話する。わたしたちのほうで作成した台本では、あなたはミニバンで死んでいた被害者、クリスティ・ラドウィグの家を訪ねることにしたという設定にしてあります。あなたの家のまわりには捜査官を張りこませておきます。ウィンドリーによると、犯人はおそらくコンドミニアムと同じブロックに傍受拠点を持っているそうです。電話のあとに動き出した人物がいれば、チームの誰かが必ず気づくはずです」

ケンドラは台本にざっと目を通した。「犯人はいまもわたしの電話を盗聴していると考えているのね？　ゆうべの出来事のあとでも」

「あのあとだからこそ、だ」グリフィンが言った。「プロファイラーの所見にもあるとおり、犯人はきみに魅了され、きみに注目されたがっている。その傾向は、対面を果たしたあとも変わらないだろう。自分がきみにどんな影響を及ぼしたか、聞きたくてたまらないはずだ。いまも盗聴を続けている可能性は高い」

「この筋書きだと、わたしは囮《おとり》を務めることになるわね」

「否定はしない。精鋭を動員してきみを守る。犯人をおびき出す必要があるんだ」

ケンドラは台本を閉じた。「わかったわ。それで、そのあとは?」

「電話をかけたあと、捜査官がきみをクリスティ・ラドウィグの家に連れていく。そこにも見張りを立てておくが、家に入るまできみにはわからないだろう」

「また何か仕掛けてくるほど犯人は大胆だと思っているの?」

「台本どおりにやれば、犯人は少なくともあとをつけてくるはずだ」

「プロファイラーがそう言ったの?」

グリフィンはため息をついた。「ずいぶんと皮肉が混じっているな」

「そんなことはないわ。あなたがたのプロファイラーの仕事には大いに敬意を払ってる。ただ、この犯人を過小評価したくないの。犯人はわたしをよく研究しているけれど、FBIのやり方についても熟知しているはずよ」

「おそらくな。だが、犯人はゆうべ大きなリスクを冒した。もう一度そうするよう水を向ける価値はあると思う。乗ってくれれば、今度こそは万全の態勢で迎え撃つ。手を貸してくれないか」

ケンドラは、期待をこめてこちらを見ている捜査官たちに視線を向けた。この計画はいろいろな点で危険だし、台本に沿って動くというのも性に合わない。けれども、彼らの言うとおりだとわかっていた。これがうまくいけば、犯人が勝利に酔っているいまならチャンスは広がる。

ケンドラはついにゆっくりとうなずいた。「わかったわ、やりましょう」

コードレス電話を持ちあげたケンドラは、指がわずかに震えているのを見て驚いた。緊張しているのか、それとも期待に高ぶっているのだろうか。あの人でなしがほんとうに盗聴しているのなら、台本など無視して、思いつくかぎりの方法で痛めつけてやると脅したいところだが、いま手の内を見せるわけにはいかない。

グリフィンの電話番号を押すと、二回めの呼び出し音で相手が出た。「マイケル・グリフィンだ」

「グリフィン、ケンドラ・マイケルズよ」

「さっきオフィスを出たばかりじゃないか。まだしゃべり足りないのか？」

自然な軽口を演じているものの、グリフィンの声はわざとらしい。自分の演技のほうがましでありますように、とケンドラは祈った。

「いま家に着いたところよ。ねえ、ずっと考えていたんだけど、クリスティ・ラドウィグの家に行きたいの。あの晩にミニバンの運転席にいた女性よ。彼女は自宅で拉致されたと見ているんでしょう？」

「ああ、コリーン・ハーヴェイと同じようにな。だが、ゆうべあんなことがあったあとでひとりで行かせるわけにはいかない」

「それなら、体格のいい優秀な部下をよこして。犯人は気づかないうちに、コリーン・ハーヴェイの家に身元を示す証拠を残していたんじゃないかと考えてるの。ラドウィグの家でも無意識に同じことを繰り返していたら、きっと尻尾をつかむことができる」

「証拠？」

「ええ。どれだけ重要な意味を持っているのか、さっきようやく気づいたのよ」

「ふむ……説明してくれるんだろうな」

「予想が当たっていたら教えるわ」

「冗談はよせ。何も教えずに手伝わせる気か」

少なくともこの台詞《せりふ》まわしは真に迫っている。何年も繰り返させてきたからだ。「あとで話し合いましょう。いまはとにかく彼女の家に行きたいの」

沈黙が流れた。「あと一時間待ってくれ。誰か手配する」

「それなら待っているわ」ケンドラは通話を切った。

さあ、動くのよ、マイアット。


三十分待ってから、ケンドラは武装したＦＢＩ捜査官の運転で、オールドタウンにあるクリスティ・ラドウィグの家に向かった。車から玄関へと歩いていくあいだ、不安に駆られた。何人もの捜査官が見張っているとわかっていても、受け身でいるのは好きではない。背中の的はこれ以上ないほど大きく、しかもそれを目立つよう塗るのに自ら手を貸したのだ。

玄関前の階段をのぼり、なかに入ってドアを閉めると、肩から力がどっと抜けるのを感じた。

グリフィンとリードが居間にいた。

「だいじょうぶですか」リードが尋ねた。

「ええ。苦労の甲斐《かい》があったと言ってちょうだい」

グリフィンとリードは暗い視線を交わした。

ケンドラは小さくうめいた。「なんの動きもないの？」

「これまでのところはない」グリフィンは険しい目でコーヒーテーブルの上のノートパソコンを見つめた。「きみのコンドミニアムがあるブロックで変わった動きはなかった。付近の建物から出てきた何人かを止めたが、全員そこの居住者だった」

「こっちのほうは？」

「まだ何も」リードが言った。「あちこちに捜査官を配置していますし、メトカーフがこのブロックの端にある立体駐車場で上から監視していますが、不審な動きはないようです」

「あら、すばらしい」

ようやく、ケンドラは居間を見まわした。被害者の両親がすでにクリーニング業者を入れて家を売る準備をしていると聞いていたので、本来ここに来るつもりはなかった。

クリスティ・ラドウィグが不規則な時間に働き、テレビの前で食事をし、ときどきマリファナを吸っていたのは明らかだった。洗濯かごに積まれた赤ん坊のおもちゃが目に入り、彼女がシングルマザーで、一歳半の女の子を遺《のこ》していったことを思い出した。おもちゃの山やハイチェアは、ケースファイルの数行では伝えきれない現実そのものを突きつけてくる。

おもちゃを見つめながら一時間ほどを過ごすうちに、犯人をおびき出すというケンドラとＦＢＩの計画は失敗したことがはっきりした。

「ここまでだ」患者の死亡を告げる外科医のように、グリフィンが言った。「作戦は中止する」

リードが無線機を取りあげ、メトカーフに連絡した。

グリフィンはケンドラのほうを向いて言った。「協力に感謝する。もうしばらくはきみの部屋の前に護衛を置いておく必要があるようだ」

「近所のみながきっと大いに喜ぶわ」

　ケンドラは玄関の錠を開け、護衛の若いＦＢＩ捜査官、ドナルド・ネルソンを振り返った。「トイレを使いたいときや、食べ物や飲み物がほしいときはいつでも言ってね」

「気にしないでください、マアム。でも、ありがとうございます」

「ゆうべも何も言ってこなかったでしょう。近ごろアカデミーでは膀胱《ぼうこう》の制御法も教えているようね」

　捜査官はにやりと笑った。「肯定も否定もできません、機密事項なので。おやすみなさい、マアム。何かあったらすぐに呼んでください」

　ケンドラは部屋に入り、玄関テーブルに鍵をほうった。向こう何日かのクライアントの予約はすでにキャンセルしてあるけれども、訊《き》きたいことがあればいつでも連絡してほしいとみなには伝えてある。いまセラピーが大事な段階に差しかかっているクライアントがいなかったのは幸いだった。腕時計を見ると、午後十時三十五分だった。メッセージが来ていないか確かめよう。折り返し電話するには遅い時間だけれども、何通かメールを片づけて――

　ケンドラは動きを止めた。息ができない。

　なんてこと。

　居間の壁に、赤いペンキで文字が殴り書きされている。

いい試みだった、ケンドラ。だが、あんたならもっとうまくやれるはずだ。

――マイアット

あの男がここに来たのだ。

この部屋に。

安全な場所を穢《けが》された気がした。

まだここにいるのだろうか？

じっとして、気配がないか神経を研ぎ澄ました。

息を詰め、玄関のドアに向かう。落ち着くのよ。ただ叫べばいい。そうすればあの捜査官が駆けつけてくれる。

でも、ほんとうに？

心臓が激しく脈打った。あの若い警官のように、彼もあっけなく無残に片づけられていたら？

あのドアの向こうにマイアットが待ち構えていたら？

ああ、もう。

動きつづけるのよ。パニックに陥ってはだめ……。

そこにいるの？　いっそいてくれたほうがいい。もう一度正面から向かい合いたい。

ケンドラはドアノブをつかみ、もう一方の手を安全錠にかけた。錠をはずし、勢いよくドアを開く。

あの捜査官がそこに立っていた。何事もなく。「マアム？　何か用ですか？」

ケンドラは時間をかけて息を落ち着かせた。「ええ。部屋に入って、なかをよく調べてもらいたいの。でもその前に、グリフィンにいますぐ連絡してここに呼んで」唇を湿らせる。「あの異常者がここを訪ねてきたみたい」


グリフィンやメトカーフ、リードが到着する前に、まずＦＢＩの鑑識チームがやってきた。しかし、どうやら現場から得られたものはほとんどなく、採取できたのは壁から剥がしたペンキのかけらだけのようだった。ケンドラは彼らが動きまわるのをしばらく眺めてから、建物の廊下に出て壁にぐったりと寄りかかった。

メトカーフがそばに来た。「ここ数日はさんざんですね」

「ええ、そうね」

メトカーフは廊下の先に目をやった。グリフィンとリードがエレベーターから降りてくる。彼は声を低くして言った。「あなたの言ったとおりでしたね。この犯人はわれわれの二歩先を行っている」

「あの男はよく下調べをしている。それだけは確かよ」

グリフィンが近づいてきた。「われわれのちょっとしたラジオドラマは誰も引っかけられなかったようだな」

「そんなことはないわ」ケンドラは肩をすくめた。「わたしたちが引っかかったもの」

メトカーフが笑い声をあげたが、グリフィンににらまれてすぐに黙った。

「マイアットがいったいどうやって部屋に入ったのかを知りたい。玄関の錠は壊されていなかったし、ピッキングしたならプロ中のプロの腕前ということになる。入るときに確かめたの」

「少し時間をくれ」グリフィンは言った。「必ず突き止める」

リードが割りこんだ。「すでにこの建物で聞きこみをはじめています。近隣の交通カメラや防犯カメラも押さえました。留守にしていたのは二時間ほどなので、映像のチェックはすぐに終わるでしょう」

ケンドラは顔をそむけた。「マイアットもカメラの位置は把握していると思うわ。事前に調べたはず。すべてのカメラを避けるルートを見つけるか、それが無理ならカメラをいくつか使えなくしたんじゃないかしら」三人に目を戻す。「わたしならそうする」

グリフィンは開いた戸口から、居間の壁に書かれたメッセージを見やった。「犯罪プロファイリング入門講座の一日めに習うのは、犯罪者が自分と同じように行動すると思うな、ということだ」

「普段なら同意する。でも、この犯人は細部に強いこだわりがあるだけでなく、自分を芸術家と見なしている。一筆一筆があるべき位置に置かれなければ、すべてが台なしになるのよ」

「それでも、あらゆる角度から捜査をしなくてはならない。誰にもミスはあるものだ」

「確かに、犯人はすでにいくつかミスを犯していると思うわ」ケンドラは言った。「まだわたしたちが見つけていないだけ」そして、リードのほうを向いた。「似顔絵のほうはどう？」

「新聞の遅版のほうには間に合いました。夕方のニュースでもいっせいに流されています。すでに何十件も情報提供の電話が来ていますよ」

「何百件もだ」グリフィンが訂正した。「じゃんじゃんかかってきている。いつものことだ。似顔絵がどれだけ正確でも、同僚や、大学のルームメイトや、子どものサッカーのコーチが連続殺人犯だと大勢が思いこむ」

「簡単な予備調査をして、集められるだけの写真を集めます」リードが言った。「そのうちに見てもらうことになるでしょう。あしたあたりに」

ケンドラはうなずいた。「わかったわ、早ければ早いほどいい」

「今夜泊まる場所はあるんですか」メトカーフが尋ねた。

ケンドラは戸口を示した。鑑識官がふたり、なかに入っていく。「ええ、あそこよ」メトカーフが答える前に、ケンドラは続けた。「冗談よ。この建物に友達がいるの」

「その友達は、ＦＢＩがひと晩じゅう玄関の前に立っていても気にしませんか」

「むしろ、オリヴィアは気に入ると思うわ」ケンドラは笑みを浮かべた。「でも、かわいそうな捜査官にマニキュアをしたきれいな爪を立てないよう、釘《くぎ》を刺しておかないと」

6

「足りないものはなかった？」バスルームから客用寝室に出てきたケンドラに、オリヴィアが声をかけた。「泊まるのは久しぶりね。去年わたしの特製ラザニアを食べてカクテルを飲みすぎたとき以来よ」

「あれはおいしかった。あなたの料理は最高よ」ケンドラはドア口に立つオリヴィアを見た。「もう一年もたつのね。きのうのことみたいに思えるのに」

「あなたは忙しかったから。わたしもだけど」

「そうね」ケンドラはシーツを剥がしてベッドに入った。「泊めてくれてありがとう」

「何言ってるの。わたしたちは姉妹以上の仲でしょう。ここ以外にどこに行くのよ？」

「確かに、母のところくらいしかないわね。そして、いろいろ訊《き》かれて厄介なことになるの」ケンドラは枕を整え、横になった。「わたしはだいじょうぶよ、オリヴィア。あなたもベッドに戻って」

「明かりを消す？」

「お願い」

オリヴィアが腕を伸ばして壁のスイッチを押し、部屋は暗闇に包まれた。廊下の明かりでオリヴィアのシルエットが浮かびあがった。「ケンドラ……あなたが手術を受けてから、ずっと考えていたことがあるの」

「どんなこと？」

オリヴィアはしばらく黙っていたが、やがて尋ねた。「暗闇を……どう思う？」

明かりを消さないでおいてもらえばよかった、とケンドラは思った。声だけでは、オリヴィアがどんな気持ちで訊いているのかわからない。「どうして知りたいの？」

「わたしにとっては、暗闇はわが家なの。安心できる場所なのよ。あなたも視力を取り戻す前はそう感じていたでしょう？　ふたりで分かち合っていた感覚なのよ。もうあのころとはちがうとわかってるけれど、知りたいの。怖くなることはある？　それとも安心していられる？」

ケンドラが視力を取り戻したとき、オリヴィアは心から喜んでくれたけれども、ふたりの関係を新しい状況に適応させるには大なり小なりたくさんの問題があった。これは、まだ話し合っていない問題のひとつだ。「明かりを消して暗闇に戻ったときにどう感じるか？」ケンドラはしばらく考えた。「よく考えたことがなかったわ。手術のあと、初めて目を開けたときは怖かった。まぶしすぎて、色が氾濫してた。何週間もかかって少しずつ慣れていったの。もちろん、最初から目が見える人たちとはちがって、それが当たり前とは思えないけれどね。でも、その情報量の多さに酔って、もっといろいろなものを見たい、感じたいと思うようになった。それでちょっと暴走してしまったけれど、そのことは知ってるわよね」

「ええ。心配させられたわ。でも、わたしでも同じことをしたと思う」

「いつかあなたの番が来るわ。きっと道が見つかる」

「いろいろ模索してるのよ。新しい治療法はすべて調べてる。わたしも必ずそっちに行くわ。ずっと並んで歩いてきたんだもの、取り残されるわけにはいかない」

「わたしたちはずっといっしょよ」これだけでは質問の答えになっていない。オリヴィアが訊きたがっているのはもっと本質的なことだ。「暗闇をどう感じるかだけど、怖くはないわ。また目が見えなくなっても、きっと受け入れられる。うれしくはないけれど、奇跡が起こるまではうまく付き合ってきたんだもの。それから、目を閉じて暗闇に包まれると、心地よく感じることがある。昔に戻って、あなたのそばに行けるから。わたしたちが分ち合っていたものを思い出すことができるの――とても心が落ち着くわ」

「そうね」オリヴィアの声は少しかすれていた。「でも、そんな弁舌をふるってもらうつもりはなかったのよ。わたしが聞きたかったのは単純なこと」

「いいえ。あなたに関して〝単純〟なことなんてないでしょう、オリヴィア」

「じゃあ言うわ。わたしはときどき不安になるの」オリヴィアは顔をそむけ、後ろを向いた。「FBIがネズミの穴まで塞いだと言ったとしても、あなたの部屋には戻ってほしくないのよ。犯人がつかまるまで、ここにいたらどう?」

「だめよ」

「そう言うと思ってた。でも、考えてみて」

「わかったわ。だけど今夜は無理」ケンドラはあくびをした。「きょうはひどい一日だった。あしたもましになるとは思えない。急行列車に乗せられて降りられなくなった気分よ」

「しかもひとりで乗っているんだわ。アダム・リンチはいつ戻ってくるの?」

「さあ、わからない。おやすみなさい、オリヴィア」

「あなたも彼に戻ってきてもらいたいんでしょう」

ケンドラは体を横向きにした。「またあしたね」

オリヴィアは笑った。「おやすみなさい、ケンドラ」

ドアが閉まり、闇がいっそう濃くなった。

さっきオリヴィアに話したように、暗闇は怖くない。ずっと向き合ってきたし、付き合い方を知っている。けれども、暗闇のなかにいると思考が堂々めぐりをする。居間の壁に書かれていたメッセージが脳裏に浮かんだ。

犯人はどうやって部屋に入ったのだろう？

いま考えるのはよそう。疲れすぎて、頭が働かない。

朝になってもグリフィンがまだ答えを見つけていなかったら、部屋に戻ろう。そうしたらきっと手がかりがつかめる。

眠りなさい。

あなたも彼に戻ってきてもらいたいんでしょう。

そうなのかもしれない。でも、あのうぬぼれやには絶対に認めるつもりはない。

もう考えるのはやめて。眠るのよ……。


ケンドラはいつもよりも寝坊した。携帯電話が鳴って目を覚ますと、午前八時四十分だった。

母からだ！

頭をはっきりさせて、はつらつとした声を出さなくてはいけない。コーヒーを飲む暇もなく母に立ち向かうことになるとは思ってもいなかった。

「おはよう」ケンドラはなんとか体を起こした。「きのうの午後に電話して元気だと伝えるつもりだったんだけど、忙しくて――」

「いま起きたばかりみたいな声ね。いつも七時には起きているのに。だいじょうぶ？」

「ええ。オリヴィアと遅くまで話をしてたの」これは嘘《うそ》ではない。「それに、二階から落ちたのが少しこたえていたみたい」

「医者には行ったの？」

母の注意をそらすいい口実が見つかった。「実は、医者のほうが来てくれたの。リンチがＦＢＩ支局に医者をよこしたのよ、検査のために」

沈黙が流れた。「リンチが？　まあ……めずらしいこと」

「ええ、わたしもそう思った。でも、厳命を受けている医者を追い払うよりは簡単だったから、検査を受けたわ。どこも問題はないそうよ」

「よかったわね」ディアナはうわの空といった声で言った。「でもリンチらしくない行動ね。そんなに面倒見のいい人だとは思わなかった。ディーンだったら、ひどく心配して早く医者に診せようとするだろうけど――」

「リンチの行動に意味を求めても無駄よ」ケンドラはさえぎった。「あの人はただ、自分の思いどおりにするのが好きなの。自分はなんでもわかっていると思っていて、ブルドーザーみたいにその道を突き進もうとする。検査なんてほんとうは必要なかったし、いまでもちょっと腹が立ってるわ」

「でも、検査を受けたんでしょう。それもいつにないことだわ」唐突に、ディアナは話題を変えた。「けさ、ディーンに会ったの。まだ電話がないと言っていたけど、どうしてかけないの？」

「お母さんに電話できなかったのと同じ理由よ。忙しかったの。お説教はやめて」

「説教なんてしてないわ。思い出させているだけ。ときどきは説得もするけれどね、いまは、わたしとの約束を思い出させてるの。ディーンは落ちこんでいるようだったわ、あなたが電話をする時間さえ作ってくれないって」

「気の毒に。わたしが連絡をするのをいまかいまかと待ってるのね」

「当然でしょう？　あなたは魅力的な女性だし、同じくらいすばらしい家族までいるんだから。こんなに魅力たっぷりのわたしを義理の母にしたくない男性がいると思う？」

ケンドラはくすくすと笑った。「いないでしょうね。でも、先走りすぎよ。ブラインドデートをしただけなのに、もう新婚旅行に送り出そうとしているの？　怖くなるわ」

「お互いさまよ。あなただってきのうの朝わたしを震えあがらせたじゃないの。そして、今度はアダム・リンチがあなたに医者を差し向けて、あなたのまわりをうろついている。リンチは人形使いと呼ばれているんでしょう？　謎めいた男は好きになれない――あなたが普段やらないことをさせるような謎めいた男は特にね。ディーンにはいつ電話するの？」

ケンドラはため息をついた。「シャワーを浴びてコーヒーを飲んだらかけるわ。お母さんにずたずたにされたあとで彼と話すのはいい気晴らしになりそう」

またしても沈黙が落ちた。「わたしがごり押ししたからって彼を避けないでね。彼にはチャンスをもらう権利がある」

「口を出されるのは好きじゃないけど、でもお母さんのことは好きよ。ディーンのことはいい人だと思ってるし、わたしにはもったいない人かもしれないとも思ってる。さあ、もういいでしょう、そろそろ一日をはじめなきゃ……ディーンにも電話しないとね」

「わかったわ、どうなったか教えてね？」

「電話するだけなのに？」

「でも、ひとつのことがまた次につながるでしょう。わたしはディーンのことがほんとうに気に入ってるのよ、ケンドラ」

「わたしもよ。でも毎回報告するつもりはないわ」

「まあ、しかたないわね」ディアナは明らかにがっかりしているようだった。「でも、ときどきは――」

「お母さん」

「じゃあまたね、ケンドラ。気をつけるのよ」電話が切れた。

ケンドラは頭を振り、ベッドを出てバスルームに向かった。まずまずうまくやれた気がする。リンチの話を出したおかげで、きのうの出来事は言わずにすんだ。それに、母はディーンのことに気をとられていたので、質問責めに遭う前に逃げ出すことができた。

とはいえ、早くディーンに電話して母を安心させなくてはならない。約束したのだから、守らなくては。

服を脱ぎ、シャワーの湯を出した。

まずは、マイアットが部屋に入った方法がわかったか、グリフィンに確かめよう。


三十分後、ケンドラがキッチンに入っていくと、ドナルド・ネルソン捜査官がテーブルでコーヒーを飲んでいた。彼はとまどった顔でオリヴィアを見つめ、オリヴィアのほうは少ないとは言いがたい魅力をふりまいている。

「おはよう」ケンドラは声をかけた。「わたしのぶんもコーヒーはあるかしら、オリヴィア。いま母と話したから元気づけが必要なの」

ネルソンがあわてて立ちあがった。「お入れします。ぼくはただ――」

「座って。最後まで飲んでしまいなさいよ」ケンドラは食器棚からカップを取り出した。「オリヴィアがあなたを廊下と義務感から引き離すのに成功したんだとしたら、あなたにはほんとうにコーヒーが必要なのよ」

「ごちそうさまでした」ネルソンはオリヴィアに言った。「ご親切に、マアム」

オリヴィアはまばゆい笑みを浮かべた。「どういたしまして、ドナルド。またいつでもどうぞ」

「ありがとう」ネルソンは立ちあがり、キッチンを出ていった。そして、玄関のドアが閉まる音が聞こえた。

「だめじゃない」ケンドラはコーヒーをつぎながら言った。「かわいそうな若者を誘惑しちゃ」

「聞いたでしょう」オリヴィアはいたずらっぽく微笑《ほほえ》んだ。「わたしはただ親切にしただけよ」肩をすくめる。「あなたが起きてこないから退屈で、話し相手がほしかったの」

「それと、彼を厳格な任務から引きはがせるか試してみたかったんでしょう」

「ここのほうがあなたの近くにいられるし」オリヴィアはコーヒーを飲んだ。「FBIの人を誘惑したことがなかったから。厳しい訓練を受けている人は反応にちがいがあるのか、興味があったの。別に彼とベッドに行きたかったわけじゃないわ。ちょっと実験してみただけ」

「ベッドに誘いこめそうかどうかをね」

オリヴィアはうなずいた。「相手の目が不自由だと、居心地悪そうにして避ける男性もいれば、興味を引かれてのめりこむ男性もいるのを知ってるでしょう？　確率をわたしに有利にすべく模索してるところなのよ」

「彼は魅了されてた」ケンドラは言い、腰をおろしてカップを口もとに運んだ。「当然よ。あなたはきれいで生き生きとしていて――」

「目が見えない」オリヴィアは言った。「でも、さっき言ったように、いろいろ努力してるのよ」そして、突然話題を変えた。「お母さまの相手は大変だった？」

「いつもどおりね。わたしを心配してるの。危ない目に遭わないように、強い男性をそばに置こうとしてる」ケンドラは顔をしかめた。「ばかばかしいわ、母は誰にも頼らず生きてるのに」

「お母さまは思いやりがあって、とても頭がいいじゃない。わたしは尊敬してるわ」

「わたしもよ」ケンドラはコーヒーをひと口飲んだ。「だから、いまだにときどき干渉してくることがあっても我慢してるの。愛あってのことだとわかってるから」

オリヴィアはうなずいた。「そうよ。すてきなことだわ。絶対に――」

そのとき携帯電話が鳴った。グリフィンだ。

ケンドラは通話ボタンを押した。

「こんなに早く連絡があるとは思わなかったわ。まだ九時を少し過ぎたばかりよ。いい知らせだといいんだけど。確認する写真の準備ができたの？」

「それはいま作業中だ。じきに終わる。その件ではなく、犯人の侵入方法がわかった」

「いい知らせなのかわからないわね」ケンドラは用心深く言った。「どうやったの？」

「犯人は鍵を持っていた」

「連続殺人犯がわたしの家の鍵を？　どんなにいい気分か言葉では言い表せないわ」

「管理人室から持ち出したんだ。建物全体でいちばんセキュリティの甘い場所だったようだな。ガラスの引き戸にはちゃちな錠しかついていなかった。夕方六時以降は無人だから、ドライバーで錠をこじ開けたんだろう。奥の部屋のパンチングボードから、きみの部屋の鍵がなくなっていた」

「防犯カメラは？」

「使えなくされていた。ディスクがない」

「最高ね。いずれにせよ錠は取り替えるつもりでいたの。新しい鍵を管理人に預けるのはうっかり忘れることにするわ」

「悪くない考えだろうな……少なくとも当面は。ちょっと待っていてくれ。リードが来た」電話口を押さえてしゃべっている声が聞こえ、しばらく沈黙が続いた。やがて、グリフィンが言った。「写真の準備ができたそうだ。二時ごろに来て、情報提供者から集めた写真を見てくれないか。わたしも見たが、いくつかは有望そうなものがある」

「そうだといいんだけど。じゃあ二時に」ケンドラは電話を切ってオリヴィアを見た。

「犯人は管理人に預けていた鍵を使ったんですって。わかってみれば単純ね」

恐ろしいほど単純だ。ちょっとした不注意で、マイアットに隙を見せてしまった。

「油断したわね」オリヴィアが言った。

「ええ。でも犯罪は、狙われている本人以外のささいなミスから起こるものなのよ」ケンドラは眉をひそめた。「わたしたちは便利な生活に慣れきってしまってる。管理人に鍵を預けて、修理業者や宅配物が来たときに対応してもらってたの。あなたもでしょう？」

「ええ。だって、きちんと保証された人だもの。安全に保管してくれると信じてたわ」

「わたしもよ。でも、連続殺人犯が管理人室に侵入するなんて誰も思わない。犯人はいつからわたしに近づこうとしていたのかしら。防犯カメラの細工……そして実際の侵入」ケンドラは身震いした。「それでも、わたしはターゲットですらないのよ。事件を起こす前にいつでもわたしを殺せたんだもの。犯人の望みは別にある。自分がどれだけ賢いかをわたしに見せつけたいのよ。わたしに尊敬させたいの。そして、わたしの弱さを思い知らせたいんだわ」

「ここにいなさい」オリヴィアはきっぱりと言った。「異論は認めないわ」

「ここも下調べされていないとはかぎらないでしょう？　犯人はわたしのことを熟知している。あなたが親友だということも知っているはずよ。わたしがあなたに頼る可能性を考慮していないとは思えない」ケンドラは立ちあがった。「グリフィンにこの部屋のまわりの防犯カメラも調べてもらうわ。でも、これ以上あなたを巻きこむわけにはいかない」身をかがめて、オリヴィアの頬にキスをした。「もう行かないと。避難させてくれてありがとう。また連絡するわね」

「そうして。ここに戻ってきてくれたらうれしいわ、ケンドラ」

ケンドラはドアに手をかけながら振り向き、微笑んだ。「わたしのかわいそうなボディガードで誘惑の練習をしたいだけでしょう？　彼をしっかり守らなくちゃ……あなたからも」

オリヴィアのコンドミニアムを出てから、ケンドラはためらった。あのぞっとする壁のメッセージ以外に何か手がかりが残っていないか、部屋に戻って確かめるつもりだったけれども、母と約束したことをこれ以上後まわしにはできない。電話を一本かけるだけなのだから、部屋に戻るまでにすませてしまおう。

手早くディーン・ハリーの番号を押した。「もしもし、ケンドラ・マイケルズよ」

「やっとかかってきた」ディーンは言った。「実のところ、かかってくるとは思っていたんだ。けさディアナに会ったとき、思わせぶりに目をきらきらさせていたから。何か言われたかい？」

「あなたがどれだけすばらしい男性で、このまま縁を切るのがどれだけ愚かなことかを言い聞かされただけよ」

「まったくだ」ディーンはまじめくさって言った。「だが、ディアナにそんなに高く評価されているとは思わなかった。光栄だな」

「あまり舞いあがらないほうがいいわ。母にとっての大事なポイントは安全かどうかだから。あなたといればわたしが安全だと思ってるのよ」

「傷つくな。ぼくはそんなに退屈な男かな？」ディーンはそこで口ごもった。「服役のことは話していないようだね」

「まだ話してないわ。差し障りがないときにあなたから話すべきだと思ったから」

「ありがとう」ディーンは静かに言った。「ぼくたちの関係にも差し障りがないことを祈るよ、ケンドラ。ぼくはきみと親しくなって、なんでも話し合えるようになりたい。昔からの親友のように……人生の新たな道をともに歩むパートナーのように。近いうちにきみもそう思ってくれたらうれしい」

ケンドラは息をのんだ。「まだお互いのことをほとんど知らないじゃない、ディーン」

「それについてはなんとかするつもりだよ。少しだけ協力してくれないか。きみのように、ぼくの頭をくらくらさせる女性に会ったのは初めてなんだ」

「最初のデートでわたしがやったようなことをやる女性は、まずいないでしょうね」ケンドラは淡々と言った。

「とても楽しかったよ。またお願いしたい」

「マゾヒストなのね」

「ぼくはきみのことが好きだよ。きみはぼくのことが好きかい？」

「ええ」ケンドラは口ごもった。「あなたが安全な人だからじゃないわよ。ユーモアのセンスが気に入ってるの」そして、苦笑しながら続けた。「それから、わたしに我慢するスタミナにも」

「ひとつ言っておきたいことがある。きみのお母さんの見立ては正しいよ。ぼくは大切な人ができたらその人を全力で守る」ディーンは急いで付け加えた。「でも、それで退屈な思いはさせないよ。きみの邪魔はしない」

ケンドラはくすくすと笑った。「ええ、きっとそうね」ディーンとリンチは昼と夜のように正反対だ。リンチは必要とあらば容赦なくわたしの生活に介入してくる。ディーンは洗練されていてスマートで、とても爽やかだ。「大切な人を守りたいと思うのは人間の本能よ。わたしも同じ。大事なのはその本能にどう反応するかよ」

「よし、話はついたな。ぼくたちはなかなかいいスタートを切れた。あとはこの関係をもっと確かなものにしていくだけだ。今度はいつ会えるかな」

ケンドラはすばやく言った。「しばらくは無理よ。いま大変な事件にかかわってるの」

「それならなおさら息抜きが必要だろう。何も長々ときみの時間を占有しようというわけじゃない。ときどき顔を合わせて、ぼくがいることを思い出してもらいたいだけだ。きみが離れていって、ぼくを忘れてしまわないように」

「でも――」

「このあとはどうだい？　コーヒーを飲むあいだでいいよ。一時間くれ。場所も時間もきみに合わせる」

「ディーン、ほんとうに忙しくて――」

「きっとしつこいやつだと思っているだろうね。そうかもしれない。でも、きみについて聞いたことに興味があったからブラインドデートに出かけたんだ。そして、期待は裏切られなかった。この機会を逃したくない」ディーンは熱をこめて言った。「お母さんもきっと喜ぶ。安心するんじゃないか？」

「それは、まあ……」確かにそうだろう。そして、ケンドラは自分もディーンにまた会いたいと思っていることに気づいた。二時の面通しまで時間がある。「いいわ、ブロードウェイ沿いの、ケトナー・ブールバードのすぐ東側にある〈スターバックス〉で十二時はどう？」

「了解」ディーンは笑った。「次はお母さんを巻きこまなくてすむよう、思いきり魅力をふりまくことにするよ。じゃあ、またあとで、ケンドラ」電話が切れた。

魅力的な人だ、とケンドラは思った。また会うのが楽しみだった。ディーンはすばらしくまともだ。マイアットが次にどんな恐怖を仕掛けてくるのかと神経が張りつめているいま、いい癒やしになる。

でもまずは部屋に戻って、あの悪意にもう一度向き合わなくてはならない。

覚悟を決め、自分の部屋へと廊下を進んだ。

ケンドラは玄関のドアに手をかけ、しばらくためらってから、ノブをまわしてなかに入った。

ああ、もうここがわが家だとは思えない。

安心感も、居心地のよさもない。十二時間前にあの怪物が侵入してマーキングをした場所にすぎない。

闘うのよ。恐怖を締め出すの。あの怪物にわたしの世界を変える力を与えてはいけない。

玄関ホールに立ち、深呼吸をした。

いまは無理でも、いつかはまたわが家と思えるようになる。いつかは。

顔をあげ、居間の壁に書かれたメッセージを見た。

いい試みだった、ケンドラ。だが、あんたならもっとうまくやれるはずだ。

——マイアット

キッチンの棚を開け、六カ月前にキッチンのドアを塗りなおすのに使った、下塗り剤の缶を取り出した。半分ほどしか残っていないけれども、なんとか足りるだろう。正式に許可が出る前にこんなことをするのは鑑識が喜ばないだろうが、おあいにくさまだ。二、三日後には職人が来てくれるとしても、こんな落書きにはもう一分も我慢できない。

キッチンの引き出しから蓋開けと刷毛《はけ》を持ってきて、缶を開けた。ソファの上に乗り、ひと文字ずつ下塗り剤で塗りつぶす。ペンキのメーカーと色はＦＢＩがすでに割り出し、この数週間に販売されたものを追跡している。もしかしたら、マイアットがクレジットカードで支払いをしているときに、店の防犯カメラに映るようなへまをしていないともかぎらない。

期待はできないけれども。

ふいに、ケンドラは凍りついた。

手を止め、スプレーで書かれた文字をもう一度じっと見る。屋外の落書きの場合、スプレーの粒子を見れば、上下左右のどの位置から吹きかけられたかがたいていわかる。

このペンキは、真正面から吹きかけられているように見える。犯人はいまのわたしと同じようにソファに乗っていたのだろうか。それとも、別の何かに乗っていた？

部屋を見まわした。

コーヒーテーブルかもしれない。けれども、ダイニングテーブルの椅子のほうが運ぶのは楽だ。ケンドラはダイニングテーブルに近づいて椅子を調べた。

当たりだ。

居間にいちばん近い椅子に、白と緑の小さな粒がいくつか落ちている。見覚えがある粒だ。以前に見たことがあるけれども、この部屋のなかではない。

部屋の鍵をつかみ、外に出て階段で屋上に出た。水遊び場に毛が生えたようなプールがあり、まわりのサンデッキにプランターやバーベキューグリルが置いてある。建物の南側のデッキに、プランターからこぼれた、白と緑の小さな化学肥料の粒が散らばっていた。

膝をつき、いくつか拾いあげた。ダイニングの椅子で見たものと同じだ。

手から粒をはたき落として立ちあがり、隣の建物を見つめた。そのまま携帯電話を取り出し、グリフィンの番号を押す。出なかったので、メトカーフにかけなおした。

「後生ですから」メトカーフが言った。「コミコンのことでまた説教するために電話してきたなんて言わないでくださいよ」

「それはまた今度ゆっくりね。いまは、化学肥料のことで電話したの」

「ぼくの興味を引くものがあるとすれば、それはまさしく植物の栄養剤について話すことですよ」

「わたしの部屋の椅子の上で、化学肥料の粒を見つけたの。屋上にあるプールデッキのプランターに使われているのと同じものよ。建物の南側のデッキに広く散らばってるの。隣の建物まで二メートルほどしか離れていない。マイアットが防犯カメラに映らず、建物を見張っていた捜査官たちにも見つからなかったのは、ここを使ったからじゃないかしら。マイアットは隣の建物にいたのよ。鍵は夕方か前日に管理人室から盗んでおいて、屋上からこちらの建物に飛び移り、わたしの部屋までおりた。帰りも同じ経路を使ったのよ」

「なるほど。隣の建物の外にある防犯カメラの映像はすでに入手してあります。内部を映したものがあるか調べますよ」メトカーフは含み笑いをした。「化学肥料ですか」

「粒が靴底の溝にはまって、居間の壁にペンキをスプレーしようと椅子に乗ったときに落ちたのよ。もしかしたら、マイアットは隣の建物のカメラにはあまり注意を払っていなかったかもしれない。一瞬でも映っていれば役に立つわ」

「確かめてみます。ところで、似顔絵に関する電話がまだどんどんかかってきていますよ。あなたがざっと見て二、三百はふるい落としてくれるのを楽しみにしています。大いに手間が省けますから」

「二時には準備ができるとグリフィンから聞いてる。できるだけやってみるわ、メトカーフ」ケンドラは通話を切った。

腕時計を見る。まだディーンとの約束の前に、デッキと部屋をざっと調べられそうだ。

「どうしたんだい」スターバックスのガラスのドアから入ってきたケンドラを見て、ディーンは目を見開いた。「どこかのトラックに轢《ひ》かれたのか？」

「母から聞いてない？」ケンドラは頬のあざにふれた。「見た目ほどひどくはないのよ」

「そんなわけないだろう。コーヒーでいいかな」

「ブラックを」

「ぼくもだ」ディーンはカウンターの向こうの店員に言った。「それから、そのデニッシュもひとつ」ケンドラを振り向いて言う。「お母さんに聞いたのは、きみが転んで、そのせいで電話できなかったということだけだ。てっきり絨毯《じゅうたん》か何かにつまずいたんだと思っていた」

「それほど軽くはないわね。二階の窓から転げ落ちたの」ケンドラは店員からコーヒーを受けとって、窓際のテーブルに移動した。「でも、母らしいわね。それを理由にしてあなたの気分を害さないようにするなんて」顔をしかめながら椅子に座る。「ついでに、穏やかで幸せな関係を望むなら、わたしは理想的な相手とは言えないことを隠したのよ。きっと、あざが消えるころまで直接会うことはないと踏んだのね」

「どうして窓から落ちたりしたんだ?」ディーンは向かいの席に座った。「普通の事故ではないように聞こえる」

「まあね」正直に話して、彼に受けとめられるか試してみよう。「実は、連続殺人犯から逃げていたの」

ディーンは目をしばたたいた。「そうか……なるほど」そして、頭を振った。「いや、〝なるほど〟じゃない。きみが過去にかかわった事件のことはニュースで聞いたが、悪党に追われるほど真相に迫っていたとは知らなかった」

「たまにこういうこともあるのよ。なるべくかかわらないようにしているから、滅多にないけれど」

ディーンは思案する様子でケンドラを見た。そして微笑んだ。「きみのお母さんがぼくを気に入った理由がわかってきた気がするよ。ぼくがきみを忙しくさせていれば、追いかけられて窓から飛びおりることはなくなる。もし飛びおりても、ぼくが抱きとめられる」

「あなたにできる？」

「もちろん」ディーンはコーヒーを飲んだ。「犯人はつかまったのかい」

「まだよ」彼は事実をすっかり受け入れたようだ。「でも、必ずつかまえる。時間の問題よ。つかまえなくちゃいけないの、あの男は怪物よ」

ディーンは笑みを消した。「きみひとりで怪物に立ち向かうなんて、気に入らないな」

ケンドラは小さく笑った。「サンディエゴ警察もＦＢＩも役に立たないと言うつもり？　彼らが聞いたら侮辱されたと思うわよ」

「悪いが、法執行機関のことは買っていないんだ。社会の裏側から見たことがあるからね。美しいものじゃない」ディーンは言葉を切った。「きみに助けが必要でないか、ぼくがそばで見守るほうがずっといい。そうさせてくれないか」

ディーンは本気だ。彼の誠意に疑いの余地はない。

ケンドラは心が温かくなるのを感じた。「ありがとう、でもだいじょうぶよ」腕を伸ばし、ディーンの手を握った。「母の言うとおり、あなたはすばらしい人だわ、ディーン」

ディーンは手首を返して、ケンドラの手を握った。「その続きの、ぼくと縁を切るのは愚かなことだという言葉についても、お母さんを信じてくれ」手を持ちあげ、ケンドラの手のひらにキスをする。そして、笑って手をほどいた。「ぼくは性急すぎるかな？」

「そうね」

「気に障ったかい」

「ちょっとだけ」

「少し控えるよ。約束する」ディーンは店内を見まわした。「それに、ここはロマンティックなふるまいをするのに最適な場所とは言えない。今度、きちんとやる機会をくれ」そして、フォークでデニッシュを切り分けた。「ここのはうまいんだ。少しどうだい？」

ケンドラは首を振った。「いいえ、いらないわ」

「甘いものはきらいかい？」ディーンはひと口食べて、満足そうにため息をついた。「ぼくは大好きだ。いちばんの好物はフルーツパイだけどね。両親がフロリダのセミノール郡で農場を経営していて、母がよく家族や従業員のために絶品のチェリーパイを作ってくれた」

「ご両親はいまもお元気なの？」

「母はもういない。父は再婚して変わらず農場に住んでいる。新しい母もいい人だが、ぼくはあまり帰らない。思い出が多すぎるんだ」ディーンはデニッシュを食べ終えて皿を押しやった。「それに、そろそろぼく自身の思い出を作る頃合いだからね。そしてきみは、いままでに出会ったなかでいちばん忘れがたい女性だ」

「そうかもしれないけど、あなたが求めているような女性じゃないわ。互いに共通点もほとんどないし」そう言いながら、ケンドラは残念に思った。ディーンのようなやさしい男性と思い出を作るのはきっと楽しいだろう。「わたしは独立心が強くて自分勝手で、ずけずけ物を言う。誰か別の人を紹介するよう母に頼むわ」

「ぼくは最初の相手が気に入っているんだ」

「母に洗脳されているのよ」

「多少はそうかもしれない。でも、これは自分の意思だ」ディーンは手を持ちあげ、口を開こうとしたケンドラを制した。「もうお母さんのことは忘れよう。これはぼくたちふたりのことなんだ。これからは、強引なことはしないよ。ときどき電話してぼくを思い出してもらうだけにする」そして、少し考えてから言った。「だが、それはあしたの朝からだ。このコーヒータイムを日課にするのはどう思う？」

「ディーン」

「オーケイ、いまのところは取りさげる」ディーンは笑みを浮かべた。「電話で言ったような魅力的な男になって、きみを夢中にさせてみせるよ。ぼくがなぜ教師になったかを話そうか。なかなかおもしろい話なんだ」

「わたしを丸めこもうとしてるでしょう」

「ああ。一時間できみはどこかに行ってしまうからね。またあしたも会いたいと思ってもらえるようにしないと」

ケンドラはあきれてディーンを見つめた。いたずらっぽい笑みを浮かべているが、ディーンは本気だ。その決意に抗《あらが》う気持ちがなくなっていることにケンドラは気づいた。彼は太陽のように明るい。もう少しその光を浴びていたかった。

「いいわ」ケンドラは微笑み、椅子にもたれてカップを持ちあげた。「じゃあ、丸めこんでちょうだい。教師になる決意をする話が、なぜそんなにおもしろいのか教えて」

「ちがう、ちがう、ちがう」また別の写真のセットがケンドラの前に表示された。「ちがう、ちがう、ちがう、ちがう」

ケンドラはＦＢＩの会議室の椅子に腰かけ、スクリーンを見つめて、サフラン・リードが表示する写真を確認していった。似顔絵を見た市民からの情報をもとに集められたものだ。

あまりに見当はずれで噴き出しそうになる写真もたくさんあったが、似顔絵にまずまず似ているものもいくつかあった。

「ちがう、ちがう、ちがう、ちがう」ケンドラはリードのほうを向いた。「写真はどこから手に入れたの？」

「通報者の大半は該当人物の名前と住所を知っていたので、ほとんどは運転免許証の写真を引っ張ってこられました。通報者が自分で盗み撮りしたらしいものもかなりあります。まったく、隣人の携帯には要注意ですね……あなたを連続殺人犯として名指ししようとしているのかも」

「このなかの誰かがそれに成功したら、いま以上にみんな熱を入れそうね」さらに何枚かスライドが表示され、ケンドラはノーのしるしに首を振った。「かすりもしないわ。でも、まだはじめたばかりだし、似顔絵の露出をもっと続ければ、きっと誰かが――」ケンドラは身を乗り出した。「待って。さっきの写真に戻して」

リードはキーを押し、直前の写真を表示した。少しぼやけているが、運送大手〈ユナイテッド・パーセル・サービス〉の茶色の制服を着た男が写っている。コリーン・ハーヴェイの家で見た男によく似ていた。

写真は遠くから窓越しに撮られたものらしい。横向きで、郊外の歩道で台車を押している。生え際、頬骨、水泳をしている者特有の体つき、すべてが記憶のとおりだった。

ケンドラはリードを見た。「この男かもしれない」

「確かですか」

「写真を見て言えるかぎりはね。わたしの目をごまかすために変装していたんじゃないかと心配していたんだけれど、この男はあの晩見た男そのものよ。どういう人物なの?」

リードはノートパソコンの画面を見た。「写真を送ってきたのはケンジントンに住むトム・キーティングという男性です。ここ六カ月ほど近所の荷物を配達している、このUPSのドライバーが似顔絵に似ていると思ったそうです。写真のタイムスタンプによると、きのうの午後五時四十六分に撮影したもののようですね」

「この男を詳しく調べて」

リードはすばやくキーボードを叩《たた》いた。「この写真をチームに転送します。UPSの地域マネージャーに至急話を聞きに行くよう指示しました」

「ありがとう」ケンドラはスクリーンに目を戻し、自動的に再開されたパワーポイントのスライドショーを見つめた。そして、体をこわばらせた。

どういうこと?

「止めて」

またそっくりな男が写っている。今度はストライプのベストとワークキャップというういでたちだ。二十個ほどのヘリウム風船を持って、公園を子どもたちのほうへ歩いている。

ケンドラは体つきと顔立ちの特徴を確かめた。「同じ男だわ」

リードが真剣な目で画面を見つめた。「確かに似ていますね」

「同じ男よ、まちがいないわ。遠くから撮られているけれど、額と顎のラインを見て」

「すると、犯人はＵＰＳのドライバーであり、風船売りでもあるということですか」

　ケンドラはスクリーンに近づいて、写真の右下のタイムスタンプを確認した。「何者なのかはわからない。でも、この写真はもう一枚とまったく同じ時間に撮影されている——きのうの午後五時四十六分に」

「え？」リードはパワーポイントの追記を確かめた。「これを送ってきたのはエリック・ヘボーン。それ以外の情報はありません」

「ほかの写真も見せて」

　リードがさらに写真を表示した。やがてケンドラはまた同じ男を見つけた。今度は薄汚れた作業服を着ていて、自動車整備工場のような背景が写っている。「まさか——きのうの午後五時四十六分じゃないわよね」

　リードはタイムスタンプを確認した。「当たりです」

「犯人はわたしたちを——わたしをこけにしているんだわ。カメラの時刻をセットして、自分で自分を撮影した。わたしが見ることになるのを知っていたのよ。送り主は誰？」

「トニー・テトロという人物です」

　ケンドラは携帯電話を取り出し、すばやく操作してグーグルの検索画面を出した。「ほかの通報者はエリック・ヘボーンとトム・キーティングだったわね」

「はい」

ケンドラは携帯電話をかざして、リードに検索結果のページを見せた。「見て。三つとも、歴史的に有名な贋作家《がんさくか》の名前よ」

「贋作……これは全部でたらめなんですね」

「映っているのは犯人自身だけれどね」

リードは椅子にもたれかかり、頭を振った。「いい度胸ですね。犯人自ら写真を送ってくるとは」

「どれもぼやけていて、あの似顔絵ほどはっきりしていない。この写真がメディアに流されるようになったら、捜査は一歩後退することになるわ」

「それが狙いでしょうか」

「犯人のほんとうの目的は、わたしたちなど恐れていないと見せつけることだと思う」

スクリーンに映し出された犯人の顔を見つめながら、ケンドラは背筋が冷えるのを感じた。自分に向けられた嘲笑が聞こえるかのようだった。

「ケンドラ？　どうかしましたか」

ケンドラは肩をゆすり、恐怖にも似た胸騒ぎを振り落とした。「なんでもないわ。さあ、続きを見せて。早く終わらせてここを出たいの」

7

一時間後、ケンドラは自分の部屋のダイニングテーブルで三枚の写真を見つめていた。リードに頼んでプリントしてもらったのだが、会議室で聞いたこと以外は教えてもらえなかった。

捜査官たちはまちがいなく、送信元のＩＰアドレスを追跡しているだろう。写真を撮影した場所もすでにいくつか特定しているかもしれない。

まさしくマイアットが予想しているように。

携帯電話が鳴った。リンチだ。

安堵《あんど》と喜びがこみあげた。怪物の写真を眺めるのはもううんざりだ。あの怪物は、わたしの打つ手すべてを無効にできると確信している。リンチと話したくてたまらなかった。リンチはマイアットと同じくらい危険だけれども、わたしにとっては危険ではない。

ケンドラは電話に出た。「どうしていつもかけてくるの？　自分の仕事をしなさいと言ったでしょう。わたしはそうしてるわ。きっとワシントンのお役人たちにうんざりさせられているのね。無理もないけど――」

「いまきみの部屋の前にいるんだ、ケンドラ」リンチがもどかしげに言った。声が張りつめている。「近所の誰かが不用心にも建物の入り口を開けっぱなしにしておいてくれたんだが、部屋の前にいる護衛がなかに入れてくれない。きみの許可が必要だ、と」

「優秀な護衛だからよ。少しは見習ったら?」

「ぼくが無害なことを説明している暇はない。やつを排除するか、きみに追い払ってもらうか、どちらかだ。好きなほうを選んでくれ」

リンチが本気なのは疑いようがない。

「手出ししないで」ケンドラは玄関に行き、ドアを大きく開けた。そして、ネルソンにうなずいた。「お役目ご苦労さま。わたしの友人にはちょっと無作法なところがあって」

ネルソンは微笑《ほほえ》んだ。「仕事ですから。ほんとうに危険はないんですか」

「それは誰に対してかによるわね。わたしにとっては危険はないわ」ケンドラは脇に退いてリンチを通した。「困ったことになったら呼ぶから」

「やってみろ」リンチがドアを乱暴に閉めながら言った。「いまは気が立っているから、一戦交えるのは歓迎だ」

「ネルソンはやめて。オリヴィアの恨みを買うわよ」

「どういうことだ?」しかし、リンチは答えを待たずに本題に入った。「きょう、写真で面通しをしたと聞いた」

「成果はなかったけれどね。いつこっちに戻ってきたの？」

「ついさっきだ。空港からまっすぐ来た」

ケンドラは眉を持ちあげた。「ワシントンのほうは片がついたの？」

「完全にはまだだが、戻ってきたほうがよさそうな話を聞いたのでね」

「前にも言ったでしょう、わたしはだいじょうぶだって――」ケンドラは言葉を切った。さっき、リンチは気が立っていると言ったが、それは控えめな言い方だ。明らかにいつもと様子がちがう。「何かあったの？」

「ＦＢＩのラボから知らせを受けた。グリフィンに何か報告したら、ぼくにも連絡するように頼んでおいたんだ」

ケンドラは身を固くした。「グリフィンからは何も聞いてないけど」

「まだどういうことなのか調べている最中なんだろう」

「なんなの」

「きみがコリーン・ハーヴェイの家で見つけた服の件だ。Ｔシャツから新しい皮膚細胞が見つかって、犯人のものと思われるＤＮＡが検出された」

「それはよかった」

「まだ続きがある。統合ＤＮＡインデックスシステムに、該当するデータがあった」

「なおいい知らせじゃない。それなのになぜ葬儀に出てきたような顔をしてるの？」

リンチは頭を振り、ケンドラの目を見て言った。「そのＤＮＡは、エリック・コルビーのものだった」

ケンドラはショックに目を見開いた。「そんな……まさか」

「エリック・コルビー」リンチは繰り返した。「きみが初めて刑務所に送った男だ」

「ありえないわ。いったいどうして――」

「わからない。やつはこの四年、サン・クエンティン州立刑務所の死刑囚監房にいる」リンチは続けた。「金曜日の夜に薬物注射で死刑執行されることになっている」

エリック・コルビー。

ケンドラはめまいを感じ、ソファまで歩いていって力なく腰かけた。「信じられない」

「事実だ」リンチは険しい目でケンドラを見た。「震えてるじゃないか。何か持ってこよう。水がいいか？　それともブランデーか鎮静剤？」

「三つ全部ほしい気分よ」ケンドラはリンチを見あげた。「四年間ずっと、エリック・コルビーのことは忘れようとしてきたの。日曜日にＦＢＩ支局で過去の事件が張り出された部屋を歩いたときも、コルビーの写真だけは見ないようにした。あれほどの深い闇を感じた相手はほかにはいない。あの男は邪悪そのものよ」

「物々しいな」

「ほんとうのことよ。死刑制度には賛成できないけれど、あの男だけは別。あの男がこの世から消えてくれたら、大勢の人が安心するはずよ」

リンチは硬い表情でうなずいた。「ぼくもそのひとりだ。飛行機のなかで資料を読んだ。犯行現場の写真が頭から離れない」

エリック・コルビー。

「コリーン・ハーヴェイの服に新しい皮膚細胞がついていたと言ったわね？」

「ああ。ぼくもまずそこを確認した」

「どうやってか、コルビーの細胞が彼女の服につけられた。わたしたちはそれを見つけることになっていたのね」

「きみが見つけることになっていたんだ。Tシャツを見つけたきみへの報酬だ」

エリック・コルビー。

ケンドラは悪寒を振り払おうとした。「六百キロ離れた刑務所にいても……コルビーがなんらかの形でかかわっている。そして、わたしにそれを知らせたがっている。死に際の挨拶に」

「やつはあと三日で死ぬ。答えを聞き出すために残された時間は少ない」

「あの男からは何も聞きたくない」

「ケンドラ……あすもまた誰かが殺されるかもしれないんだ。コルビーが関係しているとわかった以上、この線を追わなくてはならない」

「それがあの男の望んでいることなのよ」ケンドラはきつい声で言った。「そんなことをしてもなんにもならない。あの男の思うつぼになるだけよ」

「一度はコルビーを出し抜いたんだ。もう一度そうすればいい」

ケンドラは首を振った。「わからないの？　もうやりたくないのよ。刑務所からあの男の死体が運び出されるまで、いっさいかかわりたくない」

「きみらしくないな。いったい――」壁に取りつけられたインターコムから、ブザーが鳴り響いた。リンチが歩みよって通話ボタンを押した。「はい」

しばらくの沈黙のあと、声が聞こえた。「マイケル・グリフィンだ。ローランド・メトカーフとサフラン・リードもいる。ケンドラに会いに来た。その声はリンチか？」

「ああ、入ってくれ」リンチはボタンを押して入り口の錠を開けた。

「グリフィンは、あなたがいるとは思わなかったみたいね」ケンドラは言った。

「まだワシントンにいると思っていたんだ。こっちに戻ることは誰にも話さなかったからな。彼らは例の件を直接伝えに来たんだろう」

「何度聞かされても信じられそうにないわ……受け入れられるかもわからない」

リンチはケンドラに近づき、身を乗り出した。「ケンドラ、きみとこの悪党のあいだに不愉快な経緯があるのはわかっている」

ケンドラは薄く笑って茶化そうとした。「グリフィンとの経緯はそれほど悪くないわ」

「もうひとりの悪党だよ、コルビーだ。きみがどういう決断をしようと、ぼくはきみの味方だ。グリフィンが何をさせようとしても、したくないことはしなくていい」

「ついさっき、この線を追う必要があると言ったじゃないの」

「彼らがやればいい。きみがやる必要はないよ、無理だと思うのならね。コルビーに対するきみの反応が気に入らない。ひと言言ってくれれば、きみのまわりに防御壁を作って、グリフィンたちが手出しできないようにする。いいな？」

またリンチが保護本能を発揮している。

玄関を叩《たた》く音がして、リンチがドアを大きく開けると、グリフィン、メトカーフ、リードが立っていた。

グリフィンはしばらくリンチを見つめてから、なかに入ってきた。「戻ってきたんだな。思わぬ幸運——」そこで口ごもり、言いなおす。「再会だ」

「こちらも同じ気持ちだよ、グリフィン。いま戻ってきたばかりだ」

「われわれのラボがきみに情報を流している気がするのはなぜだろうな……われわれより先に連絡がいっているんじゃないのか」

「きみが厳格に部下を管理しているのにか？」

グリフィンは悪態をつき、ケンドラのほうを向いた。「すると、コリーン・ハーヴェイの服から採取した皮膚組織のことは知っているんだな」

ケンドラはうなずいた。「エリック・コルビーのDNAが検出されたんでしょう？　ええ、聞いたわ」

「サン・クエンティンの刑務所長と話をした。面会者名簿とメールや電話の履歴、その他の情報を集めてもらっている。どうやら熱烈なファンがいるのはきみだけではないようだな、ケンドラ。死刑執行日が決まってから、コルビーはかなりの人気者になったらしい」

「あの男は大喜びでしょうね」

リードが前に進み出た。「今回の件が表に出れば、注目はさらに増すでしょう」

「それなら伏せておくべきよ」ケンドラは吐き捨てるように言った。「あの男に満足感を与えてはいけない。三日間くらい隠しておけるでしょう？」深呼吸をして、心を落ち着けようとした。怒り、ショック、そして苛立《いらだ》ちが胸に渦巻いている。「あの男に踊らされてはだめ」

グリフィンがゆっくりとした抑制された声で口を開いた。その口調は、ケンドラをなだめるどころか、かえって神経を逆なでした。「記者会見をするつもりはない。だが、あすの朝にサンフランシスコに飛ぶ。サン・クエンティン刑務所に行って通信の履歴を調べ、コルビーや看守と話をする。コルビーと面識があるのはきみだけだ。ぜひ同行してほしい」

予想はしていたが、それでもケンドラは鋭い蹴りを入れられたような衝撃を覚えた。「コルビーと対峙《たいじ》するのがどんなものか、わたしは知っている。もう一度経験したいことではないわ」

「それは理解している」グリフィンはわかったふうに言った。「だが、きみが同席していれば、コルビーから新たな反応を引き出せるかもしれない。饒舌《じょうぜつ》になる可能性もある」

「わたしの姿を見たら、コルビーが腹の内をさらけ出すとでも？」ケンドラは苦々しい思いで唇をゆがめた。「それなら、あなたたちはコルビーのことを何もわかっていない。あの男は冷血漢よ」捜査官たちを見まわす。「それで、どういう見方をしているの？　プロファイラーは複数による犯行と考えているのかしら」

「いや、はっきりとした所見は出ていない」グリフィンはケンドラの向かいの椅子に腰かけた。「連続殺人犯が共犯者を持つことは稀《まれ》だ。たいていは単独で実行する」

「わたしも共犯者がいるケースを扱ったことはないわ」

「ほとんどの捜査官がそうですよ」メトカーフが言った。「ありがたいことにね。でも、服役中の殺人犯からアイディアや指示を得て連続殺人を犯す例がないわけではない」

ケンドラは顔をそむけた。〝服役中の殺人犯〟という言葉は無機質で洗練されすぎている。残虐で毒々しいエリック・コルビーのイメージとはそぐわない。「死刑囚との接触は監視されているんじゃないの？」

「場合による」グリフィンが言った。「メールと電話は監視されているが、面会は別だ。それに、遺憾ながら――密《ひそ》かにものを持ちこんだり、持ち出したりするのは難しくない」

「女物のTシャツとか？」

「あるいは、手書きの殺人マニュアルとか」リードが言った。「インターネットのおかげで、世界じゅうに信奉者を持つ受刑者もいます」

「ぞっとするわね」

グリフィンが肩をすくめた。「われわれが生きているのはそういう世界なんだよ。それをただ座って悲観しているか、事態を変えるために動くかだ」

「聞き捨てならないな、グリフィン。ケンドラはすでに多大な貢献をしている」

「それは同意する」グリフィンはケンドラのほうを向いた。「明朝七時発のユナイテッド航空四九八便でサンフランシスコに向かう。きみにも来てもらいたい。すでにきみの名前で予約をとってある。搭乗券はメールで送った」

「手まわしのいいこと」ケンドラは携帯電話を取りあげ、メールを開いた。「確かに、届いてるわ」

「来てもらえるか？」

ケンドラはリンチを見た。厳しい顔つきでこちらを見ている。考えていることは明白だ。〝知ったことか。きみにそんなことをしてやる義理はない……くそくらえと言ってやれ〟

ケンドラは立ちあがり、玄関を手で示した。「考えさせて」

グリフィンは満足していないようだった。「いつ返事をもらえる？」

「あすの朝七時に。飛行機に乗ったら4Dの席を見て。わたしがそこにいたら、いっしょに行くということよ」

「わかった」グリフィンは立ちあがった。「だが、覚えておいてくれ、ケンドラ。今回は、きみが最後にエリック・コルビーと会ったときとは状況がちがう。われわれがついているし、武装した看守たちもいる」

「ケンドラもそれはわかっている」リンチが言った。「考えると言っているだろう。さあ、ここから出て、考えられるようにしてやれ」

「行くさ」グリフィンがむっとしたように言った。「きみに指図されるまでもない」そしてメトカーフとリードに合図をし、ケンドラをちらりと見てから玄関に向かった。「あす会えることを願っている」

ケンドラはリンチがドアを開け、三人が部屋を出て護衛と何か言葉を交わすのを見守った。

リンチが振り返った。「ぼくもかな？」

ケンドラはうなずいた。〝ありがとう〟声を出さずに、唇だけ動かす。

リンチは肩をすくめ、じっとケンドラを見つめた。「必要なら電話してくれ」そして、ほかの捜査官たちと同じように部屋を出た。

ほんとうは、リンチが必要だった。記憶が銃弾のように降りそそぐなか、ひとりでいたくはない。けれども、リンチがいたら、弱さを見せることになる。リンチにそういう目で見られたくなかった。いまは強くいなくてはならない。コルビーを勝たせてはいけない。

でも……。記憶がよみがえった。

四年前
カリフォルニア州　カールスバッド
午後十時四十分

「あとどれくらい?」ケンドラは尋ねた。

FBI特別捜査官のジェフ・ステッドラーがアクセルをゆるめ、濃い霧のなかに車を進めた。「もうすぐだ」

濃い海霧がカールスバッドの町を包んでいた。サンディエゴから五十キロほど北に位置する海沿いのこの町は、ファミリー向けのリゾートや、広々とした州立公園のある観光地として有名だが、いま走っているさびれた工業地区の暗い道路に、人を惹《ひ》きつける要素はまったくない。巨大な看板が誇らしげに謳《うた》っているのを見るに、このあたりにはもうじき型抜きしたようにそっくりな建売住宅の町が整備されるらしい。

「なぜわたしが役に立つと思うの？」ケンドラは緊張した声で言った。「家に帰りたい」

「頼むよ。ちょっと見るだけでいい」

「あなたの時間を無駄にするだけよ」

「そうは思わない」

ケンドラはジェフをじっと見た。ジェフはケンドラや、彼の人生にかかわる全員に絶対的な信頼を置いている。甘いと言わざるをえないけれども、人に対するその信頼が、みなのよい面を引き出していることは否定できなかった。ケンドラ自身も例外ではない。ジェフと暮らすようになって七カ月たつが、彼のおかげでケンドラはついにいちばんいい〝ほんとうの自分〟を見つけ、視力を取り戻したあとの混沌《こんとん》とした日々から抜け出すことができた。

それでも、今夜のことはやはりまちがっている。

ジェフがケンドラをちらりと見た。「渡したファイルを読んだかい」

「ええ」

「それで……」

「気分が悪くなったわ」

「そうならなかったら逆に心配だな」

ジェフに渡されたのは、ＦＢＩがいま捜査している連続殺人事件のケースファイルだ。

九件の陰惨な犯行現場の写真とその説明が主な内容で、九件の殺人には共通点がひとつある。被害者は全員、首を切断されていて、現場から頭部が消えていた。

ケンドラは身震いした。「あの写真にはぞっとした。ひどすぎる……子どもまで」

ジェフはうなずいた。「幼い子どももふたり殺された。その一方の母親と、きのう話をしたんだ。母親は、自分だったらよかったと何度も言っていた」

「気持ちはわかるわ。どうやったら立ちなおれるのか想像もできない」

「ぼくもだ」

ケンドラは黙りこんだあと続けた。「写真を見て最初に感じたのは吐き気だった。そのあとは気持ちが沈んだ。でも、いま感じているのは怒りよ。腹が立ってたまらない」

「よし。その怒りを燃やしつづけてくれ」ジェフはワイパーを動かして結露をぬぐった。カーブを曲がるごとに、霧が引いてはまた押しよせる。

「ほんとうにわたしに何かできるのかしら？　わたしはあなたとはちがうのよ、ジェフ。捜査はわたしの本分じゃないし、好きなわけでもない」

「きみは人を助けるのが好きだろう？　残りにもすぐに慣れるよ。きみなら突破口を開けると思うんだ。これまであらゆる手を打ったがどれもうまくいかなかった。新しい視点が入れば役に立つかもしれない。それがきみの目なら、なおさらだ」

「まだ子どもで、目も不自由だったころから、わたしは探偵になるべきだってみんなに言われてたの」ケンドラは顔をしかめた。「FBIにまで同じことを言われる日が来るとは思わなかった」

ジェフは笑みを浮かべた。「ぼくがFBIの代表というわけではないけどね。きみが付き合っている一捜査官にすぎない。同僚たちが疑わしげな目を向けても気にしないでくれ。彼らはぼくとちがってきみのことを知らない」

「わたしと寝ていないってことね」

「きみの特技を見ていないということだ。部屋に入るなり何千もの細部を見てとって、即座にその場所について情報をまとめる。人に会うなり、その人の過去をすべて読みとる」

「隠し芸みたいなものよ」

「そんなものじゃない」ジェフの表情は真剣だった。「そして、ぼくたちが組めばそれ以上のことができる。なぜぼくがこんなに熱心に口説いていると思うんだ？　きみには才能があるんだよ、ケンドラ」

ジェフは理想家だ。世界をよりよくするという彼の目標の旅に、わたしを連れ出そうとしている。そう、わたし自身の目標ではなくても、ついていくべきなのかもしれない。いっしょに暮らし、夢を分かち合いたいと思うくらいにはジェフを大事に思っている。これはその次のステップなのだ。「あなたが正しいのかどうかはわからないけど、とりあえず見るだけなら――」ケンドラは座席で背筋を伸ばした。「この先に何かあるわ」

霧の向こうで、白、青、赤の光が点滅している。ジェフが車のスピードを落とすと、古い靴工場の前に停《と》まっている五台ほどの警察車両のライトだとわかった。

ふたりは車を停め、外に出た。工場の狭い前庭には低木や背の高い草が生い茂っている。歩道や駐車場のコンクリートの割れ目からも雑草が伸びていた。煉瓦《れんが》でできたアーチ型の通用口を、車両のヘッドライトや点滅灯が照らしている。入り口の奥にはタイムレコーダーが置いてあったらしい玄関ホールがあり、その先に工場のメインフロアが広がっていた。捜査官たちが持っている高出力の懐中電灯がガラス張りの天井に当たり、霧の垂れこめる夜空を突き刺している。

ジェフは、自分も着ている、ダークブルーのＦＢＩのウィンドブレーカーをケンドラに差し出した。「これを着て」

「寒くはないわ」

「それはわかっている。これは地元の警官に、きみがＦＢＩのために働いていることを知らせるためのものだ。行くぞ」

ケンドラはウィンドブレーカーを着た。明らかにジェフのサイズだ。袖をまくりながらジェフについてアーチをくぐった。

「準備はいいか？」ジェフが小声で尋ねた。

ケンドラはノーと言いたかった。前方にあるものを見る覚悟ができるとは思えない。ぎこちなくうなずき、黙ったまま入り口を守る警官ふたりの脇を抜けた。「たぶん……だいじょうぶよ。覚悟はしてきたから」

「どれだけ身構えていても役に立たないこともある。無理だと思ったら、いま来た道を戻ればいい」

「わかったわ。それで――」

このにおい。

鋭い、刺すようなにおいが鼻腔《びこう》を満たし、目を焼いた。

死のにおい。

これは想像していなかった。

洞穴のようなメインフロアに足を踏み入れた。内部を照らすのは捜査官たちの懐中電灯と、埃《ほこり》まみれの天窓から差しこむヘッドライトの間接的な光だけだ。二十人ほどの警官、刑事、ＦＢＩ捜査官が現場にいた。忙しそうにしている者もいるが、ほとんどはただ立ちすくんでいるように見える。

その理由がわかった。

コンクリートの床の上に、ベルトコンベア式の組み立てラインの残骸が並んでいる。いくつかは完全な形で残っていて、五メートルおきに長い金属のポールが頭上までそそり立ち、ベルトの台座を床板に固定している。

そのポール一本一本に、人の首が刺さっていた。ジェフのリストにのっていた被害者たちだ。男性、女性、そしてふたりの子ども……。

全員の目が、糊《のり》で開かされていた。

衝撃。恐怖。吐き気。

「だいじょうぶか、ケンドラ」ジェフが尋ねた。

「だいじょうぶじゃない」こんなことができる人間を生み出す世界にいて、平気でいられるわけがない。体が震えはじめた。「ひどい……ひどすぎる」

「深呼吸するんだ」

そんなことをしたら、このにおいをさらに吸いこむことになる。それがわからないのだろうか。「外に戻っていいぞ」ジェフが静かに言った。

「いいえ、戻れない」ケンドラの視線は、彼らの顔に引きつけられていた。彼らの見開いた目に。「わたしを見てる。わからないの？　全員がわたしを見てるのよ」

「ケンドラ、実際に見ているわけじゃ――」ジェフは口ごもった。「きみには酷だったな。車に戻れ」

「もう手遅れよ」ケンドラは目を閉じた。けれども、被害者たちの顔がまぶたの裏に浮かんだ。特に、ふたりの子どもの顔が。もう一度目を開けた。「手遅れよ、彼らにも、わたしにも」吐き気をこらえ、一歩前に出る。「彼らもそれをわかってる。誰かが犯人に報いを受けさせなくてはならないのよ。わたしがそれをしなくてはならない」

「ケンドラ、すまなかった。きみがこんなふうになるとは――」

「あの首のほうへ連れていって。犯人が何か残しているかもしれない。彼らの助けになるような何かを」

「それは鑑識員の仕事だ。きみがやる必要は――」

「ばかを言わないで」ケンドラは目を光らせ、鋭い口調で言った。「あなたがわたしをここに連れてきたのよ。半ば無理やり引っ張ってきたの。今度はあなたが手伝ってちょうだい。この怪物が二度とこんなことをできないようにするために」

ジェフはためらった。「ここにいてくれ。グリフィンや地元の警察に許可をもらってくる。すぐに戻るよ」

ケンドラはジェフがフロアを横切っていくのを見送った。そして首に目を戻した。

何もできずにすごすごと退散してなるものか。そう決意したいま、恐怖は薄らぎはじめていた。悲しみ、怒り、衝撃はまだあるが、正義を貫きたい……報いを受けさせたいという思いが燃えさかっていた。

うつろに見開いた目。壊れた心。壊れた人生。

「絶対につかまえるわ」ケンドラは彼らにささやいた。「少し時間をちょうだい。わたしが必ずつかまえてみせる」

見開いた目……。

現在
カリフォルニア州　サンディエゴ国際空港
午前六時四十分

見開いた目。

考えてはいけない。ケンドラは自分に言い聞かせ、コーヒーから目をあげた。ゆうべはあの工場の夜の記憶に苛《さいな》まれ、ほとんど眠れなかった。心を決めたいま、これ以上思い悩んでいてはいけない。

とはいえ、言うは易《やす》し、だ。これまで、思い出さないようにすることはできても、あのふたりの少年の目を忘れることはできなかった。工場を動きまわるあいだ、ずっと目で追われているように感じた。

少年たちの顔は、七歳と八歳のまま凍りついているが、目だけは訴えるように、懇願するようにケンドラを見ていた。

ああ、もう。

ケンドラはカフェの店内にいた。サンフランシスコ行きの便が出るターミナル２のゲートからはかなり離れている。いまはまだＦＢＩの捜査官たちに出くわしたくなかった。

これからまた気が変わるかもしれない。

腕時計を確認した。すでに搭乗がはじまっている。グリフィンがブリッジに立ち、首を傾けながらゲートを見まわしてケンドラを待つ姿が目に浮かんだ。

「みな、きみがここにいることは知っているぞ、ケンドラ」

ケンドラははっとして振り向いた。リンチだ。すでに店内にいて、コンコースに背を向けて椅子に座っている。

リンチは振り返ってケンドラを見た。「きみのボディガードがグリフィンに連絡したんだ、外できみを降ろしてすぐに」

「そう」ケンドラは肩をすくめた。「その連絡のあとで、わたしが気を変えて行かないことに決めていたら、いっそう恐ろしいことになっていたでしょうね」

「確かに」リンチはかすかな笑みを浮かべた。「だいじょうぶか？」

「ええ」

「ほんとうに？」

ケンドラはうなずいた。「あまり眠れなかったけれどね。エリック・コルビーの事件にかかわった最初の夜のことを考えてたの。あのときは怖くてたまらなくて、ところかまわず当たり散らしたい気分だった。ジェフがいなければ乗り越えられたかわからない。ジェフはわたしを信頼してくれていた……彼に幻滅されたくなかったの」

「そんなことになるわけがない。彼はきみを誇りに思っていた」

「そうだといいんだけど」

リンチはそれまで読んでいたタブレット端末の新聞アプリを閉じた。「いまもジェフのことをよく考えるのか？」

ケンドラはうなずいた。考えないわけがない。ほんの一年前、彼の死を看取《みと》ったばかりなのだから。リンチと初めていっしょに捜査をした事件でのことだった。ジェフは殺人事件の捜査中に拉致され、リンチがケンドラを捜査に引き入れた。きみならジェフを助けることができると言って。けれども、リンチはまちがっていた。

「ジェフがいなくてさびしいわ」ケンドラはためらいがちに言った。「でも、あなたが思っているような意味でじゃない。あのときはわたしたちが別れて一年半たっていた。わたしたちに未来はなかったの。それでも、二度と会うことがないとしても、彼のいる世界に生きていたかった。わかってもらえるかしら」

「ああ」

「彼のいない世界は、少し悲しい。彼はすばらしい人だったから」

「きみもだよ」リンチはコンコースを手で示した。「さあ、行こうか」

ケンドラは心を引きしめ、うなずいた。「ええ、行きましょう」

カリフォルニア州　マリン郡
サン・クエンティン州立刑務所

「人だかりができてるわね」ケンドラはレンタルしたバンの窓から外を眺めた。リンチ、グリフィン、リードとともに、メトカーフの運転で空港から四十五分の旅を終えたところだ。刑務所の東門に近づくと、抗議デモをする二十人ほどの集団が見えた。「死刑反対のプラカードを持ってる。コルビーのために集まってるの？」

「死刑囚監房にいる全員のためだろう」リンチが言った。「だが、今度のコルビーの刑執行が引き金になっているのは確かだ。執行の夜には数千の規模になる。賛成反対双方の支持者が集結して」

一瞬、あの見開いた目がまた脳裏によみがえった。「数千……」

「彼らの権利だ」グリフィンが言った。

「ええ」ケンドラはまっすぐ前を見て、抗議者たちから目をそらした。「そもそもあの男をここに入れたのも、わたしたちの権利だったようにね」

門で手続きをしたあと、二階建ての管理棟に案内され、刑務所長のハワード・サラサールの執務室に通された。サラサールは六十がらみのラテン系の男性で、金属ぶちの眼鏡をかけ、短く刈った白い口髭《くちひげ》を生やしていた。

「誰かにおまえの仕事は何かと訊かれたら、エリック・コルビーに関する会合をすることだと答えますよ」サラサールは電話を切って立ちあがり、辛辣な声で言った。「あるいは、直前の会合で何があったか尋ねるジャーナリストの電話に対応することだとね。最近はそれしかしていない」

「会合をひとつ増やしてしまって申し訳ありません」グリフィンが握手をし、チームを紹介した。

「少なくとも、あなたがたはちがう議題を持っているようだ」サラサールは大きな鉄格子窓のそばにある応接セットを手で示し、かけるよう勧めた。「なぜＦＢＩが急にコルビーに興味を持ったのかぜひ知りたいですね。処刑の間際になって法執行機関の捜査官がわたしを訪ねてくるのは、たいていその死刑囚に余罪がある可能性があるときです。コルビーが生きているうちに昔の事件にけりをつけたいんですか」

「そうではありません。コルビーが現在の事件に関与している可能性があるんです」

「なるほど。依頼された資料を集めておきました。役に立つといいんですが」

リードが身を乗り出した。「ミスター・サラサール……コルビーの服役態度はどうですか」

サラサールは肩をすくめた。「ここに来たときからごく模範的ですよ。ひとりで本を読み、ノートに何か書きつけている。それだけです」

「そうでしょうか」ケンドラは言った。「わたしはずっとコルビーの動向を追ってきました。ここでひとり殺していますよね」

「正当防衛ですよ。子どもを殺した人間は受刑者たちに不人気でしてね。この数年で何度か標的にされましたが、いつも自分でしのいできました。ある日、外部作業のとき密かに持ちこまれた大釘を尖《とが》らせたもので襲われたことがあって、コルビーは揉《も》み合った末に大釘を奪いとり、相手の首を切り落としかけたんです。運動場で襲われたので大勢が目撃していて、看守ふたりが正当防衛だと証言しました。当然ながら、メディアは〝コルビー〟と〝首を切断〟という部分だけ書き立てたので、ほかの詳細は埋もれてしまったんです」

「家族が面会に来ることは？」リンチが尋ねた。

「本人が許可していません。両親や姉、数人の親戚が面会を申請しましたが、コルビーは認めませんでした。先月も、処刑の前に会いたいと申請があったんですが。裁判以来、家族とは顔を合わせていません」

「では、誰が面会に来ているんですか」グリフィンが尋ねた。「友人か弁護士ですか」

「わたしの知るかぎり、コルビーに友人はいません。ここに来る前の知り合いにはひとりも会っていませんよ。ただ、世界じゅうに名が知れているので、毎日たくさんの手紙が届きますし、メールのやりとりをしている面会希望者のリストは長大です。テレビ局やドキュメンタリー制作会社のクルーも取材に来ます。反省の色のない怪物というのが、メディアの好物なんですよ。弁護士については面会を拒否しつづけています。控訴すれば向こう十年は裁判が続くと思うのですが」

「つまり、コルビーは死にたがっている？」ケンドラは尋ねた。

「本人がそう言ったことはありません。死刑に反対するグループの弁護士に会うことは承諾しますが、毎回追い払ってしまうんです。彼らは自分の遺産を台なしにしようとしている、と」

「そうでしょうね」ケンドラは言った。「コルビーは自分の犯罪に思想を持っている。生涯をかけた作品だと思っているのよ。作品を通じて生きつづけることができる、わたしたち全員よりも生きながらえることができると信じているの」

「画家と絵画のように」リードが考えこむように言った。

「そのとおりです」サラサールが言った。「コルビーはいまイギリスのニュース番組の取材を受けていますが、監房を見たければご案内しましょう」

「ぜひ」グリフィンが言った。「助かります」

「かまいませんよ」サラサールはドアのほうへ向かった。「こちらです」

看守ふたりに付き添われ、一行はサラサールのあとについて管理棟を出た。背の高いゲートを抜けて、受刑者の監房があるメインの建物に入る。さらにふたつのゲートを抜け、東側の監房棟に向かった。

「ここに、ほとんどの死刑囚が収容されています」サラサールは言った。「死刑囚はグレードAとBに分類されます。行儀のいい者はグレードAとしてこちらに入れられます。問題のある者はグレードBとして向こうのセキュリティセンターに収容されます。コルビーは何度か口論をして向こうに入れられたことがありますが、普段はこちらにいます」

ケンドラは巨大な監房棟を見あげた。五層になっていて、各層の両側にそれぞれ五十の監房が並んでいる。房の扉はよくある鉄格子で、斜めの網目模様をした金属製セキュリティゲートで覆われている。

サラサールはキャスターつきの脚立のようなものを指さした。上部に電話がついている。

「受刑者は一日おきに、朝と夕方に電話をかけることができます。これを各房の前まで運んで、受刑者は食事の差し入れ口から手を出して電話をかけます」

ケンドラはテレビの音があちこちから聞こえるのに気づいた。「監房にテレビがあるんですか」

「料金を払えば見られます。最初に二百五十ドル払う必要があるんです。コルビーが希望したことはないと思いますね。でも、ご存じのように、コルビーにとって金額は問題ではありません。金持ちの息子が金持ちの怪物になったわけですから」

一行は一階にある監房の前で立ち止まった。看守が無線機でどこかと会話をすると、大きな音をたてて扉が解錠された。

サラサールが振り向いた。「依頼された資料を集めたあと、けさこの監房棟の看守長といっしょにここに来ました」そして、ケンドラを見た。「ドクター・マイケルズ、なかを見ても驚かないでください」

ケンドラは身構えて言った。「なぜですか」

サラサールは顔をしかめた。「エリック・コルビーはあなたに興味があるようだからです。あなたが彼に関心を持っているのと同じように」

「いつでも用意はできているわ」

看守が扉を開けた。

ケンドラははっと動きを止めた。

監房の壁じゅうが、床から天井まで、ケンドラの写真で埋めつくされている。

「なんだ、これは」メトカーフがつぶやいた。

おびただしい数のケンドラの顔が、あらゆる方向からこちらを見つめていた。ケンドラは深く息を吸ったが、ふいに酸素が足りなくなったような気がした。

立ちすくんではいけない。動きつづけるのよ。

ゆっくりとなかに足を踏み入れた。監房は横二・五メートル、縦三メートルほどの大きさで、ベッドと便器、小さなテーブルがあり、四つに仕切られた棚が壁に取りつけてある。

そして、そこかしこにさまざまなサイズと画質のケンドラの写真が張り出されていた。

写真を見つめていると、背筋が凍りつき、水に沈んでいくような感覚に囚《とら》われた。

しっかりしなさい。

「インターネットからダウンロードしたものね」ケンドラは言った。「犯行現場、裁判所、教育シンポジウムで撮られたものもある」

リードが刑務所長のほうを向いた。「受刑者はインターネットを使えるんですか」

「使えません。ウェブページを印刷したものが同封された手紙を受けとることも禁止されています。写真については、ダウンロードと印刷まですませたものならかまいません。おそらくコルビーはあなたの写真がほしいとどこかで発言したのでしょう」

「それで、信奉者たちが喜んで写真を送ったんだな」リンチが言った。

ケンドラはこれ以上動揺するまいとしながら監房を見まわした。

集中して。心を切り離すの。

「いつからこうやって写真を張り出しているんですか」グリフィンが尋ねた。

「けさ看守長に訊《き》いたところ、比較的最近のことだそうです。八カ月ほど前から写真が届きはじめ、すぐに張り出されるようになったと」

「すべて同じ相手から送られたという可能性は？」

「ちがうと思うわ」ケンドラは刑務所長が答える前に割りこんだ。「ほとんどの写真が別の種類のプリンターで印刷されている。インクジェットやレーザー、サーマルプリンターもある。切り方もそれぞれちがうし、さまざまなタイプや大きさのはさみや剃刀《かみそり》、カッターが使われている」

刑務所長がうなずいた。「届いた手紙はすべてこちらで開封しますが、規則に反するものが入っていないかぎり差出人は記録していません。とはいえ、写真が国じゅうから届いているのはまちがいない。ところで、コルビーは数日おきに写真をすべて剥がさなくてはなりません。壁の検査があるので」

「『ショーシャンクの空に』のように、壁に穴を開けていないか調べるため?」リンチが言った。

刑務所長は微笑んだ。「あるいは、裏に禁制品を隠していないか確かめるために。検査が終わるや、コルビーはその日一日かけて写真をもとに戻しています」

「重労働だな」メトカーフが言った。「だが、ほかにやることがあるわけでもない」

ケンドラは険しい目でベッド脇の写真を見つめた。

「この監房を見て、何かわかることはあるか?」リンチが尋ねた。

「驚くほど何もわからない」ケンドラは言った。「いえ、驚くことではないのかも。刑務所は受刑者の個性を奪うようにできているものだから」

グリフィンがテーブルのそばに膝をつき、詳しく調べながら言った。「写真に気をとられているだけなんじゃないのか」

「そうかもしれない」ケンドラは天井を見あげた。自分の顔に見つめ返されずにすむ数少ない場所。グリフィンの言うとおりだ。わたしは写真に翻弄されている。

目を閉じて。集中するのよ。

ケンドラはふたたび観察をはじめた。「ここでは携帯電話が密かに持ちこまれることはあるんですか、刑務所長」

「どの刑務所でも問題になっていますよ。主な違反者は看守です。見つかっても謹慎処分になる程度なので、たいした抑止力にはならないんです。受刑者たちに渡せば一回につき千ドルが手に入る」

「コルビーは最近、二台の携帯電話を使ったようですね」

刑務所長があんぐりと口を開けた。「どうしてそんなことが――」

ケンドラは顔をあげた。「それから、先週くらいにコルビーが看守と揉み合ったことは？」

刑務所長は用心深くうなずいた。「軽い諍《いさか》いがありました。いったいなぜ――」

「この房はかすかに漂白剤のにおいがする。ここに来るまでに前を通ったほかの房からはそんなにおいはしなかった。だから、何か特別な理由があるんだと思ったんです。天井にいくつか血痕が残っていますが、ほかにもあったのでは？」

「ええ。看守があなたの写真を何枚か剥がそうとしたんです。コルビーが抗《あらが》って、ちょっとしたつかみ合いになりました。それでコルビーが怪我《けが》をしたんです」

「だが、神殿は守ったようだな」リンチが言った。

「コルビーは……取り引きをしたんです」

「どんな？」ケンドラは尋ねた。

「情報ですよ。以前に彼に処方薬を売った看守の名前を明かしたんです。その看守はいま休職中なので調査できていませんが、コルビーはコレクションを守りました。受刑者が看守を密告するのは稀ですが、ここにいる時間がもう長くないことを考えに入れたんでしょう」刑務所長はあらためて尋ねた。「なぜ携帯電話のことがわかったんですか」

ケンドラはテーブルの上にあった封筒を持ちあげた。「看守は開封された手紙といっしょに携帯電話を持ちこんだんだと思います。ほら、封筒に電話機の輪郭の跡が残っているでしょう。安い折りたたみ式の電話機です」別の封筒を掲げる。「こちらも同じ」ケンドラはふたつの封筒を裏に返して、それぞれに長い数字の羅列が書かれているのを見せた。

「そして、この数字はたぶん携帯電話のプリペイドカード番号だと思います」刑務所長に封筒を手渡しながら言う。「この筆跡に見覚えは？」

「なんとも言えません」刑務所長は封筒をポケットにしまった。「ですが、あらゆる手段を使って突き止めます」

リンチがケンドラの背中に手を置いた。無言の励ましだ。「ほかにも何かあるか？」

「いいえ、ないわ」

グリフィンが刑務所長のほうを向いた。「コルビーと話したいのですが」「もちろんです。面会エリアに部屋を用意してあります」刑務所長は腕時計を見た。「もうメディアの取材も終わっているでしょう。すぐに連れてこさせます」そして、興味ぶかげにケンドラを見た。「緊張していますか。長らく会っていないんでしょう？」「わたしが望むほど長いあいだではないわ」ケンドラはグリフィンのあとについて監房を出た。「それにわたしなら〝緊張〟という言葉は使わない」不安、恐怖、そして――必然、という奇妙な感覚。「そう、あれから四年になるのね……」

8

四年前
カリフォルニア州　コーチェラ・ヴァレー
午後七時四十二分

「ゲームは終わりだ、ケンドラ！」

恐怖。

心臓が激しく脈打つのを感じながら、ケンドラは斜面に突き出た岩の陰に身を潜めた。あたりは暗くなっていたが、岩はまだ午後の日差しのぬくもりを残している。

援護がほしかった。エリック・コルビーが丘のてっぺんに立ち、こちらを見つめている。

「お利口だな、ケンドラ。だが、まだまだだ」

コルビーの声が尾根から降ってくる。コルビーはまんまと状況を操り、ケンドラとふたりのＦＢＩ捜査官を、この人里離れた峡谷までおびき出した。

そして、捜査官たちは死んだ。

次はわたしだ。

ケンドラは慎重に斜面をくだり、ふたたび大きな岩の陰に隠れて、逃げ道を探った。

「あのふたりを救えたのにな、ケンドラ。おれはあいつらのことなどどうでもよかった。殺したいのはあんただけだ」

耳を貸してはいけない。動揺してはいけない。動きつづけなくては。

「ここは冷える。死んだ捜査官の皮を巻きつけて暖をとったらどうだ。そう、それがいい。がっしりしたほうは毛深くて温かそうだぞ。すぐに剥いでやる。そっちに投げてやろうか?」

スティーヴン・バイヤーズはやさしくて愉快な捜査官で、あと二カ月で父親になるはずだった――それなのに。

「気にすることはない」コルビーが叫んだ。「夜が明けるころには、おれがあんたの皮で温まってる」間を置いて続ける。「冗談だと思うか?」

コルビーは本気だ。

できるだけ距離をとろうと、ケンドラは谷間を急いで進んだ。足が何かに引っかかった。そして、また。この引っかかるものはいったい何?

そのとき、風に乗ってひどいにおいが鼻をついた。あのにおい。

何が邪魔をしているのかをケンドラは悟った。

目が暗闇に慣れていく。

足もとを見た。

五体ほどの遺体が横たわっていた。おもちゃ箱の人形のように積み重なっている。

ケンドラは叫び声を押し殺した。

そんな……なんてひどい。

逃げるのよ。ここに突っ立っていてはいけない。

まわりの恐ろしい光景を見ないようにして、先を急いだ。

コルビーの笑い声が響いた。「もうおれの友達を見つけたか？　おれが殺したのは、あの工場に首があったやつらだけだと思っていたわけじゃあるまい？　まだ何十人もいるぞ、ケンドラ」斜面をおりてくる足音が聞こえた。

あの男がこちらに来る。

目の前に大きな岩壁が立ちはだかり、ケンドラは足を止めた。

進めない！

谷間の両側の高さはいまや二メートル以上あり、どこにも逃げ場がない。

行き止まりだ。

武器もない。

隠れる場所もない。

あの男が近づいてくる。

ケンドラは身を低くして、いま来たほうに密《ひそ》かに戻りはじめた。もしかしたらうまくいくかもしれない……急いで進み、腹ばいになる。

目の前に若い女性の遺体があった。

その両肩をつかみ、もろとも体を返した。腐乱した遺体と手足を絡めるようにして谷底に横たわる。鼻を満たす悪臭に吐き気がこみあげるのを必死でこらえた。

じっとしていなくては。ぴくりとも動いてはいけない。

コルビーが足早に近づいてくる気配がした。足音がやみ、彼の作った不気味な墓場を見まわしている。

大声で呼ばわりながら、コルビーが遺体を踏み、谷の奥へと歩きはじめた。「逃げられないぞ、ケンドラ！」

ケンドラの頭は男と反対側を向いていて、犠牲者の山にまぎれていた。コルビーのブーツが遺体を踏み分けていく音がする。

こちらが見えるだろうか？

まだ二本の大型ナイフを持ったままのコルビーの姿が目に浮かんだ。右手は上から、左手は下からナイフの柄を握っている。刃はまだ捜査官たちの血で濡《ぬ》れているはずだ。

来た。息の音が頭のすぐ上で聞こえる。

コルビーが立ち止まり、首を傾けて耳を澄ましている。

わたしの息遣いが聞こえるだろうか。ケンドラは息を詰めた。

行って。お願い、そのまま通りすぎて……。

男はケンドラをまたぎ越え――

遠ざかっていった。

じきに、谷の突き当たりに誰もいないことに気づくだろう。

ぐずぐずしている時間はない。

考えている時間も。

大きな石を手でつかんだ。尖《とが》った突端が手のひらに食いこむ。ケンドラは遺体の下から忍び出た。

なめらかな動きで横に転がり、いっきに立ちあがる。

次の瞬間、ケンドラはコルビーの背後に立っていた。

後頭部を殴りつける。

もう一度。

そしてもう一度。

尖った石が頭を切り裂き、男は苦痛の叫び声をあげた。ナイフをかざして振り返ろうとするが、ケンドラは渾身《こんしん》の力でさらに石を振りおろした。

男は前にのめり、膝をついた。

「死になさい、この悪魔」ケンドラはもう一度殴りつけた。

男の体が倒れこみ、動かなくなった。

血のついた石を握りしめたまま、ケンドラは男を見おろすように立ち、ふたたび起きあがる気配がないか確かめた。死んだのだろうか？

死んでいればいい。ケンドラは怒りに任せてそう考えた。

まだだ。まだ息をしている。

でも、あと三回か四回殴れば事は達せられる。わたしを有罪にする陪審員はいないだろう。確実に生き延びるためにはそうするしかないのだから……。

ケンドラはエリック・コルビーを殺す言い訳をなんとか見つけようとしていた。だが、コルビーは意識を失い、ぐったりとしている。

そして、わたしは人殺しではない。この男と同じ怪物になるわけにはいかない。携帯電話の電波が入ることを祈って、近くの尾根にのぼろう。電話が通じなければ、バイヤーズの車で近くの町まで行こう。

きっとこれでいいのだ。有罪の証拠は山ほどあり、コルビーは死刑囚監房に送られる。もうエリック・コルビーが誰かを傷つけることはない。

それでも、まだ石を手放すことができなかった。石をきつく握りこむ。

あと三回か四回殴れば……。

ケンドラは上を向き、恐ろしい死のにおいに穢《けが》されていない空気を吸いこんだ。

そしておぼつかない足どりで後ろにさがり、谷の斜面をのぼった。

あと三回か四回……。

尾根にあがり、携帯電話に手を伸ばす。

そのときになってようやく、ケンドラは石から指を離した。

現在
サン・クエンティン州立刑務所　取調室A

ケンドラは取調室のミラーガラスの裏に座り、あの恐ろしい夜の光景、音、においに、いまだ意識を奪われていた。コーチェラ・ヴァレー以来、コルビーに会ったことはない。裁判のときに陪審員たちの前でコルビーを指さした際、ちらりと見ただけだ。

そして、いまコルビーに会いたくはなかった。コルビーが監房に築きあげた、あのおぞましい神殿を見たあとでは。グリフィンでさえ配慮を見せ、ケンドラはリードとメトカーフとともに狭い観察室に残り、グリフィンとリンチが尋問を行うことになった。

コルビーがまだ到着しておらず、取調室は空だった。中規模以上の都市には必ずある、警察の取調室とそっくりだが、受刑者用の椅子は床にボルト留めされ、鋼の手かせと足かせがついている。

奥のドアがついに開き、エリック・コルビーが部屋に入ってきた。

その姿は記憶と変わっていなかった。漆黒の髪、高い頬骨、白い肌。これまでに見たなかでいちばん青い目。唇は常にすぼめられ、話すときにだけ齧歯類《げっしるい》めいたまっすぐで小さな歯が現れる。そのさまは滑稽としか言いようがなく、口だけ別人のものかのようだ。

コルビーが椅子に腰をおろしたが、看守は手足を拘束しなかった。ほどなくリンチとグリフィンが入ってきて、その向かいに座った。

看守のひとりが手錠を掲げた。「ほんとうにいいんですか、これを使わなくても」

「必要ない」グリフィンが言った。眉を持ちあげてコルビーを見る。「そうだろう?」

「あんたたちがおれをはめたいんでなければな」コルビーは自分にしかわからない冗談をおもしろがるかのように、皮肉っぽい声で言った。「それでなんの用だ、グリフィン主任捜査官殿」

「そんなにかしこまることはない」リンチが言った。「ただ捜査官と呼べ」

コルビーはリンチに視線を移した。「あんたのことはどう呼べばいい?」

「〝サー〟、〝ミスター〟、〝おい、あんた〟。なんでもかまわない」

コルビーはうなずいた。「それなら、なんの用で来たんだ、〝おい、あんた〟捜査官」

グリフィンが顔を近づけて言った。「先週起こったある事件現場で、おまえのＤＮＡが発見された」

コルビーは眉を持ちあげた。「ほんとうに？」

「ああ。おまえが何か話してくれるのではないかと思っている」

「いまおれは忙しい。来週また出直してきてくれ。そのときにはちょっとばかり一方的な会話になるかもしれないが」

「いま話を聞きたい」

コルビーは肩をすくめた。「どうぞ」

「おまえのＤＮＡはサンディエゴにあるコリーン・ハーヴェイの家で見つかった。彼女は殺された」

コルビーは頭を振った。「おれの獲物じゃない」

「知っている」リンチが言った。「彼女が殺されたのは先週だ」

「それはおもしろい」

「そう思ってくれてうれしいよ」リンチは続けた。「われわれが追っている模倣連続殺人犯のことは知っているな」

「もちろん。ケンドラ・マイケルズの殺人犯コレクションに敬意を表している人間がいるんだ。だが、これまでのところおれの作品は無視されている。傷つくよ。いやなことを思い出させるとは、あんたたちも意地が悪いな」

リンチはコルビーをじっと見た。「そうかな？　あれはおまえの作品だと思うが。少なくとも、部分的には」

「へえ、それは光栄だな。だが念のために言っておくと、おれは最近……身動きがとれないんだ」

「おまえは設計士だ。おまえのアイディアで動いている人間がいる」

「それこそおもしろいな」コルビーは椅子にもたれ、頭の後ろで手を組んだ。「詳しく話してくれ」

「おもしろい？」グリフィンは苛立《いらだ》ちを隠そうとしたが、失敗した。「人の命を奪うのがおもしろいのか」

コルビーは唇をゆがめて狡猾《こうかつ》な笑みを浮かべた。「うまいやり方でやればね」

「どうやって現場にＤＮＡを持ちこんだのか言え」

「質問がまちがっている。問題は〝どうやって〟じゃない。〝なぜ〟だ」

「いいだろう」グリフィンは言った。「そこからはじめる。なぜだ？」

コルビーはゆっくりと立ちあがった。「あれは手がかりじゃない。招待状だ」

「なんの招待状だ」リンチが言った。

「また質問がまちがっている」コルビーは歩みを進め、ミラーガラスの前に立った。

「座れ」看守が命じた。

「あんたが知りたいのは、誰に宛てた招待状かということだろう?」コルビーはガラスの向こうをじっと見た。「彼女はここにいる。ちがうか?」

　ケンドラは身を震わせた。

　コルビーがわたしを見ている。

　ほんの十センチ向こうにあの男がいる。ミラーガラスを見通せるわけがないのに、まちがいなくこちらを見ているのがわかった。

　コルビーが微笑《ほほえ》んだ。「もちろんここにいる」穏やかな声で言う。「やあ、ケンドラ」

　氷の視線からケンドラは目をそらせなかった。

「会えなくてさびしかったと言いたいところだが」コルビーは言った。「それは真実じゃない。あんたはいつもおれといっしょにいたからだ」いったん間を置き、さらに続ける。「おれがいつもあんたのそばにいたようにな。あの峡谷を覚えているか? いまでもあの死のにおいで夢から覚めるのか?」

　ケンドラはとっさにあとずさり、ガラスから離れた。

「おれも夢に見るよ。だが、おれにとっては、あれはご機嫌な香りだ。あんたをどれだけ震えあがらせたかを知っているからな」

「取り押さえろ」リンチが看守に鋭く命じた。「ガラスから引き離せ」

　看守たちがコルビーをつかまえ、文字どおり引きずるようにして椅子に座らせた。コルビーは笑い声をあげたが、その目はミラーガラスから離れなかった。

リンチがテーブルに身を乗り出した。「もうじゅうぶんだ」厳しい声で言い、テーブルを拳で叩《たた》く。「彼女は関係ない」

「関係大ありさ、ミスター・リンチ」ついにコルビーがリンチのほうを向いた。驚いた顔を見て、続ける。「ああ、あんたが何者かは知っている。あんたたちのことは全員知っているさ。なあ、こう思ったことはないか？　この数週間に起こったことはすべて……たったひとつの目的のためになされたのだと」

「目的？」グリフィンが尋ねた。

コルビーはにやりと笑った。「もう一度ケンドラ・マイケルズと直接会うことだよ」

「ああ」リンチの顔にはなんの表情も浮かんでいなかった。「ここに着いたときからそうじゃないかと考えていた」

グリフィンは、いま聞いたことを理解しようとするかのように頭を振った。

コルビーが笑った。「考えてもみろ。それ以外にどうやったら彼女をここに来させられる？　どうやったらあんたらが彼女をここに連れてくる？」

グリフィンがついに口を開いた。「おまえはまちがいなく頭がどうかしている」

「ちがうね。そうであるなら裁判を受けることはなかった」

リンチが拳を握りしめた。「つまり、今回の模倣殺人について、部分的にせよ関与を認めるんだな？」

「そんなことを言ったつもりはない。おれが言いたいのは……もしこの会話を続けたいのなら、ケンドラ・マイケルズをここに呼べということだ」

リンチは首を横に振った。「だめだ」

「それなら話はこれで終わりだ」

「いつ終わるかはこちらが決める」グリフィンが言った。

「いや、そうはいかない」コルビーは両手の指先を打ち合わせた。「死刑を受け入れたときから、おれは自由になった。解き放たれたんだ。おれは自分が望まないことはいっさいやらない。同じことを言える人間がどれだけいるだろうな。おれがこれ以上痛めつけられることはない、これ以上何かを奪われることもない。うらやましいだろう？」

「ばかばかしい」グリフィンが言った。

「あんたはそうだろうな」コルビーはリンチのほうを向いた。「だが、あんたにはおれの言うことを理解できるだけの想像力があるんじゃないか、リンチ。枠に囚《とら》われない考え方ができるはずだ」

「さっきおまえの監房を見た」リンチは言った。「おまえをうらやましいとは、まったく思わない」

「同じ刑を宣告されたらわかるさ」コルビーは肩をすくめた。「ケンドラが来るまでこれ以上はしゃべらない。もしケンドラが拒否するなら、あんたら全員、気をつけて家に帰るんだな。捜査がうまくいくことを祈ってるよ」

コルビーはテーブルの上で手を組み、まっすぐ前を見据えた。

ガラスの反対側で、ケンドラは自分でもどうにもできないまま、魅入られたようにコルビーを見つめた。コルビーは無言の力をまとい、すべてを遮断している。

さっき言っていたことはすべて本気だ。

いやだ、行きたくない。

けれども、結局はわかっていた。これはわたしとコルビーの問題なのだ。

目を閉じ、コルビーを視界から締め出す。

それでも、コルビーがこちらを見つめているのが見えた。

ケンドラは目を開けた。「行かなくては」

メトカーフが首を振った。「やつはあなたをもてあそんでいるんですよ」

「わたしたち全員をもてあそんでるのよ」

「残りのわたしたちのことなど意に介していません」リードが張りつめた声で言った。

「標的はあなたです」

「ええ。だからこそ、会わなくちゃいけないのよ」ケンドラは立ちあがり、観察室を出た。

取調室の前までまわりこんでいくと、ドアの外でリンチが待っていた。

「だめだ」リンチがにべもなく言った。

「あなたが決めることじゃない」

「誰が決めるんだ？　あの異常者か？」

「わたしよ。行かなかったら、ここまでの旅が無駄になる。それに、忘れているようだけど、殺人犯がまだ野放しになってるのよ。コルビーのことだけが問題じゃないの。ドアを開けて」

　リンチは動かなかった。

「開けて、リンチ」

「気に入らない」リンチは厳しい声で言った。「コルビーはきみを磔《はりつけ》にするつもりだ。どんな手で来るのかわかればいいんだが」

「それを知る方法はひとつしかないわ」

「ぼくも同席させてくれ」

「だめよ、あなたがいてもコルビーからわたしを守ることはできない。わたしを守れるのはわたしだけだと、ずっと昔に学んだの。さあ、片をつけさせて」

　やはりリンチは動かない。

「リンチ」

「グリフィンはなかにいる。なぜぼくはだめなんだ？」

「グリフィンはわたしの邪魔をしない。あなたはいつも干渉するでしょう」

リンチは低く毒づいた。そしてドアをノックした。看守が錠をはずし、ドアを開いた。

ケンドラはなかに入った。

すでにガラス越しに見ていたにもかかわらず、長いあいだ邪悪そのものと見なしてきた男と同じ空気を吸ったとたん、ふたたび寒気に襲われた。

「やあ、ケンドラ」コルビーはあざけりの笑みを浮かべた。「とうとう会えてどんなにうれしいか、言葉では言い表せないよ」

ケンドラはしばらく動けなかった。コルビーの声がナイフのように体を引き裂いた。

「名前を言いなさい」ケンドラは言った。「彼らを殺したのは誰？」

コルビーは首を傾《かし》げた。「なあ……おれはいまも頭痛がするんだ。これだけたっても、あの石であんたに殴られたせいでひどい頭痛に悩まされているんだよ」

「頭蓋骨の破片のせいだと思うわ。わたしは後遺症が残らないように必死で自分を抑えたのよ」

「やっぱりね。あとであんたがどんな人間か調べて、そうだろうと思っていた」コルビーは笑みを消した。「あんたはお利口だったよ、ケンドラ。おれの計画を変更させた。計画がうまく行かなかったのはまさしくそのせいだ」

「名前を言いなさい」

コルビーは答えずに続けた。「おれは不利な立場にいた。あれはあんたがかかわった最初の事件で、おれはあんたを知らなかった。あんたのやり方を知らなかったんだ。だが、いまはちがう。あんた自身よりもあんたのことをよく知っている」

ケンドラは疑いの視線を向けた。「あなたはいつもうぬぼれの塊だったわね、コルビー」

「大げさだと思うか？　だがほんとうのことだ。たいていの人間は自分のことをよくわかっていない。おかげでおれは圧倒的な優位に立てる」

「あなたはわたしたちの誰よりも頭がいいというわけね？」

「おれにはありあまる時間と動機という利点がある。そして、特別な理由のために、あんたをここに呼び出した」

「呼び出した？」

「あんたはいまここにいる、そうだろう？」コルビーはにやりとした。「これが先週なら、飛行機に乗ってここに来て、おれの一メートル前に立てと誰かに言われても、絶対に無視したはずだ。ほんの数日でどれだけ変わったことか……」

「わたしがここに来たのは、なんの罪もない人たちが殺されようとしているからよ」

「おれならその虐殺をやめさせられるかもしれないと思ったんだろう？」

「いいえ。ほかのみなは思ったようだけれど、わたしはちがう。あなたのことはよくわかっているから」

「それでもここに来た」

「あなたをリストから消す必要があったからよ。あなたの協力がなくても、殺人鬼はわたしたちでつかまえる」

「認めろよ。さっき言っていたように、あんたはおれを知っている。おれが下等なやつらにおれの賢さや偉大さを隠さないことをあんたは理解しているんだ。おれが悦に入って、事件を解決するヒントを漏らすかもしれないと思ったんだろう？」

「あなたのうぬぼれは誰にも引けをとらない」

「まったくくだ」

「いいわ、その機会をあげる。コリーン・ハーヴェイの服にどうやってあなたのＤＮＡを付着させたの？」

「やはり気になるんだな」コルビーは笑みを大きくした。小さな歯が蛇の毒牙を思わせた。

「すばらしい手品みたいだろう？」

「話したくてたまらないんでしょう。どれだけ自分が優秀か、世間に知らせたくてたまらないのよ」

コルビーは舌を鳴らした。「人はみな、自分は手品の種が知りたいんだと思っている。だが、実はちがう。手品の種を知ったとたん、驚嘆は消えてしまうんだ。驚きは色あせ、手品師に対する敬意も薄れる。どれだけ見事な技を見せようと関係ない」

「いまは手品の話なんてしていない。どれだけ美化したって、わたしたちが話しているのはしょせん殺人のことなのよ」ケンドラは意を決してコルビーの目をまっすぐに見た。「いるのはあなたと操り人形だけ。技も驚嘆もない」

その言葉に苛立っていたとしても、コルビーは表には出さず、頭でグリフィンを示した。「FBIのボスは、あんたのおれに対する態度が気に入らないようだぞ、ケンドラ。FBIの台本に従っていない。おれの機嫌をとって口を軽くさせるんじゃなかったのか、うっかり情報を漏らすように」

ケンドラはグリフィンに目をやった。確かに体をこわばらせて怒っているように見える。ケンドラは肩をすくめた。「彼らはそのつもりで来ているのかもしれないけれど、わたしは時間を無駄にしたくない。あなたにそんなやり方は通用しないから」

コルビーは笑った。「そのとおりだ」

「質問に答えるつもりがないのなら、なぜわたしを〝呼び出した〟の？」

「最後にもう一度あんたに会いたかったからだ。言っておきたいことがある」

「なら言えばいいわ」

コルビーはもったいぶった。「ドラムロールを頼む」

「言いなさい」

「おれは筋書きを変えた」

「なんの筋書き?」

「以前は盲目だった才能あふれるケンドラ・マイケルズが、いかれた異常者の犯罪を食い止めるべく、知性と観察力を駆使する物語の筋書きだ」

「その物語はもう終わってる」

「いや、シェイクスピアの言いまわしを借りれば、過去は序章にすぎない」コルビーは言葉を切った。「なぜなら、この物語はあんたがほんとうの痛みを知るまで終わらないからだ。想像できうるかぎりのあらゆる痛みを味わうまで」

ケンドラは深く息を吸いこんだ。動揺してはいけない。この男に満足感を与えてはいけない。

「あんたは必死に恐怖を隠そうとしている」コルビーの声はささやきにまで低くなっていた。「だが、恐怖は新しい物語の一部だ。恐怖と痛みはすでにはじまっていて、最後まであんたから離れることはない。そして、金曜の夜に連邦政府がおれの静脈に毒を入れても、物語は終わらない。ほんとうだ」

ケンドラは全身に冷たいものが走るのを感じた。コルビーの言葉を裏づけるさまざまな残虐行為をこれまでにいくつも見てきた。

「そこまでだ」リンチがドアを開け、取調室に入ってきた。「房に戻って紙人形とでも話していろ」看守にうなずいて合図する。「連れていけ」

コルビーが眉を持ちあげた。「ずいぶんあっけなくあきらめるんだな、ミスター・リンチ。評判とちがう」

「彼女が言ったように、おまえはリストから消すべき手がかりのひとつにすぎない」

看守が近づいてくるのを見て、コルビーは立ちあがった。「おれたちみんな、それが真実でないことを知っている」リンチからケンドラに視線を移し、またリンチを見る。「彼は少々動揺しているようだな、ケンドラ。おもしろい」そして、ケンドラの目を見つめた。「物語が進むにつれ、もっと動揺することになるだろう」

「ばかばかしい」ケンドラはなんとか平静を保とうとしたが、取調室が急に狭くなり、コルビーやその毒々しい笑みが迫ってくるような感覚に襲われた。ここから出なくては。喉が締めつけられ、息が苦しくなった。ドアに向かいながら言う。「話は終わりよ」

「それも物語の愉快なひとひねりになる」コルビーの声が追いかけてきた。「おれから離れることはできないぞ、ケンドラ」

よろめくようにドア口にたどり着くと、看守がドアを開けてケンドラを通した。リンチがそのすぐあとに続いた。リンチはケンドラの腕をつかみ、なかば抱えるようにして廊下の角を曲がった。「ここでいい。ここなら誰もいない」ケンドラを壁に寄りかからせ、まわりの目から隠すように腕に抱きしめる。「全部吐き出せ」

「わたしはだいじょうぶよ」だいじょうぶではなかった。

工場の首。糊で開かされた目。

峡谷の死のにおい。

コルビーを仕留めるために体から押しのけた死体。

あざけるようなコルビーの目。〝おれから離れることはできないぞ、ケンドラ〟

リンチが耳もとで小さく毒づくのが聞こえた。「震えるな。二度とあの男に会うことはない」

自分が震えていることにケンドラは初めて気づいた。なんとか自分を取り戻そうとする。けれども、まだリンチから離れられなかった。彼は力とぬくもりを与えてくれる。もう少しだけこのまま……。

五歳の少女のような声で、ケンドラはようやく言った。「もう放していいわ」

「いや、だめだ。しがみついているじゃないか。こんなきみをグリフィンに見せるわけにはいかない。大喜びするに決まっている」

「わたしがあの部屋にいるあいだ、グリフィンはひと言もしゃべらなかったわね」

「きみたちを言い争わせておけば、ほしい情報が得られると踏んでいたんだろう。きみはよく自分を保っていた」

「最後までは無理だったけれどね」

「コルビーは気づいていなかったよ」リンチの唇がケンドラの額をかすめた。「だが、ぼくが我慢できなかった。だから中断させたんだ」

そうしてくれてよかった、とケンドラは思った。コルビーはわたしをいたぶりつづけた。わたしを〝呼び出した〟理由をはっきりとさせた。「コルビーは……以前よりももっと邪悪になっている気がする。あれ以上の邪悪さが存在するなんて思ってもみなかったけれど、でも確かに何かが変わってる」

「久しぶりだからじゃないのか」

ケンドラは首を振った。「変わったのよ。何かが……これまでとちがう」

「もうやつの心配をする必要はない。やつは金曜に死ぬんだ。そうしたら二度と会わずにすむ」

ケンドラは深く息を吸い、頭を振った。「聞いたでしょう。わたしはあの男から離れられない」そして、リンチを押しやった。「あなたがどんなに請け合ってくれても、その事実は変わらない。これははじめからずっと、コルビーとわたしの問題なの。あなたは関係ないのよ、リンチ」

「そうは思わない」リンチは言った。「それに、あれはただの脅しだ」

「コルビーは本気よ。どうやるつもりかはわからないけれど、その気でいる」ケンドラは唇を湿らせた。「近々動きがあるはずよ。自分の目で見たいでしょうから」そして、手で髪を整えた。「さあ、グリフィンたちのところに戻りましょう。コルビーとは時間の無駄だったわね。マイアットと連絡をとっていることはほぼ確定できたけれど」廊下を引き返し、取調室へと向かう。「連絡の方法を突き止めないと」

「待ってくれ」リンチが隣に並んだ。「あと十分くらいはきみを元気づける時間があると思っていたんだがな。がっかりだ」

「すぐ立ちなおれるでしょ」一瞬ためらったあと、ケンドラは付け加えた。「じゅうぶん元気づけてもらったわ。わたしは……いつものわたしじゃなかった。ありがとう」

「どういたしまして」リンチは微笑んだ。「またいつでもご用命を。だが、ぼくはいつものケンドラ・マイケルズのほうが好きだ。もうひとりのきみにはぞっとさせられた」

「そうね」ケンドラは目をそらし、歩みを速めた。「わたしもよ、リンチ」

サン・クエンティン州立刑務所　東門

抗議デモの参加者に、ボビー・チャッツワースがマイクを突きつけた。「どうしてここに来たんですか。なぜこの受刑者、この刑務所なんですか?」

ビラを持った若い女性は凍りついた。突然ヘッドライトを浴びた鹿のようだ。

リリー・ホルトは頭を振った。リリーとボビーはたったいま、イギリスのテレビ史上に輝くすばらしいインタビューをものにしてきたところだというのに、ボビーがなぜか、外にいる抗議者たちのたどたどしいコメントをもう少しとりたいと言い張っているのだ。まあ、いい。これはボビーのショーで、わたしはプロデューサーにすぎないのだから。

女性はおぼつかない口調で死刑反対を主張した。まるで要領を得ない。話が終わると、ボビーは礼を言い、カメラマンや音声係とともにその場を離れた。

「あれはひどいわ」リリーは静かに言った。「なぜ彼女を選んだの？」

ボビーはいたずらっぽく笑った。「ひどい？　すばらしかったじゃないか」

「あなたのコルビーとのインタビューはすばらしかった。いまも鳥肌が立ってるわ。でも、いまの女性はいただけない」

「あれ以上の対比は望めないよ。知的で理路整然とした死刑囚と、思いばかりで脳みその足りない慈善家。ぼくの狙いはわかるだろう？」

リリーはうなずいた。気に入らなかったが、理解はできた。

ボビー・チャッツワースは〝活動家レポーター〟として、イギリス準大手の衛星放送局で名を成した。その極端な姿勢がテレビだけでなく動画サイトの視聴者にも受けている。赤い髭《ひげ》やふさふさとした眉、トレードマークの丸眼鏡のおかげで、コメディショーの物まねや政治風刺漫画にもよく取りあげられるが、それもファンを増やすのに役立っていた。いまはイギリスに死刑を復活させることを提唱していて、その広告塔としてエリック・コルビーに白羽の矢を立てた。

「わかるわよ」リリーは言った。「死刑に反対する人を全員まぬけに見せたいわけね」

チャッツワースは微笑んだ。「でも、ぼくのショーでは、実際にまぬけなんだよ。わかってもらえたかな」

「もちろん。複数の視点から問題を掘りさげる必要はないということでしょう」

「大昔のテレビ局で働きたがっているような言い方だね。そう、一九六五年くらいの」

「欠員募集があったら教えてよ。それまでは、あなたの気の毒な生《い》け贄《にえ》を放送していることにするわ」

チャッツワースは笑った。「それでこそリリーだ。いつも頼りに――」彼はふと言葉を切り、リリーの背後を見つめた。

リリーが振り返ると、一台のバンがセキュリティチェックを終えて刑務所から出てくるところだった。デモをする人々がプラカードを振り、主張を叫び立てている。

「あのバンを撮ってくれ」ボビーがカメラマンに叫んだ。「早く!」

バンが通りすぎるとき、機材を持ちあげたカメラマンが後部座席にズームした。

チャッツワースは低く口笛を吹いた。「見えたか?　あれは……」

「なんだって言うんだ?」カメラマンが尋ねた。

チャッツワースはバンが抗議者のあいだを抜けて交差点を曲がるのを見送り、リリーを振り返った。「信じてもらえるかわからないが、ケンドラ・マイケルズが乗っていた」

「確かなの?」

「確かだ」音声係にマイクを渡す。「さっき看守に言われただろう、コルビーに重要な面会者が来たからインタビューを早めに切りあげろ、と。たぶん、彼女たちのことだ」

「なぜケンドラ・マイケルズがコルビーに会うの？　杯を交わして旧交を温めるとか？」

「さあな。だが、とにかく彼女にインタビューする必要がある」

「リストにはのってるわ。でも、メールの返事が来ないの。捜査についてはコメントしない人なのよ」

「それは聞いたことがある……」チャッツワースはしばらく考えこんだ。「交換条件を出したらどうだろう？　向こうの役に立つものを差し出すんだ」

「役に立つもの？」

チャッツワースはにやりと笑った。「ぼくたちはもう手に入れているかもしれない」


コルビーのことを考えてはいけない。サンディエゴへ戻る飛行機に乗りこみながら、ケンドラは自分に言い聞かせた。感情を切り離して、論理的にならなくては。理に適《かな》った判断をするにはそうするしかない。

「話をしたいか？」シートベルトを締めるケンドラを見守りながら、リンチが言った。

ケンドラは首を横に振った。「もうじゅうぶん。いまはひとりでゆっくり休みたい」

リンチはうなずいた。「グリフィンたちが近寄らないようにしておくよ」そして、通路を遠ざかっていった。

　どうやらうまくやってくれたらしい。帰りのフライトのあいだ、ケンドラはコルビーとの会話を思い出さないようにしながら、物思いにふけることができた。リンチやほかの捜査官たちはノートパソコンにメモを打ちこんだり、刑務所長から渡された資料に目を通したりしていた。ケンドラにもあすの朝には同じ資料がメールで届くだろう。そのころにはいまよりも集中して読むことができるはずだ。

　午後八時半にはサンディエゴ空港に着いた。別れの挨拶をしたあと、グリフィンがケンドラを呼び止めた。

「刑務所でのことはすまなかった。きみを連れていくべきではなかった」

　ケンドラは驚いて眉を持ちあげた。「やさしいのね」そして、続けた。「でも、同行を求めたのは正しい判断だった」

　その答えに、グリフィンはまばたきした。「はじめは行きたくなさそうにしていたじゃないか」

「まあね。でも、よく考えて、行くべきだと思ったの」ケンドラはグリフィンの目を見返した。「だからあれはわたしの意思でしたことよ。あそこで起こったことも、すべて責任はわたしにある。あなたのせいじゃない」

「ずいぶん……寛大だな」グリフィンは体の向きを変えかけ、ふと振り返った。「ああいう男が思考に取り憑《つ》いて離れなくなるのはよくわかる。きみのような経緯があればなおさらだ。この旅はきみにとって大変なことだっただろう。礼を言う」

　ケンドラはうなずいた。「おやすみなさい、グリフィン。またあした」

　グリフィンは歩き去った。

「驚いたな」後ろからリンチの声が聞こえた。「滅多に謝らない男なのに」

「簡単ではなかったでしょうね。話しているあいだ、歯を食いしばっていたもの」

「何事も一歩ずつだ、ケンドラ」リンチはターミナルの出口を手で示した。「行こう。家まで送るよ」

　ケンドラは眉を寄せた。「いつからそういうことになったの?」

「きみが車を持ってきていないのを思い出したときからだ。どうやって帰るつもりだったんだ?」

「タクシーで」

「問題外だ。それに、きみの部屋の前にいる護衛と少し話したいことがある。行こう」

　ほどなく家に着くと、ケンドラはリンチの〝少し話したいこと〟に驚かされた。

「ネルソン、護衛はもう必要ない」ネルソンをつかまえるなり、リンチは言った。

「え?」ネルソンとケンドラの声が重なった。

「ご苦労だった」リンチは言った。「よくやってくれたよ」

ネルソンは寝耳に水のようだった。「しかし、グリフィンに確認をとらないと」

「それなら、そうしろ。いずれにせよ、ケンドラはここには滞在しない」

「なんだってそんなことを言い出したの？」ケンドラは尋ねた。

「コルビーだよ。取調室には入れなかったが、かえってよかった。ミラーガラスの裏から映画を観《み》ているようにきみたちふたりを観察できた。表情や声のニュアンスまですべてをね。きみを苦しめるというコルビーの言葉で、これを思いついた」

「それはあなたの考えでしょう。わたしは家を離れるなんて話をした覚えはないわ」

「そうだろうね、ついさっき思いついたことだから」リンチは玄関のドアを開けてなかに入ると、とまどい顔のネルソンを外に残してドアを閉めた。「スーツケースに荷物を詰めろ。二、三日ぶんあればいい」

「ちょっと待ってよ。どこに行くの？」

「ぼくが知っているいちばん安全な場所だ」

「どこよ」

「ぼくの家だ」

「冗談でしょう」

「あそこより安全な場所はない。どんな攻撃にも耐えられるように綿密に設計してある。いまのきみには最適の場所だ」

ケンドラは不審の目を向けた。「どんな攻撃にも耐えられる家？　敵を作る癖があるのは知ってるけれど、本気で……」

「至極本気だよ。だが、あの家にいてもそこが不落の要塞だとは気づかないはずだ。居心地のいい快適な部屋に泊まれる。何より、ぼくの家に来ればコルビーたちの計画を狂わせられる。不測の事態だろうから」

「なぜ確信できるの？」

「きみも想定していなかっただろう」

ケンドラはしばらく考えた。「それは確かね」

「予想できる行動をしてはいけない。友人や家族のところに身を寄せるのはだめだ」

「ホテルは？」

「安全とは言えない。人の出入りが多すぎる。ぼくの家なら、ぼくと建物の二段構えできみを守れる」リンチはにやりとした。「きっと感激するよ。チームワークは最高だ」

「その点については疑いはないわ」ケンドラは顔をしかめた。「でも、わたしはプライバシーを大切にしているの」

「命よりも大切なのか」

ケンドラはためらい、その隙にリンチはケンドラを廊下の奥へと押しやった。

「荷作りをはじめるんだ。きみにとっても、きみの大切な人たちにとっても、そのほうが安全なんだよ。ぼくは居間で待っている。そろそろグリフィンから電話が来るころだ」
そのとき、リンチのポケットで携帯電話が振動した。
リンチは微笑んだ。「そら来た」そして、廊下を指さした。「荷作りだ」

9

四十分後、リンチの車は州間高速道路五号線をおり、カーメル・ヴァレー・ロードに入った。

ケンドラはリンチのほうを向いた。「リバーサイドに住んでるんだと思ってた」

「以前はね。八カ月前に引っ越したんだよ。完成するまで二年以上かかった」

「郊外に要塞を建てるなら、それくらいかかりそうなものだけど」

「建てるだけなら簡単だ。大事なのは、要塞とわからないように造ることなんだよ」

ケンドラは頭を振った。「あなたの口車に乗ってしまったのが信じられない」

「口車に乗せてなどいない。きみは丸めこまれて意に染まないことをやるような人間じゃないだろう。グリフィンがきみを丸めこんでサン・クエンティンに連れていったわけではないようにね。きみは心の底では何をすべきかわかっているんだ。ぼくの家に来たほうが安全だとわかっているんだよ」

「これまで、あなたが人を操るところをたくさん見てきた。まずボタンを見つけて、それを押すのよ。あなたはわたしのボタンを見つけたんだわ」

「どんなボタンだ？」

「論理。良識」

リンチは小さく笑った。「もっとつけこみやすい弱点があるよ。だが、ぼくが押したボタンはそれじゃない。ぼくの望む方向に物事を動かすべく、ある言葉をまぎれこませた」

「何？」

「きみの大切な人たちにとってもそのほうが安全だ、と言った」

ケンドラはじっとリンチを見た。「理性と感情に訴える。あなたはほんとうに怖い人ね」

「ぼくに要塞が必要なのはなぜだと思う？」リンチは答えを待たずに前方を指さして言った。「あの右のあたりだ」

数分後、豪奢《ごうしゃ》な邸宅が並ぶ通りの突き当たりに、大きな門を構えた家が現れた。

ケンドラは目を見張った。「すごい。公務員の給料でこれを建てたの？」

「いや、FBI時代はもっと慎《つつ》ましいところに住んでいた。フリーになってかなり生活水準があがったんだ」

「そうみたいね。これって、千平米くらい？」

「いや、そんなに広くはないよ」リンチは横目でケンドラを見た。「九百だ」

ケンドラは頭を振った。「慎ましい暮らしをすることになるなんて聞いてない」

「我慢してくれ」リンチはリモコンで門の電子錠を開けた。家はチューダー様式で、高さ二・五メートルの塀に囲まれていた。夜だったが、巧みに配置されたライトが庭の景色や外壁の精緻な彫刻を浮かびあがらせている。

ケンドラは家を指さした。「窓から侵入されないの？」

「敷地への侵入を感知したら、すべての窓に鋼鉄製のシャッターがおりる仕組みになっている。壁のあいだに埋めこんであるんだ」

ケンドラはリンチの表情をうかがい、ゆっくりと言った。「冗談じゃないみたいね」

「要塞だと言っただろう。きみがさっき指摘したとおり、ぼくは敵を大勢作ってきた。犯罪組織のボスから銃の密輸業者、テロリストまでいろいろだ。ほとんどはその案件を終える前に片をつけるが、闇に身を潜めて機会をうかがっている者もいる。いつ襲ってくるかわからない」リンチは肩をすくめた。「だから、くつろげる場所がいるんだ。外では常に警戒していなくてはならないが、ここではその必要はない」ガレージに車を入れると、自動的に扉が閉まった。リンチはケンドラに身を寄せ、低い声でささやいた。「きみにも、ぼくが同じように安らぎを与えられたらいいんだが」

熱。

官能。

親密さ。

ケンドラは顔をそむけ、さりげない口調を保って言った。「出だしは順調だと思うわ」

「それならよかった」リンチの顔はケンドラの顔からほんの数センチしか離れていなかった。彼のぬくもりや力強さが伝わってくる。少し前までは、リンチの言うとおり、ここでリラックスできると思っていた。ところがいまは、リラックスするどころではなかった。体じゅうが緊張し、心臓が激しく打っていた。

リンチに悟られてはいけない。

ケンドラはドアのハンドルに手をかけた。「家を案内してくれる？」

しばらくリンチはケンドラの表情を観察していた。「いいとも」

トランクからスーツケースをおろし、玄関に向かう。リンチが小さなリモコンを出し、ドアを解錠した。

ドアノブに手をかけたリンチは、ふいに動きを止めた。「しまった」

「どうしたの？」

「いや、たいしたことじゃない」リンチはケンドラの声ににじむ緊張に気づいて言った。

「ちょっと思い出したことがあっただけだ」

「思い出したって、何を？」あのアダム・リンチがばつの悪い顔をしている。ケンドラは驚きに目を見張った。リンチがこんな表情をするとは思わなかった。

「なあ」リンチは言った。「居間で変わったものを目にすると思うが、それで何かを決めつけたりしないと約束してくれ。いいか？」

ケンドラは期待に胸をふくらませて微笑《ほほえ》んだ。「誓うわ。なんなの？」

「ああ、くそ。まいったな」リンチは玄関のドアを開けた。

ケンドラは家のなかに入った。室内は暗く、小さな明かりがいくつか灯《とも》っているだけだった。まずは、モダンな家具や大理石の床タイル、黒い夜空のようなカウンタートップに目を奪われた。

そして、それを見つけた。

足を止め、目を見開く。「まあ」

広い居間の、窓のない壁に、リンチの恋人のバス広告が、六メートルの長さに引き伸ばされて飾られていた。ビキニ姿の美女アシュリーが居間を支配している。

「……すごい」それしか言えなかった。

「ああ」

「いったい……」

リンチはさらにばつの悪そうな顔をした。「二週間ほど前に、ぼくが国外の出張から戻ってきたら……彼女が玄関前にいたんだ。このポスターとインテリアデザイナーと運送業者といっしょに。彼女が業者をなかに入れて、一時間後にはすべてが終わっていた」

「あなたのためにこの特大ポスターを作ったの？」

「もともとはキャンペーンの発表パーティーで天井から吊《つ》りさげていたものだそうだ。それをもらってきて、額に入れて飾りつけた」ポスターを見ながら、リンチは当惑した表情を浮かべた。「たぶん……ぼくの家の壁を飾るのにちょうどいいと思ったんだろう」

ケンドラは笑い出した。止めることができない。ポスターを照らすライトを指さして言った。「あのスポットライトも彼女がつけていったの？」

「いや、あれはもとからあった。気に入っている絵のコレクションを展示するために取りつけたんだ。絵は、運送業者が廊下のクローゼットに片づけてしまった」

ケンドラは腹を抱えて笑った。

「どうしろっていうんだ？　彼女はこの装飾を気に入っているんだ。時間をかけて準備したんだよ。彼女の気持ちを傷つけたくない」

「タフなあなたが、ビキニのモデルに何も言えなかったの？」

「断ることもできたが、遠まわしに言葉を選ばなくてはならない。彼女は、ほとんどの男は自分と寝たいだけだと思っているんだ」リンチは痛ましそうに眉を寄せた。「確かに、ぼくにとってもそれが重要な目的かもしれないが、彼女はきちんとした好ましい女性だし、ぼくにとってそれだけの存在だと思ってほしくない。彼女は本気でこれがすばらしい贈り物だと信じているんだよ」

「そうでしょうね」ケンドラはなんとか息を継いだ。「わたしもあんなスタイルだったら、壁いっぱいのサイズの写真を配るわ」

「きみのスタイルもなかなかだよ。でも、きみがポスターを配るとは思えない」

「確かにちょっとあからさまね。でも、一度くらいはそういう誘惑に駆られたことがなくはないかも」笑いすぎて、涙がこぼれた。ケンドラはそれをぬぐって言った。「ああ、すっかり気分がよくなったわ。こんな一日のあとには、こういうことが必要だったの」

「お役に立ててよかったよ」リンチは渋い顔をした。「さあ、ぼくを笑うのに満足したなら、部屋に案内しよう」

「待ちきれないわ」ケンドラはリンチについて階段をあがった。「でも、あのアシュリー以上に感銘を受けるものはきっとない」

「その言葉、取り消さなくていいのか？」

「もちろんよ、何かそれだけの価値のあるものを差し出してくれるなら別だけど」

リンチが後ろを振り返った。「できると思うよ。任せてくれ」

目と目が合い、ケンドラは息をのんだ。リンチといると、一秒ごとに上下するシーソーに乗っている気分になる。「いまのは忘れて。あなたの弱みを笑っているほうがずっと楽しいもの」

「そうか？　ぼくが弱みを見せたのは、計算だったかもしれないとは思わないか？　相手の警戒を解く常套《じょうとう》手段だろう」リンチはドアを開けた。「うまくいったかな、ケンドラ」

計算だったのだろうか。ケンドラにはわからなかったし、いまは深く考えたくなかった。

「さあ、どうかしら」リンチから目をそらして、部屋を眺めた。「すてきね」

リンチの言葉どおり、部屋は広々として居心地がよかった。真ん中に天蓋つきのベッドがあり、ふっくらとしたクッションが五個ほど置いてある。

リンチはタッチパネル式のリモコンを手渡した。「指先ひとつでどんな音楽も聴ける。これで曲を選べば天井のスピーカーから流れるようになっているんだ。眠るときに音楽がほしかったら使ってくれ」

ケンドラはリモコンを見て微笑んだ。リンチはわたしにとって音楽がどれだけ大切か理解している。音楽はクライアントだけでなく、わたしにとっても癒やしだ。つらい時期を乗り越えるのを手助けしてくれたし、文字どおり暗闇しかなかったときに、活気と色彩を運んでくれた。

「ありがとう。でもたぶんいらないと思うわ。音楽は好きすぎて、目が冴《さ》えてしまうの」

リンチは脇のドアを指さした。「そこがバスルームだ。きみが持ってこなかったものもひととおりそろっていると思う」

「ほんとうに？」ケンドラはいたずらっぽく笑った。「アシュリーが選んだの？」

「いや、〈サックス・フィフス・アヴェニュー〉に頼んだ」リンチは言葉を切り、ケンドラを見た。「これでも精一杯やっているんだ、ケンドラ。これはぼくにとっても楽なことじゃない。プラトニックな同居人には慣れていないのでね」

「そうね、居間に足を踏み入れた瞬間からそうじゃないかと思ってた」

「ぼくはまじめに言っているんだ」

ケンドラは笑みを消した。「わかってるわ」唇を湿らせる。「もう一度目が見えなくならないかぎり、あなたが性欲旺盛だってことに気づかないではいられない。この状況の親密さを考えたら、あなたがそういう気持ちになるのも当然だと思う。それに、わたしも性的に惹《ひ》かれているのは認めるわ」ケンドラは肩をすくめた。「でも、わたしたちはどちらも、その道を進むことは望んでいない」

「そうかな?」

「面倒なことになるわ。そんなことにはなりたくないし、あなたもそうでしょう」

リンチは微笑んだ。「実に論理的だな」

「当然よ。大切なことは何かを忘れないようにしないと」

「ぼくがこの関係に何を望んでいるかをきみが講義しようとするのは、これで二度めだな」リンチは首を傾けた。「おもしろい。きみの分析について、ぼくがコメントしていないことに気づいているか? ぼくの意見を言ったら、きみはきっと驚く」

「あなたにはいつも驚かされてるわ。でも、あなたは論理的に考える人だと思ってる」ケンドラはしばらく黙りこみ、リンチと目を合わせた。そろそろこの会話を終わりにしなくては。意味深長で、きわどすぎる。わたしはリンチを意識しすぎている。「とにかく、ありがとう。この要塞にいるととても安心できる。ここに来てよかったわ」

「ああ」

ケンドラはリンチから目をそらせなくなった。

リンチが一歩近づいて、ケンドラの顔から髪を払った。「ほんとうに、ほかにぼくにできることはないか？」

また沈黙が続いた。

銃弾のような問いかけだった。体が震え、息が浅くなる。ケンドラは首を振った。

「そろそろ……きみを休ませてやったほうがよさそうだ。お互い論理的でいようと決めたのだから」

ケンドラは答えなかった。

沈黙が流れる。

「じゃあ……」リンチがドアのほうへ体を向けはじめた。

彼は合図を待っている。なんらかの合図を。

それを与えたいと思っている自分に、ケンドラは気づいていた。

「おやすみ」リンチは低い声で言い、片手でケンドラの頬をなで、部屋を出ていった。

ケンドラは、いつしか詰めていた息を吐き出した。ふたりのあいだの磁力の名残で、まだ体が震えている。頬のふれられた部分がほてり、うずいた。

飛行機のなかではただただ眠りたいと思っていたのに、いまはもう眠れそうにない。

リンチのせいで。


「ケンドラ。ケンドラ、起きろ」

ケンドラははっと目を開け、ここはどこなのかととまどった。そして思い出した。

エリック・コルビー。

ばかばかしくも豪華な郊外の要塞。

ビキニモデルのアシュリー。

驚くほどの、けれどももどかしいリンチの抑制。

「起きるんだ」リンチが見おろすようにそばに立っていた。シャツのボタンは留まっておらず、ズボンのファスナーもいまあげているところだ。髪は乱れ、緊迫した表情を浮かべている。ケンドラは窓を見て、外がまだ暗いことに気づいた。

「いま何時？」

「三時半だ。起きろ。出かけるぞ」

ケンドラは体を起こした。「いったい何事なの、リンチ」

「グリフィンから電話があった。また殺人が起こった」

サンディエゴ　ユニバーシティ・アヴェニュー
〈ゴー・ニュークリアー・ダンスクラブ〉

ケンドラとリンチはクラブの入り口に向かった。ロープが張られ、居残りを決めこんだ常連客たちが遠巻きに成り行きを見守っている。

リンチが外にいた警官に身分証をかざし、ケンドラのためにドアを開けた。

「ああ、おふたりとも」メトカーフが近づいてきた。「ずいぶんお久しぶりですね」

「これまでにわかったことは？」ケンドラは尋ねた。

「被害者は二十七歳の女性です。男性トイレの個室で発見されました」

「男性トイレ？」リンチが言った。

「こういう場所では女性トイレに長い列ができますから、女性が男性トイレをこっそり使うのはめずらしくありません」

「どんな体勢だったの？」ケンドラは尋ねた。

「膝をついて、便器を抱きかかえるような恰好《かっこう》をしていました」

よみがえった記憶に、ケンドラは身を震わせた。「フェニックスの事件のように……」

「ええ、フェニックスのように」メトカーフが言った。

「グレゴリー・ハモンド」ケンドラは唾をのみこんだ。「ハモンドはドラッグやセックスを餌にクラブ客をトイレの個室に連れこんで、殺害したあとそういう恰好をさせたのよ。ときには閉店時間まで遺体が発見されないこともあった」

「彼女を見た者がふたりほどいますが、気分が悪いだけだと思ったそうです」

「胃の中身を吐き出しているらしい人の世話なんて、いちばんやりたくないことだもの」ケンドラは言った。「首の傷から出た血は便器に流れ落ちていたのね?」

「はい。誰も血には気づきませんでした。発見の一時間前には死んでいたと思われます」

「サンディエゴ市警はフェニックスの事件との類似に気づいているのか?」リンチが尋ねた。

「殺人課の刑事がすぐに気づきました」メトカーフが答えた。「数日前に指示してあったので、一致する事件がないか気をつけていたようです」

リンチは店内を見まわした。捜査官と従業員の姿しかない。「被害者が誰かといっしょにいるのを見た者はいないのか?」

「いまのところはいません。防犯カメラも二階のオフィスにしかないそうです」メトカーフはトイレを手で示した。「見てみますか」

ケンドラは開いたままのドアを見た。先ほどから五、六人の捜査官が出入りしている。

「ええ、早くすませてしまいましょう」

三人は広い男性トイレに入った。個室が六つあり、いちばん奥の個室の前に女性の遺体が横たわっていた。仰向《あおむ》けで、まわりには撮影係とふたりの捜査官がいる。

グリフィンがドアの近くに立っていた。「もうじき作業が終わる」

「被害者は誰とここに来たんだ？」リンチが尋ねた。

「連れはいない。常連客で、いつもひとりで来ていた。バーテンダーがふたりほど、被害者を知っていた。家に障害のある子どもがいて、息抜きにここに来ていたらしい」

ケンドラはグリフィンを見た。「障害って？」

「わからない。とにかく、なかなか家を空けることができなくて、ここに来るのが唯一の楽しみだったようだ」

ケンドラは遺体を振り返った。まさか。

すばやくトイレの奥に向かう。

捜査官がそれを止めようとした。「すみませんが、作業中なのでさがって――」

「通して」ケンドラは遺体の顔をのぞきこんだ。「ああ、そんな」

「ケンドラ？」リンチたちがそばに来た。

足が震え、ケンドラは床に膝をついた。気づくと涙がこぼれ落ちていた。「知ってるの……この人を知ってるのよ」

リンチが膝をつき、ケンドラを支えた。「誰なんだ」

かつては生き生きとしていた女性の顔から、ケンドラは目を離すことができなかった。

「ダニカ・ビールよ」

リンチはグリフィンを振り返り、グリフィンは了解のしるしにうなずいた。

ケンドラは頬の涙をぬぐった。「彼女の家に行ったことがある。娘さんがわたしのクライアントなの。祖父母もいっしょに住んでるのよ。娘さんは広場恐怖症で、その治療をしていたの。なんてこと……」リンチを見る。「このあいだ、波止場で会ったでしょう」

リンチはうなずいた。

「かわいそうに。それに、小さなゾーイ……」ふいに、恐怖が突きあげた。「わたしのせいなのね」

リンチはケンドラの顔を自分に向けさせ、目を合わせた。「ちがう。そう考えるのはわかるが、これは野放しになっているあの異常者の仕業だ。ほかは誰も悪くない」

ケンドラは首を振った。「あの男はゲームをしてるのよ。わたしがいなければ、ダニカはまだ生きていて、家でゾーイのそばにいた」

「そうかもしれない。そして、ぼくたちはやはり、死ぬべきではなかったほかの誰かのそばに立っていただろう。きみのせいではないんだ、ケンドラ。どんな形でも」

グリフィンが頭を振った。「この母親は、夜中の二時にパーティーに出ているべきではなかったのかもしれない」

ケンドラはすばやくグリフィンを振り返った。「ばかを言わないで」鋭い口調で言う。

「ダニカは娘に自分のすべてを捧《ささ》げていた。いえ、それ以上を」

「わたしはただ……」

「もう何も言わないで、グリフィン。さらに墓穴を掘るだけよ」

グリフィンはドアを手で示した。「彼女を外に連れていけ、リンチ。新鮮な空気を吸わせたほうがいい」

ケンドラはリンチの手を振り払った。「放して。わたしはどこにも行かない」

グリフィンが顔をしかめた。「いまのきみの状態では――」

「どこにも行かないと言ったでしょう」ケンドラはダニカの顔を見おろした。「彼女のためにできることを全部やるまでは、どこにも行かない」

リンチが静かに尋ねた。「ほんとうにだいじょうぶか?」

ケンドラは深く息を吸った。「少しだけ時間をちょうだい」

目を閉じ、気持ちを整理する。

感情を切り離して、集中するのよ。

ケンドラは遺体のそばにひざまずき、生前のやさしいダニカの面影を頭から締め出した。頭から爪先までを眺めたあと、喉を横切る傷をじっくり調べた。顔を近づけ、顔と手も詳しく観察する。

そして、立ちあがった。

「どうだ?」リンチが尋ねた。

「犯人は左利きよ。コリーン・ハーヴェイの家で見たマイアットもそうだった」

「首の傷でわかるのか?」

「傷の角度から見て、犯人は背後から被害者を抑えこんだあと、右から左に切りつけている。犯行時に焦げ茶の革手袋をはめていたはずだから、革手袋をした者を見なかったか従業員に訊《き》いてみるといいわ」

若い捜査官が近づいてきた。「ハーブ・エロンといいます。革手袋というのは? どうしてわかったんですか」

「喉を掻《か》き切ったとき、犯人はもう一方の手で被害者の口を押さえ、悲鳴が漏れないようにしなくてはならなかったはず。噛《か》まれることを予想して、犯人は厚い手袋をはめていたのよ。彼女の歯を見て。門歯のあいだに茶色の革の切れ端がふたつついているでしょう」

エロンは懐中電灯で被害者の口を照らした。「ほんとうですね」

「近隣の防犯カメラも調べたほうがいい。南カリフォルニアでは、建築現場以外で革手袋をはめている人は滅多に見ないから」

リンチがうなずいた。「いい考えだ」

「それから、犯人の顔か首にひっかき傷があるかもしれない」

別の捜査官が口を開いた。「爪は調べましたが、皮膚片も血もありませんでしたよ」

「右手の指が液体の抗菌ソープで洗われているの。〈クチクラ〉のものよ」

捜査官が眉を寄せた。「どうしてわかるんです?」

「においがするの」

「そのソープは使ったことがありますが、〈クチクラ〉は無香料ですよ」

「それは香料を使っていないという意味で、無臭とはちがう。マイアットは被害者を殺したあと、右手の爪を洗ったのよ。引っかかれたから。血や皮膚細胞を洗い流そうとしたんでしょうけれど、抗菌ソープでは人間のDNAは取り除けない。だから解剖でよく調べれば、いくらか採取できるかもしれないわ」ケンドラはグリフィンを見た。「彼女は犯人を指し示してくれるかもしれない」

「ほかには?」リンチが尋ねた。

「マイアットは金属ベルトのついた腕時計をしていたかもしれない」ケンドラは被害者の顎の下にある擦り傷を指さした。「喉を切るときに、顎にも傷がついたのよ。金属ベルトのついた腕時計だと思うけれど、ブレスレットの可能性もある。いずれにせよ、犯人が気づかないうちに、被害者の血や皮膚細胞が付着したかもしれない」

「誰か、メモをとったか?」グリフィンが尋ねた。

メトカーフがペンを走らせていたメモ帳を持ちあげた。「はい」

グリフィンはケンドラに目を戻した。「ほかにもまだあるか」

「トロリーの停留所近くの防犯カメラも確認したほうがいいと思う。被害者は尾行されていた可能性があるから。たぶん彼女はナショナル・シティからトロリーに乗って、この通りの二ブロックほど先で降りたのよ」ケンドラは、ダニカのぴったりとしたズボンの前ポケットを指さした。「彼女は財布を持っていない。テーブルに置いてあった？」

グリフィンが首を振った。「財布はなかった」

「それなら、このポケットにクレジットカードとリップスティックを一本くらい入れているかもしれない。でも、見てわかるように、家の鍵は持っているかもしれないけれど、車のキーは持っていない。あればもっとかさばっているはずよ。ダニカはきちんとした人だったから、お酒を飲んだあとに運転するとは思えない。裕福ではなかったから、タクシーも考えにくい。たまたま知っているんだけれど、彼女の家から二ブロックのところにナショナル・シティのトロリーの停留所があるの。どこかのポケットにトロリーの往復チケットか定期券が入っていると思う」

ケンドラは遺体から数歩離れ、短く息をついた。疲れた。つらい仕事だった。

「だいじょうぶか」リンチが尋ねた。

「ええ。わたしにわかるのはこれだけよ」

「上出来だ」グリフィンが言った。「ケンドラ、さっきのことだが、冷淡なことを言ったと思われたなら、それは謝る――」

「ダニカがどんな毎日を過ごしていたか、あなたは知らない。勝手な判断はしないほうがいいわ」ケンドラはみなに背を向けた。「外の空気を吸ってきたほうがよさそう。向こうで待ってるわ」

男性トイレを離れ、逃げるようにしてクラブの外に出た。歩道に着くと、しゃがみこんで吐き気と闘った。恐怖の波が全身に押しよせる。

この物語はあんたがほんとうの痛みを知るまで終わらない、い、い、い、い、い、い、い、い、い、い、い、い、い……。

コルビーの言葉が脳裏にこだまする。

恐怖は新しい物語の一部だ。

闘うのよ。

あの男に勝たせてはいけない。

わたしが考えているのはコルビーのことだろうか、それともマイアットのこと？　たぶん両方だ。マイアットはコルビーの延長、あの悪魔の一部だ。コルビーが指示を出しているにしても、マイアットはその分身といえる。

そしてその分身が、幼い子どもに必要とされている母親を殺した。

ベッドで寝ている小さなゾーイは、やがて母親のいない世界で目を覚ます。父親はいないが、大好きな家とやさしい祖父母がいるのがせめてもの救いだ。

ケンドラはようやく体を起こした。冷たい空気が頬に心地いい。何度か深呼吸をした。

「気分はよくなったか？」

振り返ると、リンチが店の入り口に立って、こちらを見つめていた。

「だいじょうぶよ。あそこから出たかっただけ」

「彼らはきみが被害者を知っているとは思わなかったんだ。ぼくも、知っていたら来させなかった」

「わたしを止めることはできなかったと思うわ」

リンチは悲しげに唇をゆがめた。「そうだな。だが、前もって警告することはできた」

ケンドラは上着をしっかりと体に巻きつけた。「わたしが要塞で安全に守られていても、問題ではないのね。マイアットはわたしの大事な人たちに近づける」

リンチはうなずいた。「全員を守ることはできない」

「ええ。あの男もそれをわかってる。わたしを苦しめたいというだけで、わたしとかかわりのある女性を殺すなんて。わたしがほんとうの痛みを知るとコルビーが言っていたのはこのことだったのよ」

「捜査から離れるか？」

「いいえ、そんなことをしても何も変わらない。コルビーはわたしや、わたしの大切な人たちを追いつづける。あの男を止めるしかないのよ」ケンドラはクラブの入り口で輝くネオンを見あげた。「前にも言ったように、コルビーとマイアットのつながりを突き止めなくては。それが鍵になる」

「刑務所で入手した情報の分析をすでにはじめた。すぐにも手がかりが見つかるだろう」

「そうだといいけれど」ケンドラはクラブの入り口に目を戻し、なかから出てきたグリフィンとメトカーフを見た。「グリフィン、わたしの護衛を戻してもらえないかしら」

グリフィンはリンチを手で示した。「いまはリンチが護衛なのかと思っていたが」にやりと微笑む。「役に立たないとわかったか」

「わたしじゃなく、母と友人のオリヴィアにつけてほしいのよ。マイアットはわたしのまわりの人間をターゲットにしはじめたようだから」

「なぜそのふたりだけなんだ？　クライアントの親が殺されることも予想していなかったんだろう」

「ええ。でも、知り合い全員を警護するわけにはいかないでしょう。あなたが許可するはずがない。マイアットがわたしを傷つけるために誰かを狙うとしたら、リストの先頭にあがるのはオリヴィアと母よ」

「すると、護衛がふたり必要になるのか？」

「ひとりでいいわ。事件が解決するまで、ふたりいっしょに街の外に避難させるから」

「承諾は得たのか？」

「いいえ、まだよ。でも、きっと受け入れる。わたしが説得するわ」ケンドラは顔をしかめた。「いやがられるとは思う。母もオリヴィアも仲がいいけれど、いっしょに暮らすには独立心が旺盛すぎるから」

「護衛か、どうだろうな。われわれは警備会社ではないし、そのふたりが狙われているという確証は――」

「議論する気はないわ、グリフィン。護衛をつけて。つけてくれないなら、わたしがふたりを連れて街を出る。そうしたらもう捜査を手伝うことはできない」

グリフィンは憎々しげな目を向けた。「いいだろう。どこに連れていくんだ?」

「わかったら直接知らせるわ。いまは電話回線を信用できないから」

グリフィンは肩をすくめた。「わかった。なんとかしよう」

「ありがとう。いまからふたりに話すわ」

メトカーフが腕時計を見た。「朝の四時四十分ですよ」

「一刻の猶予もないのよ。まずふたりを説得しなくちゃ。刑務所の情報の分析はいつ終わるの?」

「リードが空港から直接オフィスに戻って、ケースファイルにデータを入力している。ここに呼ばなかったのはそのためだ」グリフィンは駐車場を横切って自分の車に向かいはじめた。「そちらの用がすんだらオフィスに来てくれ。状況を確認しよう」

「いま何時だと思ってるの？」

オリヴィアはドアを開け、ケンドラとリンチを部屋に通した。ローブのベルトを結び、乱れた髪を指で梳《す》く。

「犯行現場から戻ってきたばかりなの。また殺人があったのよ」

「それで、このとんでもない時間に話をしなくてはと思ったわけ？」

「今回はいつもとちがうのよ、オリヴィア。殺されたのはわたしの知っている人なの」

「なぜそれを先に言わないのよ？」オリヴィアの顔から苛立《いらだ》ちが消えた。「残念だったわね。誰だったの？」

「クライアントの母親よ。犯人はわたしとかかわりのある人に狙いを定めているようなの。それで、あなたに頼みがあって」

「わたしにできることならなんでも――」

そのとき、隣の部屋からものがぶつかる音がした。

ケンドラははっとした。「なんの音？」

「何も聞こえなかったわ。それで、わたしは何をすればいいの、ケンドラ」

「でも、いま確かに――」

リンチが肩のホルスターから銃を抜いた。「ここにいてくれ。確かめてくる」

「だめよ」オリヴィアがきっぱりと言った。「行かないで」そして、しばらくして肩をすくめた。「お客がいるのよ、わかった？」

リンチは動きを止めた。「……ああ」

「そういうこと。話を戻しましょう」

ケンドラが答えに窮しているうちに、また寝室から音がした。

オリヴィアはため息をついた。「ああもう、象が歩いてるみたいね」そして、寝室に向かって呼びかけた。「ドン、出ていらっしゃいよ」

数秒後、ドナルド・ネルソンがシャツをズボンにたくしこみながら廊下から現れた。

「やあ、どうも」

「まあ」ケンドラは驚きを押し隠しながら言った。「ここで会うとは思わなかったわ、ネルソン捜査官」

リンチはオートマチックをホルスターに戻し、ネルソンにうなずいた。「だが、ちょうどよかった。新しい任務について、グリフィンが電話で話す手間が省ける」

「それはそうだけど」ケンドラはまごついていた。状況は明らかだが、どう反応すればいいのかわからない。「ええと……その……」

オリヴィアはまじめな顔をしていたが、上向きにカーブした口角が本心を明かしていた。この状況をおもしろがっているのだ。「何か頼みがあるんでしょう？」

「そう、そうなのよ」

ネルソンが玄関を指さした。「席をはずしましょうか」

「その必要はないわ」ケンドラは言った。

リンチがうなずいた。「きみにも関係ある話だ。グリフィンの許可を得て、オリヴィアとケンドラの母親に護衛をつけることになった。きみをその任にあてるかどうかについてはグリフィンは何も言っていなかったが、これまでもケンドラの護衛をしていたことだし……」

「グリフィンからは何も聞いていませんが」

「さっき別れたばかりなの」ケンドラは言った。「それに、まだ五時にもなっていない。あなたの睡眠時間を尊重したんだと思うわ、わたしたちとちがって」そして、オリヴィアのほうを向いて言った。「頼みというのは、ここを離れてほしいということなの。あなたと母に、マイアットが手出しできない場所に行ってほしいのよ」

「わたしたちに逃げろと言うの？」

「銃弾をかわしてほしいのよ」

「わが家を離れろと言うんでしょう。生活から離れろと」

「ノートパソコンを持っていけば、サイトはどこからでも更新できるでしょう」

「そういう問題じゃない。逆の立場なら、あなたは街を離れたりしないはずよ」

「大変なお願いだってことはわかってる。でもさっき、クラブの男性トイレで喉を掻き切られて死んでいる女性を見てきたのよ。小さな娘さんがいたのに。彼女はわたしを知っていたという以外、なんの非もなかったの」

オリヴィアは首を振り、何も答えなかった。

なんとか説得しなくては。「怪物が野放しになってるのよ」ケンドラはオリヴィアの手を握った。「わたしは全力をつくして犯人をつかまえるつもり。でも、あなたや母の心配をしていたら捜査に身が入らない。犯人を止めなかったらこれから殺されるかもしれない人たちのためにも、受け入れてくれない？」

オリヴィアは顔をしかめた。「ケンドラったら。罪悪感に訴えるなんて」

「無理やり行かせることはできないけれど、行ってくれるとうれしいわ」ケンドラは少し間を置き、もう一枚のカードを切った。「あなたに母の面倒を見てもらいたいのよ。母がどれだけ頑固で意志が強いか知ってるでしょう」

オリヴィアはうめいた。「お母さまはこの話をもう知ってるの？」

「ここに来る途中で電話をしたわ。にべもなく断られた。このあと母に会うつもり」

「説得には骨が折れそうね」オリヴィアは不機嫌に言った。「街を離れるのはどれくらいになるの？」

ケンドラはしばらく考えた。「少なくとも数日ね。それより長くなりそうなときはまた相談させて」

「ぜひそうしてちょうだい」

「じゃあ、行ってくれるのね？」

オリヴィアはしばらくためらっていたが、ついにうなずいた。「ええ」そして、付け加えた。「でも、あなたも来てほしい」

「こう言ったら安心してもらえるかどうかわからないけれど、わたしもゆうべ部屋を出たの。いまはリンチの家にいるのよ。あれ以上安全なところはない」

「それを聞いてほっとしたわ。家を離れたことはドンが教えてくれたの」

ケンドラは興味津々でネルソンを見た。ネルソンは表情を保とうと必死だ。「そうでしょうね。さあ、荷作りを手伝うわ」

ケンドラはオリヴィアと寝室に入り、ドアを閉めるなりささやいた。「いったいどうなってるの？」

「どうなってるかって？」オリヴィアは無表情で言った。「ダッフルバッグをとって」

「とぼけないで。わかってるくせに」ケンドラはいたずらっぽく付け加えた。「あのかわいそうな捜査官を誘惑したのね？」

オリヴィアは笑い、自分でダッフルバッグを取りあげた。「わたしも驚いてるのよ」

「何があったの？」

「もう、わかってるくせに」

「ええ、でも、どうしてそういうことになったのよ？」

「詳しいことを聞きたいの？」オリヴィアは引き出しを開け、ブラウスのタグにつけた点字を探った。何枚かを選び、バッグに入れる。「彼がゆうべ訪ねてきたのよ。お別れの挨拶をしたいって」

「あれが彼流の別れの挨拶なの？」

オリヴィアは微笑んだ。「ちがうわ。護衛の任務が終わったと言いに来たの。わたしに会えなくなるのはさびしいと言ってくれた。すてきじゃない？」

「かわいいわね」

「やめてよ。それで、ちょっと部屋にあがってもらったのよ。でも、もう会えないと思ったら急に悲しくなって……帰したくなくなったの。そうしたらいつの間にか――」

「彼に逃れる術《すべ》はなかったわけね」

「あら、文句は言ってなかったわよ」

「それはそうでしょうね。それで……これは一夜の火遊び？　この先はあるの？」

「わたしが訊きたいわ。前に言ったでしょう、わたしは興味があるって。彼はベッドでもすばらしかった。でも、未来はないかもしれないわね。この家や日常からわたしを追い出そうとしているのはあなたよ」

「彼もいっしょに行くかもしれないわ」

「お母さまもいっしょでしょ」オリヴィアは渋い顔をした。「ロマンティックな逃避行とは言えない」

「そういうものじゃないんだもの。彼は仕事で行くんだから、気を散らしちゃだめよ」

「心配しないで」オリヴィアはジーンズや靴、化粧道具の入ったジップロックの袋をバッグに詰めた。「彼はいい人だけど、わたしやお母さまの命と引き換えにする気はないわ」ダッフルバッグを閉じて、肩にかける。

「準備できた？」

「ええ。出るときにノートパソコンと、仕事用のナップサックと、机の脇にある箱をいくつか持ってきて。記事やレビューを書くつもりだから」オリヴィアはケンドラを振り返った。「ところで、どこに行くの？」

「まだわからない。母と相談しないと。母は仕切るのが好きだから、そのほうが説得しやすいと思って。どこか、誰も予想できない場所でないといけないの」

「誰も？」オリヴィアは微笑んだ。「わたしたちもってことね」

「そういうこと」

10

ラ・ホヤ
カリフォルニア大学サンディエゴ校

「だめだめ、絶対いやよ」

ケンドラは母とふたり、人文社会学部棟にある円形の講義室、レデン講堂にいた。まだ七時少し前で、予想どおり、母はそこで朝いちばんのクラスの準備をしていた。

そして、予想どおり、ケンドラの計画をきっぱりとはねつけた。

「あなたが事件を担当するたびに街を離れていたら、仕事をやめなきゃならなくなるわ」

「お母さん、今回は話が別なのよ。犯人はわたしを狙ってるの。わたしのまわりの人が危険なのよ」

「これでようやく、あなたが捜査にかかわるたびにわたしがどんな思いをしているか、わかったでしょう」

「意趣返しで〝行かない〟と言ってるの？」

「そうじゃない。わたしには生活があるのよ」

「だから、それを守ってもらうために――」

そのとき、講堂の正面のドアが開いた。ケンドラとディアナが振り返ると、ディーン・ハリーが歩みよってくるところだった。

彼はにっこりと笑った。「ケンドラ……ここに入っていったのが見えた気がしたんだ。お母さんの講義をのぞきに来たのかい？」

「そんな感じよ。おはよう、ディーン」

ディアナは壁の時計を見た。「あなたが十時前に起きるとは思わなかったわ」

「ちょっとオフィスで片づけなくちゃならない仕事があったんですよ」ディーンは大仰に腕を広げ、ケンドラに言った。「これこそ運命だと思わないか？」

ケンドラは微笑《ほほえ》んだ。「運命はあまり信じてないの」

「それなら、うれしい偶然ということにしておこう。とにかく、会えてうれしいよ」ディーンはケンドラからディアナに目を移した。「何か邪魔してしまったかな？」

「母の強情っぱりをね」

「それは誰にも邪魔できない」

ケンドラはリンチのタブレット端末のカバーを開け、胸の前に掲げた。

「写真でも撮るの？」ディアナが尋ねた。

「いいえ、見せたい写真があるの」

画面に、血まみれの死体が映し出された。

「ちょっと！」ディアナがあとずさり、両手を持ちあげた。「いきなり見せないでよ」

「二週間前に殺されたこの女性は、事前に警告してはもらえなかったわ」ケンドラは画面をスワイプし、別の写真を表示した。ピアノ線で首がほとんど切り落とされている。

「ケンドラ！」

ディーンは吐きそうな顔をしていた。

また画面を変え、胸にラテン語が刻まれた死体を映し出す。

ディアナが眉を寄せた。「ケンドラ、もういいわ」

ついにディーンが顔をそむけた。「また死体……これがぼくたちの恒例行事になるのか？　ぼくがこういうのを好きだと思っているなら、大いなる誤解だよ」

ケンドラはタブレットを母の顔に近づけた。「見て。わたしが相手にしているのは、こういうことをする病んだ人間なのよ。数時間前には、わたしのクライアントの母親が殺された。だから、お母さんとオリヴィアに護衛をつけてもらうことにしたの」ケンドラは切迫した声で言った。「オリヴィアは目が不自由なのよ。頭がよくてしっかりしているけど、お母さんの助けが必要なの。これまでわたしを助けてくれたように、オリヴィアを助けてあげて。お願い、お母さん」

ディアナは長いあいだ黙っていた。「いつ出発すればいいの？」

「いますぐ。オリヴィアは外のリンチの車で待ってるわ」

「無理よ。あと二十分で講義がはじまるのに」

「ぼくが残って質問に答えたり、次回の読書課題を出したりしておこうか」ディーンが言った。

「そんなことを頼むわけには――」

「あなたが頼んだわけじゃない」ディーンは肩をすくめた。「ぼくが申し出たんです」

ケンドラはうなずいた。「ね？　それに、お母さんの助手の人たちも、講義の経験を積みたくてうずうずしてるわよ」

「やる気があってもその力があるわけじゃない。わたしほどのベテランの代わりは務まらないわ」

「お母さんが不出来な人を助手にするわけがない。任せてだいじょうぶだとわかっているはずよ。お母さんほどではなくても、じゅうぶんな講義ができる」

「どこに行くの？」

「誰も予想できないところ。これまで行ったことのない場所がいいわ。いい案はない？」

ディアナはしばらく考えこんだ。「ラグーナ山は？　前に、ある教授からラグーナ山の別荘をいつでも使っていいと言われたことがあるの」

「いいかもね。でも、いま空いている保証はないんじゃない？」

「木曜なのに？　十中八九だいじょうぶよ。電話して訊《き》いてみるわ」ディアナはそこで眉を寄せた。「でも、番号がいまわからないの」

「わかりますよ」ディーンが言った。携帯電話を取り出して連絡先を検索する。「ドクター・リッチモンドのことでしょう？　ここに来た最初の週末にお世話になったんです。学者一家にはおあつらえ向きの場所でしたよ」

ディアナがうなずいた。

数秒後、ディーンは顔をあげた。「教授の自宅とオフィス、携帯の番号をメールで送りました」にやりと笑う。「さあ、行ってください。さっきケンドラに見せられた写真のショックから立ちなおる時間が必要なので。二十分後の講義に間に合わせないと」

カリフォルニア州　ラグーナ山
午前十一時三十七分

「いいところだな」リンチはクリーヴランド国立森林公園を望む丘に立つ、素朴な二階建ての家の前に車を停《と》めた。前方にはディアナとネルソンの車が停まっている。「二、三日ここで過ごすのもよさそうだ」

「確かに」ケンドラはフェラーリから降りた。「でも、母とオリヴィアはそんな気分ではないでしょうね。ネルソンが来てくれてよかった。どちらかが逃げ出してもすぐに知らせてもらえるもの」

「オリヴィアが彼を説得して、いっしょに逃げたらそのかぎりじゃない」リンチはつぶやいた。「オリヴィアがあんな妖婦だとは思わなかったよ」

「いろんな面を持ってるのよ。自分の力で人生を切り開いてこなくてはならなかったし、それを彼女なりの方法でやってきたの。でも、オリヴィアは頭がよくてきちんとした人よ。母を傷つけるようなことはしない」ケンドラは母のほうへと歩き出した。

ディアナは自分の車のそばで、小ぎれいなかわいらしい家を見つめていた。その表情は浮かない。「お菓子の家みたいね」

「そう？　すてきよ」ケンドラは言った。「お母さんの好みではないかもしれないけれど、我慢できなくはないでしょう」ケンドラは間を置いて言った。「正しいことをしていると思えばなんでも我慢できるものよ。そして、お母さんはまさしく正しいことをしている」

「そうかもね」ディアナはケンドラを振り向いた。「ここに突っ立って何をしてるの？　わたしたちを送ってきたんでしょう。さっさと戻って、こんな事態を引き起こした犯人をつかまえてちょうだい」

ケンドラは微笑んだ。「承知しました。じゃあ行くわね、気をつけて」

「もちろん気をつけるわよ」

ケンドラは小道の先を見あげた。ネルソンが玄関の鍵を開けようとしていて、オリヴィアがそれを待っている。「オリヴィアのこともよろしくね」

「あの子はうちに出入りして育ったのよ。危ない目に遭わせるものですか」ディアナは顔をしかめた。「でも、わたしのほうが世間をよく知ってるってことを、あの子はときどき忘れるのよね」

「オリヴィアは大人よ、お母さん」

「でも、目が不自由なのよ」ディアナはぶっきらぼうに言い、小道をのぼりはじめた。「それに、オリヴィアのまわりをうろついているあの若いＦＢＩ捜査官も何もわかっていない。オリヴィアに家のなかを説明して、新鮮な森のにおいが入ってくる部屋を選んでやらなくちゃ。森を渡る風の音が聞こえる部屋を」

「ここから逃げ出さない部屋にしてね」ケンドラは後ろから声をかけた。

「もちろんよ」ディアナは振り返り、腕を広げた。「いらっしゃい」

ケンドラは母のもとに駆けより、その胸に飛びこんだ。

愛情。

安心感。

「ありがとう、お母さん」ケンドラは強く抱きついて言った。「大変なことをさせてるのはわかってる。長くはかからないと約束するわ」

「わたしが約束してほしいのは、あなたにあの怪物の指一本もふれさせないことよ」
「誓うわ」最後にもう一度腕に力をこめてから、ケンドラは体を離した。「さあ、行って
オリヴィアの世話を焼いてあげて」あいまいな笑みを浮かべる。「あのＦＢＩ捜査官でも
いいわ。とにかく、世話が必要なほうに」
「あなたの指図はいらないわ」ディアナはかすれた声で言い、玄関に向かいはじめた。
「行きなさい。あなたはいつもぐずぐずしてるんだから」
　ケンドラは体の向きを変え、足早にリンチのフェラーリに戻った。
「もういいのか？」リンチは助手席のドアを開けながら、ケンドラの表情をうかがった。
　ケンドラはぎこちなくうなずいた。「ふたりを残していきたくないわ。わたしがそばに
いて守りたい」
「ネルソンは優秀な捜査官だ。経歴を調べた」リンチは運転席に乗りこんだ。「それから、
ロサンジェルスに住んでいる元特殊部隊員の友人に連絡をとって、今夜からこのあたりを
見まわってもらうことにした。いまこちらに向かっているところだ」
「そうなの？」ケンドラは息をのんだ。「ありがとう、親切なのね」
　リンチは肩をすくめた。「できるかぎりのことはするさ。きみが心配のあまり爪を噛《か》ん
でいたら捜査が進まない」
「そんなことにはならないわよ」ケンドラは微笑んだ。「それでも、思いやりのある気遣

いだと思う。あなたは認めたくなくても」

「いや、喜んで認めるよ。これで、きみに立派な人物だと思ってもらえるようになる」ケンドラが笑い出すと、リンチは首を傾《かし》げた。「いや、きみは賢いからそんな罠《わな》には引っかからないな。だが、少しは気を許してもらえるようになるはずだ」

気を許す……確かに、リンチに対する警戒心は薄れてきている。でも、母やオリヴィアを守ろうとしてくれる人に態度がやわらぐのは当然だ、とケンドラは自分に言い聞かせた。頭をまわし、丘の上のかわいらしい家を見やる。ぽつんと立つ家はひどくさびしく見えた。

「不安か」リンチが言った。

ケンドラはうなずいた。「男性トイレで倒れているダニカを見てから、ずっと怖くてたまらない」シートの上で背筋を伸ばし、まっすぐに前を見る。「でも、いまできることはすべてやったわ。マイアットがまたほかの誰かに手を出す前に、早くつかまえなくては」

あの女は自分が賢いと思っている。ケンドラが母親と別れてアダム・リンチのフェラーリに乗りこむのを眺めながら、マイアットはあざけりの笑みを浮かべた。

賢くないわけではない。コルビーを罠にはめ、刑務所送りにしたのだから。だが、これまでマイアットには迫れていないし、これからも迫れないだろう。この数カ月、コルビーからさまざまなことを学んだおかげで、自分が無敵になったように感じる。ときにはコルビーよりも上だと思うほどだ。

いや、いまの言葉は撤回する。マイアットは不敬な考えを追い払った。

コルビーは師だ。尊敬しているし、師に持つことができて幸運だった。

だがコルビーも、外で動かす駒を得られて幸運だったのだ。マイアットは指示どおりに動き、コルビーさえもがほめたたえた輝かしい才能を発揮することで、彼自身も満足を味わっている。自分たちはふたりで完全な存在となるのだ。

マイアットが車を停めている、木に覆われた脇道のそばを、ケンドラとアダム・リンチが通りすぎていった。先ほど三台の車が森のはずれの目的地へと向かったときにも、マイアットはここから観察していた。

つけていこうか？　それともここに残って、彼女の母親と盲目の女に忍びよろうか？

決行の日のために下調べをしよう。そして母親の車にGPS発信器をつける。リンチが常にケンドラと行動をともにすることに気づいたときに、リンチの車に取りつけたのと同じものを。それから街に戻ってケンドラを監視する。

だが、その前にしなくてはならないことがほかにもいくつかある。

時間は貴重だ。そして、最後までミスのないよう万全を期さなくてはならない。ポケットからメモ帳を取り出し、開いた。コルビーにはメモをとるなと言われている。すべて暗記しろと。だが、本人に知られなければ害はない。コルビーが詳細を矢継ぎ早に話すので、覚える暇がなかったのだ。すべてが終わったらメモ帳はいつでも処分できる。

たとえば、いろいろな難しい名詞をまちがえないようにしなくてはならない。テトロドトキシンや、ハーヴェイの家で警官に使った臭化ベクロニウムは、コルビーのアイディアだ。

コルビーがケンドラ・マイケルズのために練った計画を、すべてつつがなく実行しなくてはならない。

マイアットは丘の上の家を振り返った。ケンドラが大切にしているふたりの人間が、手の届く場所にいる。

手の届く場所に……。

サンディエゴ
FBI支局

エレベーターのドアが開き、ケンドラとリンチはFBI支局の内装工事中のフロアに降り立った。ケンドラの過去の事件のボードが、長い折りたたみ式のテーブルふたつを取り囲んでいる。ほかにもホワイトボードが増え、今回の連続殺人の写真やメモが張り出されていた。

ケンドラはまっすぐ前を見て、ナイトクラブの男性トイレの写真が目に入らないようにした。代わりに、グリフィンやメトカーフ、リード、ほかの捜査官やサポートスタッフたちに注意を向ける。

「みな、問題はないか？」グリフィンが尋ねた。

「いま母とオリヴィアを送ってきたわ。機嫌はよくないけれど、ともかく安全よ」ケンドラは付け加えた。「そう願うわ」

「捜査官を護衛につけた以上、近いうちに彼らの居場所を教えてもらう必要がある」

「住所をメモしてあるから、あとで教えるわ」

「わかった。ネルソンは、ずいぶんと熱心にこの任務を続けたがっていた。きみの友人と母親の護衛で、きみ自身の護衛ではないと説明したんだが」

ケンドラはグリフィンから目をそらし、ボードを見るふりをした。「そうなの？」

リンチがまじめくさった顔でうなずいた。「仕事熱心な部下を誇りに思うべきだな。いい捜査官だ」

グリフィンはぎこちない空気に気づいたようだったが、それにはふれずに続けた。「そうだな、ネルソンは成長している」

ボードに目を向けているうちに、ケンドラはあるものに気づいた。「これは何？」〝マイアット〟と書かれたホワイトボードを指さす。

グリフィンはボードに歩みより、ケンドラとリンチのほうに向けた。「いま作成中のプロファイルだ。やつがコルビーと組んでいるなら、連続殺人犯としては稀《まれ》な部類に入る」

「複数犯ね」

「そうだ。ほとんどの連続殺人は単独で行われる。日常生活で無力感を覚えている人間が、綿密に計画した殺人を実行することでまわりを支配し、力を持つ感覚を味わおうとするからだ。複数犯となるとまったく性質が変わる。特に、片割れがコルビーのような悪名高い男であればなおさらだ」グリフィンはボードに列挙された特徴を見た。「コルビーが主犯とすれば、マイアットは他人の命令で動くことに心地よさを感じるタイプで、元軍人の可能性もある。そして几帳面《きちょうめん》だ。こういう人物は特定の分野に強い関心を抱くことが多い」

ケンドラは後ろを振り向いた。「あなたとコミック本のようなものね、メトカーフ」

メトカーフは肩をすくめた。「あるいは、あなたと音楽療法のような」

「一本とられたわ」ケンドラはボードを見つめた。「マイアットはコルビーを崇拝しているんでしょうけど、模倣している殺人犯たちの上手《うわて》に出るのを楽しんでもいる」

リンチがうなずいた。「ほんとうにコルビーと組んでいるのなら、マイアットがコルビーの手口を模倣していない点はどう考える？」

「敬意でしょう」リードが言った。「師を侮辱したくないのでは？」

「あるいは、あとにとってあるか」ケンドラは言った。「考えたくはないけれど、もっと大きなことを計画しているのかも」

「時間との闘いだな」リンチが言った。「マイアットの正体を知る唯一の人間は、あす処刑される」

「州知事に連絡をとったらどうでしょう」メトカーフが言った。「捜査が完了するまで処刑を延期することに同意してくれるかもしれません」

グリフィンが頭を振った。「コルビーは慎重な受け答えをしている。今回の犯人と連絡をとっていることも、犯人の正体を知っていることも、いっさい認めていない。コルビーが口にしたのは、やつを破滅に追いこんだ者への愚弄でしかない」

「それに、知事は処刑を望んでいる」リンチが言った。「支持者たちがコルビーの処刑を求めているからだ。やつは子どもの首をポールに突き刺した。そういう行為は強い反感を引き起こす。コルビーから聞き出す必要のあることは、処刑までに聞き出すしかない」

またしてもケンドラの背筋に冷たいものが走った。「コルビーなんて必要ない」山積みになったファイルを示す。「これは刑務所長からもらった記録?」

グリフィンがうなずいた。

「何か見つかった?」

「まだだ。だが、引きつづき調査を進めている」グリフィンはメトカーフをちらりと見てから言った。「少し前に、奇妙な電話があった。きみに関するものだ」

「わたしに?」

「ボビー・チャッツワースという名前を聞いたことはあるか」

「いいえ。知っているはずの人なの？」

「そうとは言えない。イギリスの二流のテレビ局で働いている人物だ。とりあえずレポーターと呼ぶが、そんなたいそうなものではない。イギリスで死刑制度を復活させる運動をしている」

「ほんとうなの？」

「実現はしないだろうが、彼はかなり名を売った。そこが狙い目なんだろう。とにかく、北カリフォルニアからコルビーの死刑執行に関するニュースショーを放送していて、彼とクルーはきのうわれわれと同時刻にサン・クエンティンにいたらしい」グリフィンはそこで言葉を切った。「彼らは、きみにインタビューをしたいと言っている」

「なぜわたしなの？」

「コルビーをつかまえたのはきみだからだ」

「あの男の頭を石で叩《たた》き割ったのよ」

「それならばなおいい。きみは事件についてコメントはしないと伝えたが、彼らは取材の過程でわれわれの役に立つかもしれない情報をつかんだと言っている。インタビューに応じてくれればそれを渡すと」

「もちろん電話を切ってくれたのよね」

グリフィンは腕時計を確認した。「実を言うと……チャッツワースのプロデューサーが上階の会議室にいる」

「なんですって？」

「何も約束はしていない。彼らが持っている情報を渡せば、きみに会って説得する機会を与えるとだけ言った」

ケンドラはグリフィンをにらみつけた。「情報を持っているとさえ言えば、誰にでも赤絨毯《じゅうたん》を敷いてやるつもりなの？」

「話だけ聞いて、丁重に断ればいい。そうすれば彼らの情報が手に入る」

ケンドラはリンチに目を向けた。

リンチは肩をすくめた。「情報の提出を命じることもできるが、向こうはきっと拒否する。噂《うわさ》どおりの目立ちたがりやだとすれば、表現の自由を阻まれたと大騒ぎしかねない。話を聞くほうがずっと簡単だ」

ケンドラは小さく毒づいた。「いいわ。でも、カメラを見つけたら窓からほうり投げるから」

数分後、ケンドラはグリフィンたちと会議室に入った。リリー・ホルトがテーブルの上座につき、薄いバインダーを前に置いている。選んだ席と、堂々とした姿勢がケンドラの癇《かん》に障った。まるで彼女がCEOでこちらが部下のようだ。

ケンドラたちが部屋に入ってきても、ホルトは席を立たなかった。「ドクター・マイケルズ、お会いできてうれしく思います」

「さっさとすませましょう、ミズ・ホルト」ケンドラは手近な席に座った。「ご想像のとおり、わたしたちは忙しいので」

「わたしもです」ホルトは言った。

「ひとつ訊きたいことがあります。なぜコルビーにいま以上の注目を集めようとするんですか。あの男を喜ばせるだけなのに」

「エリック・コルビーが何を望むかはわたしたちの仕事には関係ありません。大事なのは視聴者が何を望むかです」

「視聴者は、自尊心のふくれあがった、病んだ男の大言壮語を聞きたがっていると？」

「いいえ」ホルトは口もとを引きしめて微笑んだ。「視聴者は彼が死ぬのを見たいんです」

プロデューサーの冷酷な物腰に、ケンドラは言葉を失った。

ホルトは続けた。「わたしたちは彼を祭りあげているわけではありません。彼が下劣な人間なのは明らかですし、いなくなればこの世界はどんなにか平和になるでしょう」

「あなたの番組はイギリスの死刑制度の復活を訴えていると聞いたわ」

「ええ、イギリスで最後の死刑が執行されてから半世紀がたちますが、国民の三分の二以上が死刑制度を望んでいます。ボビー・チャッツワースの番組は、司法制度に対する社会の不満を反映しているだけなんです」

「彼がその風潮を助長しているわけではないと言いきれるの？」

「その判断は社会学者に任せたいと思います。わたしに言えるのは、最近は放送時間の多くを、残虐な犯罪に巻きこまれた人々の報道に割いているということです。市民は怒っているんですよ。恐ろしい罪を犯した人間は、わたしたちとこの世界を分かち合う権利を剥奪されるべきだと感じているんです」

「そこにエリック・コルビーが登場したわけね」

「処刑日が決定されてすぐ、この話は視聴者の興味を引きそうだと思いました。コルビーの被害者遺族は、イギリスの被害者たちにはけっして叶《かな》わない方法で正義がくだされるのを見ることができる。わたしたちは、警察官や引退したＦＢＩ捜査官、被害者の近親者などにインタビューをして、コルビーの人物像を描き出しました。怪物のほんとうの姿を」

「わたしには何を求めているの？」

「あなたはほかの誰ともちがう方法であの恐怖を目の当たりにした。コルビーがＦＢＩ捜査官ふたりを殺すのを目撃したんです。そしてあの男に襲われ、生き延びた。そんな人間はあなたひとりです。さらに、コルビーを逮捕までした。あなたの物語はコルビーの物語と切っても切り離せない」

〝おれから離れることはできないぞ、ケンドラ……〟

コルビーの声が脳裏に響いた。

またしても。

忘れるのよ。もうじきあの男はただの記憶になる。悪夢にすぎなくなる。

「コルビーを人々の記憶に刻みつけるのを手伝う気はないわ」

「そういうふうに考えないでください。彼に対する総括とでも思ってもらえれば」

「部屋いっぱいの見届け人の前でコルビーが死ぬことそのものが、すべてを語るはずよ」

「ボビー・チャッツワースはそうは思わないでしょうね。きのう、あなたが刑務所から出てくるのを見ました。コルビーとどんな言葉を交わしたんですか」

「それについて話すつもりはないわ。いまも、これからも」

「ドクター・マイケルズ、ほんの十分でもインタビューに答えてもらえれば――」

「インタビューは受けない」

「わたしは善意でここに――」

「あなたがここにいるのは、わたしが会うのを承諾したからよ。あなたのような職業の人とこれまで面会したことはない。まわりに訊いてみて」

「それは知っています」

「それなら、すでに異例の配慮をしていることはわかるでしょう。さあ、あなたがたの持っている情報について教えて」

ホルトは唇を引き結んだ。「どうか考えなおしてもらえませんか」

「無理よ」

「残念です」ホルトは体の前で手を組んだ。「わかりました。取り決めは取り決めです」

そして、どこから話すか考えるように、しばらく黙りこんだ。「わたしたちは被害者の家族や法執行機関の関係者以外にも、コルビーと文通をしたり、直接面会したりした人々にインタビューを行いました。この週末には、コルビーに結婚を申しこんだ若い女性を取材しました」

ケンドラは嫌悪を隠そうとしなかった。「何より胸が悪くなるのは、求婚したのはおそらくその女性ひとりではないということね」

「そのとおりです。皮肉にも、コルビー自身もそういう女性たちを頭がおかしいと考えているんです。そのほかに、コルビーに興味を持っているジャーナリストや映画プロデューサー、犯罪ドキュメンタリー作家にも取材をしました」

「それで？」グリフィンがもどかしげに口を挟んだ。

「あなたがたがサンディエゴの連続殺人について調べていることは周知の事実です。そのあなたがたが、処刑間近になってコルビーのもとを訪れた。コルビーと今回の犯人になんらかのつながりがあると考えているのは明白です。すでに有力な手がかりや証拠をつかんでいるのかどうかはわかりませんが、その線を追っているのは確かでしょう」

「進行中の捜査についてコメントはできない」グリフィンは言った。

「そうでしょうね。でも、お互いに助け合えるのではありませんか。わたしたちが取材したなかに、外の世界でコルビーに協力している人物が含まれているかもしれません」

「面会者の記録はすでに入手している」

「でも、持っていないものもある」ホルトは三枚のDVDをバインダーから出してテーブルに置いた。「これです」

ケンドラはDVDを手にとった。「これは?」

「いま話した人々のインタビュー映像です。編集は加えていません。そちらでも聞きこみをはじめているでしょうが、きっと役に立つと思います」

ケンドラはDVDをテーブルに戻した。「わたしとのインタビューの見返りに渡したいものというのはこれなのね」

「ボスのアイディアです。インタビューを勝ちとれなかったと知ったらきっと立腹するでしょう。でも、この情報はインタビューよりも重要なことだと思うので。ただ、これがすべてではありません。評判はどうあれ、わたしたちは真摯に取材をし、情報源を確認しているんです」

リンチが目を鋭くした。「何を見つけたんだ?」

「むしろ、何を見つけなかったかと言うべきですね。ランス・ケーガンという犯罪ドキュメンタリー作家がいて、実際の犯罪を扱う大衆誌に寄稿をしているんですが、この人物がコルビーに手紙を書いて彼の伝記を執筆したいと申し出たんです。コルビーは承諾して、何度か面会しています」

「それで？」

「コルビーに会いに来た男、わたしたちがのちにインタビューした男は……ランス・ケーガンではなかったんです」

　ケンドラは体をこわばらせた。「どういう意味？」

「犯罪ドキュメンタリー作家のランス・ケーガンは実在しますが。エリック・コルビーに特別な関心を抱いてはいないんです。ニューメキシコに住んでいて、彼の名を騙《かた》り死刑囚に会いに行った者がいることをまったく知りませんでした」

　ケンドラはグリフィンを振り返った。「死刑囚に面会するには申請手続きが必要なんでしょう？　そこで身元を確認しないの？」

　ホルトが代わりに答えた。「身元確認は行われますが、精巧に偽造された身分証が使われたようですね。初めて面会する際には指紋採取も行われるので、サン・クエンティンにはその人物の指紋が保管されているはずですが、おそらく、既決重罪犯のものと一致しないという確認しか行っていないのでしょう」

「おもしろいですね」リードが熱のこもった表情で言った。「コルビーは相手が本物のケーガンではないことを知っていたんでしょうか」

「きのうのインタビューでコルビーに尋ねてみましたが、わたしたちが何を言っているのかわからないようでした」

「それはなんの意味もないわ」ケンドラは言った。「あの男は冷酷なサイコパスよ」

「わたしたちも同じ意見です」ホルトは言った。「コルビーが知っていたのかどうかはなんとも言えません。インタビューの映像を直接見てみてください。三枚めのディスクに入っています。偽者のケーガンの映像といっしょに」

ケンドラはリンチとグリフィンに目をやった。全員が同じことを考えているのがわかった。ケーガンがマイアットなのだろうか？　けれども、それをテレビ局のジャーナリストの前で口に出すわけにはいかない。

ホルトは部屋の反対側にあるプロジェクターに目をやった。「あれでＤＶＤを見てみましょう。わたしもいっしょに見ます」

「その必要はない」グリフィンが言った。「訊きたいことが出てきたら連絡する」

「わたしがいっしょに見ながら説明したほうが――」

「映像はあとで見る」リンチが言った。「とにかく、ご足労に感謝します。映像はきっと大いに役立つ」

ホルトはすがるようにケンドラを見た。「これにはインタビューをさせてもらう価値があると思いませんか？　十分だけでもいいんです」

ケンドラはホルトに苛立《いらだ》ちを感じていたが、その粘り強さには感服せざるをえなかった。それに、彼女は態度を変えてもおかしくないときに約束を守った。「考えてみるわ」

「あしたクルーを連れてきます。時間はいつでもかまいません」

ケンドラは立ちあがった。「名刺をちょうだい。あとで連絡するわ」


ホルトが退室するなり、リードは三枚めのＤＶＤをプレイヤーに入れ、プロジェクターを起動した。

メトカーフがリモコンを持って微笑んだ。「こんなにわくわくして映像を観《み》るのは〈ブレイキング・バッド〉の最終話以来ですよ。誰かポップコーンを作りませんか」

グリフィンが腕を組んだ。「早くその男を映せ。ケンドラにじっくり見てもらいたい」

映像はボビー・チャッツワースのロングショットからはじまった。サン・クエンティンの東門で抗議者のあいだを歩きまわり、話を聞いている。各セクションのはじめに、インタビューした人物の名前と簡単な経歴が表示されるようになっていた。メトカーフは数秒ずつ映像を見ながら早送りしていった。

「ランス・ケーガン、犯罪ドキュメンタリー作家。ありましたよ、ケンドラ」

ケンドラは前に進み出た。画面に顔が映し出される。そして――

希望はしぼんだ。「ちがうわ」

「まちがいないか」リンチが言った。

「ええ。この人は一度も見たことがない」

グリフィンは顔をしかめた。「それでも、この男は疑わしい面会者の筆頭だ。刑務所長に連絡をとって指紋を取りよせよう。素性を知る必要がある」

リードがノートパソコンを持って立ちあがった。「もうひとつ見てもらいたいものがあります」

「何かしら」ケンドラは言った。

「コルビーの面会者の記録をデータベースに入れ終えました。そのデータを、オンラインであなたについて発言していた人物の一覧と照合してみたんです。一件ヒットしました。地元の人物です」

「名前は?」

「デイヴィッド・ウォーレン。リトル・イタリー在住。面会申請書によれば、職業は〝芸術家、夢想家〟です」

リンチがくるりと目をまわした。「それはそれは」

「ケンドラの熱烈な崇拝者で、犯人のプロファイルとも合致します。インターネットの掲示板でケンドラの事件について数多く発言していて、さらにコルビーにも面会している」

「話をしてみるべきだな」リンチがケンドラのほうを向いた。「ふたりで行くか」

　ケンドラはうなずいた。「行きましょう」


「ウォーレンの部屋がある建物は、アーティスト・ロフトとして売り出されているところよ」ケンドラはリンチとアッシュ・ストリートの住所を目指して歩いていた。建物があるのはリトル・イタリーの中心部で、いまではレストランやコーヒーショップ、アートギャラリーが立ち並ぶしゃれたエリアだ。「このあたりが好きで、土曜日の午前中はたいていファーマーズマーケットのためにここに来るの」

「それは興味深いな。ぼくは土曜日の午前中はたいてい、同じ理由でここに来るのを避けている。露店で道路が塞がれるのはきらいなんだ」

「あら。あなたの大好きな強いお酒の添え物以外にも野菜を使うようになれば、マーケットのありがたみがわかるわよ」

「そうかもしれない」リンチは目当ての建物の居住者表示にウォーレンの名前を見つけ、ブザーを押した。

　しばらくして、インターコムから若い男の声が聞こえた。「はい？」

「デイヴィッド・ウォーレン？」

沈黙が続いた。

「そうだが」

「アダム・リンチという者だ。ケンドラ・マイケルズもいっしょにいる。少し話を――」

ブザーが鳴り、入り口のドアが解錠された。

リンチはドアを開いた。「どうやら魔法の呪文を見つけたようだ。〝ケンドラ・マイケルズ〟」

「なんだかうれしくないわ」

ロビーに入り、階段で三階にあがった。淡色の木の床以外、内装はすべて白で統一されている。潔癖と紙一重のミニマリズムの美意識が感じられた。

ウォーレンの部屋に近づくと、大音量のメタルが聞こえてきた。ドアが少し開いている。

リンチは顔をしかめた。「あの歌には耐えられない」

「クイーンズライクの曲よ。もう少し心を広く持ってみたら？」

「誰の曲かはわかっているさ。ただ、ヴォーカルに関するかぎり、トッド・ラ・トーレは前のジェフ・テイトに遠く及ばない」

ケンドラは目を見開いた。「あら」

「見直したか？」

「ショックを受けたわ。議論をはじめたら永遠に終わらなさそう」

リンチはドアの隙間からなかをのぞきこんだ。「ウォーレン？」

答えはない。

ふたりは目を見交わした。

「マイアットがいるのかもしれない」ケンドラは身を固くした。

リンチはうなずき、いつでも銃を取り出せるよう上着の位置を調整した。指先でドアを軽く押す。

「いるのか？」

ふたりは部屋に入った。いわゆるアーティスト・ロフトの例に漏れず、天井が高く、配管がむきだしになっていて、自然光がたっぷりと入ってくる。ミニマリズムのデザインに従い、家具はほとんどない。描きかけの絵が、壁や窓のいたるところに立てかけてある。

「ちょっと待っててくれ！」部屋の奥に、ピンクのフランネルのシャツを着た、若い細身の男がいた。両手にスプレーガンを持ち、大きなカンヴァスの前を動きまわって赤とピンクのペンキを吹きつけている。顔はツインフィルターのマスクで覆われていた。SF映画に出てくる悪役のロボットのようだ。

顔立ちを確かめるまでもなかった。「マイアットじゃないわ」ケンドラはリンチにささやいた。「コリーン・ハーヴェイの家で見た男よりも三十センチは背が低い」

「いま大事なところなんだ」ウォーレンが音楽に負けじと叫んだ。マスクで声がくぐもり、ますますロボットめいて見える。

ケンドラは、ウォーレンがあらゆる方向からペンキを吹きかけているカンヴァスを眺めた。悪評高い現代アートそのものの、混沌《こんとん》とした抽象的な絵だ。

しかし、スプレーが手際よく何回か吹きつけられたとたん、すべてが変わった。でためにに見えていたものがふいに意味と形を帯び、美が浮かびあがった。

ケンドラは息をのんだ。

それは、ケンドラを描いた絵だった。

ウォーレンはマスクをはずし、黒っぽい目と尖《とが》った鼻、赤茶色のやぎ髭《ひげ》をあらわにした。

「はじめはなんだかわからなかっただろう?」

ケンドラは絵をじっと見つめた。実物大よりも少し大きな横顔で、少し首を傾け、目を閉じている。「すてきね」

「たいしたものじゃない。でも、もう少し手を入れるつもりだ」ウォーレンはふたりを見た。「ぼくがデイヴィッド・ウォーレンだ。なんの用だい?」

「ある連続殺人の捜査で、きみにいくつか訊きたいことがあって来た」リンチは言った。

「なぜぼくに?」

リンチは肩をすくめた。「連続殺人犯とケンドラ・マイケルズの両方を崇拝している人物を探している。誰かに似ていると思わないか」

「ぼくは純粋性を崇拝してるんだ」ウォーレンはポータブルステレオに歩みより、音楽を止めた。「それだけのことだよ」

ケンドラは頭を振った。「純粋性？　わたしを純粋だという人はいないわ」

「あなたのことじゃない。エリック・コルビーのことだよ」

リンチは眉を持ちあげた。「コルビーが純粋だというのか？」

「そうだよ。悪とはしばしば純粋なものなんだ。コルビーのような人間には、善良さも光もない。あるのは闇だけだ。だが、善人と呼ばれる人々の場合、いつだって光のなかにいくらかの闇を持ってる」

「コルビーのような物言いをするのね」ケンドラは言った。

ウォーレンは薄く笑った。「ほめ言葉ではなさそうだ」

「コルビーとそういう話をしたことがあるのか？」リンチが尋ねた。

「覚えてないな。いっしょに過ごした時間はごく短かった。一度だけ面会に行ったんだ。もちろん知ってるだろうけど。だからここに来たんだろ？」

話すときにウォーレンがこちらを見ていないことにケンドラは気づいた。彼の目は絵に向けられていて、ケンドラやリンチはうるさい蠅《はえ》程度の存在でしかないらしい。

「なぜコルビーに会いに行った？」リンチが尋ねた。

「今度この近くのギャラリーで個展を開くんだ。主題のひとつが〝悪の本質〟でね。コルビーとしばらく文通をして、そのあと会えないか訊いてみたら承諾してくれた」

「どんな話をした?」

「彼の殺人について。殺しをするとき何を考え、感じていたかを聞いた」

「楽しそうだな」

「楽しくなくていいんだ、コルビーのような人間を理解したかっただけだから。ぼくは外見をただ描くことには興味がない。彼らが何を考え、感じているのか、徹底的に研究したいんだ。でないとデパートの写真師と変わらなくなってしまう」

「コルビーから何か頼まれたことはないか」

「たとえば? 殺人か? ないよ」ウォーレンはケンドラを見た。「でも、インターネットで見つけたあなたの写真は送った。コルビーに頼まれたのはそれだけだ」

「何枚くらい送った?」

「三十枚か四十枚かな。ほかの文通相手からもかなり受けとっているようだった」

リンチはウォーレンに近づき、穏やかながら底冷えのする声でささやいた。「きみはインターネットでかなりの時間をこのドクター・マイケルズに費やしているようだな。実際の犯罪を扱ういくつかの掲示板で、彼女について大量の投稿をしている」

「調査ずみってわけか」ウォーレンは初めて、目に敬意に近い光を浮かべてリンチを見た。「それも情報収集の一環だよ。彼女はこのうえなく邪悪なやつらと対峙《たいじ》してきた。ああいうやつらを何度も出し抜くには何が必要なのか、やつらがどんな影響を及ぼすのかを知りたかった。やつらに似ていくのか？　自分のなかのそういう部分から、いっそう遠ざかろうとするのか？」

「われわれは質問するために来たんだ、質問されるのではなく」リンチは言った。「ゆうべの夜中から午前三時ごろまで、きみはどこにいた？」

「いよいよ本題か」

「単刀直入に訊いているのよ」ケンドラは言った。「単刀直入に答えて」

「いいとも。ここにいたよ」

「それを証明できる人はいる？」

「アリバイってことか？　いるわけない。いっしょに住んでた女は三週間前に出ていった。実のところ、この二日半ほど家から一歩も出てないんだ。創作意欲が絶好調で、その勢いを止めたくなかった。いまはこうして止められているが」

「先週の金曜日の夜は？」

「同じだ。個展が近いんだよ。ひとりでにカンヴァスは埋まらない」ウォーレンはしばらく考えてから言った。「最後に外に出て人と話したのは先週の水曜日だ。友達のバンドが〈カスバ〉で演奏していたんでね。ほかにそちらの助けになりそうなことはない」

「自分自身を助けることを考えたほうがいいぞ」リンチが言った。

ケンドラはウォーレンのほうに身を乗り出した。「嘘《うそ》をつくのもやめたほうがいいわ」

ウォーレンは凍りついた。「嘘？　なんのことだ」

「金曜日の夜は、街の反対側にいたはずよ。ラ・メサのあたりに。何をしてたの？」

ウォーレンは怒りに顔を赤くした。「ずっと監視してたのか？」

「質問に答えて」

「ああ、ちょっとそこに出かけたよ……人に会いに」

「マリファナを買ったのね」

「くそ」ウォーレンはつぶやいた。

「それに、ゆうべは女性がふたりここにいた。少なくとも二時間は。お友達？」

ウォーレンはうなずいた。

「何時から何時までいたの？」

「この建物を見張ってる刑事に訊けよ」

「きみに訊いているんだ」リンチの声は冷徹だった。「答えたほうがいい」

ケンドラは笑みが浮かびそうになるのをこらえた。大型ハンマーがそばにいるのはいいものだ。

「わかったよ」ウォーレンは白状した。「女たちは十一時から一時くらいまでいた」

ケンドラはうなずいた。「残念ね。もう少し遅くまで残っていたら証人になったのに」

「だから、言う必要はないと思ったんだ」

「とにかく嘘はつかないほうが身のためよ」ケンドラは気だるく言った。「あなたは嘘がうまくない」

ウォーレンはケンドラをにらみつけた。「弁護士を呼んだほうがいいか？」

「もう終わるわ。コルビーと電話で話したことはある？」

ウォーレンはしばらく考えてから、渋々うなずいた。「二度ある。一回めはケンドラ・マイケルズの写真を送る約束の確認。二回めは一週間くらい前にかかってきた。信じてもらえるかわからないが、処刑を家族席で見届けてほしいと言われた」

「コルビーがそんなことを？」ケンドラは驚きを隠せなかった。

「自分の家族は呼びたくなくて、ぼくを誘ったんだ。創作の糧になるかもしれないと」

「行くのか？」リンチが尋ねた。

「考えてみた。これまで人が死ぬのを見たことはない。死刑はもちろんだ。芸術家は進んで新しい経験をするべきだろう」ウォーレンは頭を振った。「でも結局、断った。コルビーから得たかったことはもうすべて得た。なぜそんなものを見なくちゃならない？」

リンチはウォーレンに連絡先を渡した。「きみの友人や知り合いにも話を聞かせてもらうかもしれない。ぼくたちに言っておきたいことがあるなら、いまがその機会だ」

ウォーレンは首を振った。「いや、何もない。なんでもするべきことをやってくれ。ぼくには関係ない」

「そのカードにぼくとFBI支局の番号が書いてある。何か思い出したら電話してくれ」

「わかった」ウォーレンはケンドラのほうを向いた。ケンドラはまだ乾いていない自分の肖像画を見つめていた。「気に入ったか?」

ケンドラはうなずいた。「いい出来だと認めざるをえないわ。あんなに手早く描いていたのに」

「これまでにも何度か描こうとしたんだが、いつもうまくいかなかった。でも、今回は初めて目を閉じた顔を描いてみたんだ。どうやらそれがよかったらしい」ウォーレンは肩をすくめた。「この絵をどこかに出すときは連絡するよ」

11

「おもしろい手だな」建物を出て、車に向かいながらリンチが言った。「ちょっとしたことで相手の矛盾を突き、動揺させてから殺人の件に移る」

「あなたのような〝人形使い〟のやり方を真似《まね》してみたの」

「それで、なぜ金曜日の夜にラ・メサに出かけたことがわかったんだ？」

「カウンターにピザの箱があったの。よくある箱だけど、脇にラベルが貼ってあって〈ダゴスティーノ〉のものだとわかった。デイヴィッド・ウォーレンの名前と電話番号、金曜日の午後十時三十七分に電話で注文したことも印字されていた。〈ダゴスティーノ〉の店は、ドラッグ取り引きで有名な界隈《かいわい》から数ブロックのところにあるの。部屋には三種類のドラッグのにおいがしていたから、深夜に補充に行ったと考えるのは難しいことじゃない。話したがらなかった理由も説明がつく」

「ゆうべの客は？」

「シンクにグラスがふたつあって、それぞれ縁にちがう色の口紅がついていた。ガラスのコーヒーテーブルには、グラスと同じ大きさの新しい輪染みがふたつ残っていたけれど、ほかに跡はなかった。明らかに、女性ふたりはソファに、ウォーレンはその向かい側の椅子に座っていたのよ」

リンチは微笑《ほほえ》んだ。「明らかにね」

「ソファからマリファナのにおいがしたから、三人で飲みながらマリファナを吸ったんだと思う」

「ぼくもあのにおいには気づいた。だが、なぜきょうではなくゆうべだと思った？」

「ウォーレンの服や髪からはにおいがしなかったから。ドラッグをやってからシャワーを浴びて着替えたということよ。そうすると、ゆうべの可能性が高くなる。それに、グラスの口紅は乾いてひび割れていた。ほんの二、三時間前についたものとは考えにくい」

「相変わらずすばらしいな」

「皮肉？」

「いや。きみの能力はわかっているつもりだが、それでもやはり驚かされる。とはいえ、これだけではウォーレンが犯行現場にいたかどうかの決め手にはならないな」

「そうね。情報を引き出す役には立ったけれど。確実に言えるのは、彼はコリーン・ハーヴェイの家で見た男ではないということだけ。それでも無関係とは決めきれない。クラブのまわりで彼を見た人がいないか、グリフィンに聞きこみをしてもらいましょう」

「ぼくから言っておこう」

リンチの携帯電話が振動し、直後にケンドラの携帯電話もメッセージの着信を知らせた。ケンドラは画面を確認した。

〝連絡してくれ　グリフィン〟

ケンドラは画面をリンチに見せた。「同じ?」

リンチの携帯にも同じメッセージが表示されていた。リンチが電話をかけると、すぐにグリフィンが出た。「リンチ、ケンドラはいっしょか?」

「隣にいる。スピーカーホンで聞いている」

「そうか。ケンドラ、きみがコルビーの監房で見つけた封筒の番号が大当たりだった」

「プリペイドカードの番号だったの?」

「ああ。五百分通話できるものだった。〈ライトワイヤー・コミュニケーション〉という、地元の携帯電話会社のものだ。カードは、三週間前にある携帯電話で使用されていた。その電話の通話記録がもうじき届く」

「通話先のひとつがマイアットの可能性は高いわね」

「われわれもそう考えている」グリフィンが言った。「通話先の電話の持ち主の写真を集めて、捜査員を総動員して聞きこみにあたらせる。きみたちもこちらに来てくれ」

「もちろんだ」リンチはケンドラの肘をつかんで車へと向かった。「すぐに行く」

ＦＢＩ支局のエレベーターを降りて二階の〝作戦室〟に足を踏み入れたとたん、ケンドラはいつもとはちがう活気を感じた。捜査官やサポートスタッフの人数が増え、三十名ほどが意気揚々と興奮気味に立ち働いている。話し声も普段より大きく早口で、キーボードを叩《たた》く音にさえ力がこもっていた。

「感じるか?」リンチがケンドラの腕をきつく握った。「これが〝希望〟だよ。きみがくれた希望だ」

「実りがあることを祈るわ」

部屋の奥から、グリフィンがふたりを手招きした。リードと数名の捜査官が長テーブルを囲んでいる。

「携帯電話会社から報告が届いた」グリフィンが言った。「通話はすべて刑務所をカバーする基地局から発信されていた」

ケンドラはグリフィンの肩越しに資料をのぞきこんだ。「受信者は?」

「コルビーは九つの番号にかけている。六つはすでに持ち主を特定した。三人が南カリフォルニア、ふたりがニューヨーク、ひとりがシカゴに住んでいる。ほとんどがジャーナリストのようだ。全員を呼んで、何を話したのか確認する予定だ。ニューヨークとシカゴの支局にも連絡してある」

「残りの三つの番号は？」

リードがプリントアウトを振った。「プリペイド携帯で、持ち主は登録されていませんでした。ふたつはコルビーの携帯と同じネットワークのものだったので、そちらの通話記録も取りよせてあります。この二台は、それぞれ刑務所からの通話を一回受けただけで、それ以外使われていません。三台めのプリペイド携帯の携帯会社をいま調査しているところです」

リンチがうなずいた。「それだな。その一台か、三台ともがマイアットのものだろう」

ケンドラはグリフィンが持っている報告書にざっと目を通した。「その二台はどこで使われたの？　報告書に記されている？」

「ええ」リードが答えた。「二台ともこのサンディエゴ郡で使われています。一台は街の南、もう一台は東の基地局で電波を受信しています」

ケンドラはうなずいた。「通話のタイミングは？　殺人の時期と一致している？」

リードは首を振った。「いま調べていたんですが、一致はしていないようです。通話があったのは、いずれも事件の一日か二日あとでした」

「地元の受信者たちの事情聴取を上階の取調室で行う」グリフィンが言った。「きみたちも立ち会うといい」

「そうしよう」リンチが言った。「質問したいことが出てくると思う」

「おかえりなさい、ケンドラ」人ごみの向こうからメトカーフが現れた。微笑みながら背後の活気づいた作戦室を手で示す。「あなたの発見で、みな残業ですよ。さぞ鼻が高いんじゃないですか」

「犯人がつかまったら喜ぶことにするわ」

「それなんですが……」メトカーフは手に持っていた写真のプリントアウトをテーブルに置いた。「コルビーの携帯から電話を受けた六名の写真です。男性五名、女性一名。五人のなかにコリーン・ハーヴェイの家で見た男はいますか?」ケンドラが写真をざっと確認するのを見て口を挟む。「時間をかけてじっくり――」

「いないわ」ケンドラの声には失望がにじんでいた。「全員ちがう」

「オーケイ、時間をかけていただいて感謝します」

ケンドラは肩をすくめた。「お互いの時間を無駄にしてもしかたないわ。五人ともあの男じゃない」そして、グリフィンに向きなおった。「期待していたけれど、そう簡単にはいかないようね。でも、きっと犯人にたどり着ける。事情聴取はいつからはじめるの?」

当初の興奮もスタッフの数も、午後十時十六分に最後の事情聴取が終わったときにはかなり目減りしていた。地元在住の受信者は全員ジャーナリストで、電話の内容はコルビーが刑務所の電話システムに記録されたくなかったらしい、胸の悪くなるような犯罪の詳細についてだった。ケンドラはニューヨークとシカゴの事情聴取にも音声で参加した。三人のうちふたりはやはりジャーナリストで、もうひとりのマンハッタン在住の女性は、コルビーの人生と犯罪をブロードウェイミュージカルにしたいと申し出たという。女性が書いたいくつかの曲のさわりを、ケンドラは身震いしながら聞いた。

グリフィンが合図すると、助手がニューヨーク支局との通信を切断した。

「驚きましたね」メトカーフが言った。「何か理由を見つけてあの女性を逮捕しないと」

ケンドラはうなずいた。「まったくぞっとするわ」

「この六人については今後も調査を続けるが」グリフィンが言った。「いまはプリペイド携帯のほうに注力したほうがよさそうだ」

リードがプリントアウトに視線を落とした。「このうちのひとつがマイアットのものだったとしても、すでに破棄して別の電話機を使っているかもしれませんね」

「その可能性はある」グリフィンは言った。「まだ手もとに持っているとしても、いつ処分するかわからない。捜査を急ぐ必要がある」

リンチが身を乗り出した。「強制ピン送信か？」

グリフィンはうなずいた。「あすの午前十時半に決行する」

「いいと思う」

ケンドラは眉を寄せてリンチとグリフィンを見た。「なんの話？」

リンチがケンドラのほうを向いた。「強制ピン送信というのは、なんらかの方法で該当の電話機から基地局に電波を送らせることだ。たいていは携帯電話会社がリモートコマンドを使ってやるが、こういう使い捨て電話は作りが簡素だから、旧式のやり方を使うしかないこともある。つまり、ターゲットの電話機に電話をかけるんだ。電話機の電源が入っていれば、位置を絞りこむことができる」

「対応チームを待機させておく」グリフィンが言った。「信号の位置を特定したら、その一帯に散開させ、道路を封鎖し、一軒一軒訪ね歩いて、電話機を使った人間を探し出す」

「そこまで範囲を絞りこめるの？」

「場合による。ふたつか三つの基地局に引っかかれば、かなり範囲を狭められる。マイアットが三つの携帯のどれかをコルビーとの連絡に使っていれば、やつを見つけられるだろう。すでに破棄していても、捜査の足がかりとなる地点を知ることができる」

「マイアットを見つけられると信じることにするわ」ケンドラは立ちあがり、ドアのほうへ向かった。「行きましょう、リンチ。あしたまでわたしたちにできることはなさそう」

「もう少しね」ケンドラはリンチの先に立ち、居間に入りながら言った。「これまではずっと、なんの手がかりもないまっさらな壁が立ちはだかっているような気がしていたけれど、ようやくあの男に近づいてきたように感じる」

「少なくとも希望はある」リンチはドアを閉じた。「だが、きみがそんなに楽観的になるとは意外だな。いつもは慎重なのに」

「慎重でいるのは気が滅入《めい》るのよ。すべてがうまくいくと思いたいの。マイアットをつかまえて残りの人生を奪ってやりたい。オリヴィアと母を家に帰してあげたい」ケンドラは壁に近づき、アシュリーのポスターを見あげた。「あなたならわかってくれるでしょう、アシュリー。あなたは物事の明るい面を見る女性に思えるもの。まあ、そのビキニのせいかもしれないけれど。でも、リンチの態度には物申すべきね」

「常に彼女を忙しくさせて、ぼくの欠点について話し合う暇を与えないようにしているんだ。そもそも、欠点なんてほとんどないが」リンチは壁際に設けたマホガニー製のバーに歩みよった。「何か飲むか?」

ケンドラはうなずいた。「赤ワインをちょうだい」

「わかった」数分後、リンチは部屋を横切り、ケンドラにグラスを手渡した。「どうぞ」

「ありがとう」ケンドラはワインをひと口飲んだ。「いいワインね。あなたの趣味のよさに感心しはじめてきたわ」

「よしたほうがいい。ぼくはビールや強い酒が好きな、ただの田舎者だ。だからワインは専門家に頼んで、いいヴィンテージものが出たら送ってもらうようにしている」リンチは自分のビールグラスに目を落とした。「ゲストに喜んでもらうためにね」

「アシュリーに？」

「彼女が好きなのはウォッカのオンザロックだ。なぜアシュリーの話ばかりするんだ？」

「無視するのは難しいもの」ケンドラはグラスを持ちあげ、ポスターの女性に乾杯した。

「アシュリーに」

リンチはケンドラから目を離さなかった。「ケンドラに。はしゃいでいるきみを見るのは好きだよ。ただ、はしゃいでいる原因がマイアットでなければよかったんだが」

「我慢してもらうしかないわね」ケンドラはまたワインを飲んだ。「それに、わたしがはしゃいでいるのが好きなのは、そのほうが操りやすいと思ってるからでしょう――」

そのとき、ケンドラの携帯電話が鳴った。ポケットから取り出して確認する。

「グリフィンだわ」

「楽しい気分もここまでか」リンチはつぶやいた。「現実に真っ逆さまだ」

「新しい手がかりが見つかったのかもしれないわ」ケンドラは通話ボタンを押し、音量をあげた。「グリフィン？　どうしたの」

「邪魔をしてすまない」グリフィンはためらいがちに言った。「ケンドラ、きみが刑務所で大変な思いをしたことはわかっている。きみはわたしを無神経だと思っているかもしれないが、わたしは――」

「まわりくどい話はやめてちょうだい」ケンドラは身構えて言った。いやな予感がする。

「電話した理由を教えて」

「サン・クエンティンのサラサール刑務所長から電話があった」グリフィンは口ごもった。

「コルビーが処刑の前にきみともう一度話をしたいと言っているそうだ」

「いやよ！」

「きみはそう言うだろうと伝えたが、サラサールは受刑者の要望を伝えるのが自分の義務だと言っている。コルビーがあすの夜に死ぬのは知っているな」

「忘れられるわけがないでしょう」

「コルビーは家族との面会を拒んでいるが、この数日は牧師と多くの時間を過ごしているらしい。礼拝室に祈りに行きたいと要望したことも何度かあるそうだ」

「まさか」

「〝生きるか死ぬかのときに無神論者はいない〟というだろう。コルビーはおびえはじめているのかもしれない」

「あるいは、ゲームをしているか」

「可能性はある」グリフィンは言った。「だが、ほんとうに改心したのだとしたら？　これはチャンスかもしれない」

「今度こそコルビーがわたしをずたずたにするチャンスかもしれないわ」

「そうかもしれない」グリフィンは声を低くした。「だが、断って、あとで正しいことだったのかと後悔することになるかもしれないぞ。たくさんのことがかかっているんだ」

「そこまでだ、グリフィン」リンチが声を荒らげた。「このあいだコルビーがしたことを見ただろう」

「やあ、リンチ」グリフィンは言った。「これはケンドラが決めることだ、口を出すな。ケンドラ？」

「サンフランシスコに飛んで彼に会う気は――」

「その必要はない。サラサールがスカイプできみのパソコンをつないで話ができるように手配した。コルビーは接続を待っている。少し話したら切ってしまえばいい。きみが主導権を握れる」

「コルビーを完全に掌握することは誰にもできないわ。背を向けたとたんに襲いかかってくる」体が震えはじめ、ケンドラは必死に自分を保とうとした。「あの男はわたしをおびえさせられるか確かめたいのよ」そして、わたしはおびえている。「全部ゲームなの」

「では、答えはノーか？」

「当然でしょう。わたしは――」ケンドラは目を閉じた。あの男に勝たせてはいけない。闘わなくては。

「だめだ」リンチが言った。

「黙っていて」ケンドラは目を開けた。「やらなくてはいけないのよ。グリフィンが正しい可能性が百万分の一でもあるのなら、話をして確かめなくてはならない」ケンドラは電話に向かって言った。「準備するわ。五分ちょうだい」そして、通話を切った。

「後悔するぞ」

「たぶんね」ケンドラは残りのワインをふた口で飲み干した。もう一杯飲みたいくらいだが、頭をはっきりさせておかなくてはならない。「それでも、やらなくちゃいけないのよ」ソファに腰かけ、バッグからノートパソコンを取り出してコーヒーテーブルに置く。「だから静かにしているか、向こうの椅子に座ってアシュリーのポスターと話でもしていて」

リンチはしばらくケンドラを見つめたあと、部屋の反対側の椅子に座った。

ケンドラは深く息を吸い、待った。

パソコンが音をたてた。着信に応答する。

サラサールの顔が画面に映った。「承諾いただいて感謝します、ドクター・マイケルズ。あなたにとってどれだけ大変なことかはわかっています」

「いいえ、わかっていないと思うわ。でも、いいの。自分で決めたことだから」ケンドラは力なく頭を振った。「どうして引き受けたのかよくわからない。希望の泉は涸《か》れないというけれど。断ったら後悔するかもしれないとグリフィンに言われて、わたしは何も答えられなかった。コルビーはほんとうに改心したのだと思う？」

「わたしにはわかりません」サラサールは言った。「救いを求める者の徴候が見られるのは確かです。これまで、死刑囚が最後の数日に必死に赦《ゆる》しを求めるのを何度も見てきました。でも、判断するのはわたしの役目ではありません」

「誰の役目なの？」

「おそらくあなたでしょう。コルビーと話す準備はできていますか」

「いいえ……ええ。つないで」

次の瞬間、サラサールの顔がコルビーの顔に切り替わった。「やあ、ケンドラ。こうして話す時間を作ってくれてうれしいよ。忙しいだろうに」コルビーがにやりと笑い、小さな尖《とが》った歯があらわになった。「おれは少しも忙しくないがな。昔を振り返ったり、心のなかを見つめたりして過ごしてる」

「どちらにせよ、身の毛のよだつものしか見えなさそうね」

「それが赦しを求める人間に対する態度か？」

「ばか言わないで」ケンドラは深く息を吸いこんだ。「なぜわたしと話したかったの？」

「あんたはおれが罪を重ねるのを止めてくれた人間だからだ。礼を言いたかったんだよ」

コルビーは身を乗り出して低い声で言った。「おれたちは長い道のりをいっしょに旅してきた。あの刑務所長がおれに毒を注射したあとも、おれたちはずっといっしょのような気がする。おれたちの物語はあの世まで続いていくんだ」

「どうかしてるわ」

「おれはいつもあんたのことを考えてる。いちばんよく思い出すのはなんだと思う？　あんたに石で殴られた、あの峡谷のことだよ」コルビーは含み笑いをした。「あんたにもあの峡谷を思い出してほしいんだ、ケンドラ。重要なことなんだよ」

「過ぎたことよ。それに、あなたが死んだらわたしはすべてを忘れる」

「だめだ、忘れるな。さっきも言ったように、重要なことなんだ」

「重要なのは、あなたが外で殺人をさせている男の居場所を明かすことよ。悔い改めたのなら、名前を教えなさい」

「なんの話かわからないな」コルビーはにやりとした。「おれの上を行こうとしている模倣犯のことで責められるいわれはない。そいつを見つけたらおれに電話させてくれ。だめ出しをしてやる」

「そうするかもしれないわ」ケンドラはコルビーをまっすぐに見つめた。「わたしたちは犯人に迫りつつあるから。あなたが処刑される前につかまえられるかもしれない。あなたの弟子もあとを追って墓場に行くのよ。あなたには何も残らない」

「かまをかけてるのか？」コルビーの顔は無表情だったが、わずかに雰囲気が変わったことにケンドラは気づいた。「まあ、どちらでもかまわない。いずれにせよ、おれはあすの夜に別の場所に行く」

「地獄にね」

「そうかもな。地獄が存在するのなら」

「存在しなくても、神があなたのために作ってくださるわ」

「おや、赦しはどうなるんだ？」

コルビーの声はまじめだったが、あざけっているのは明らかだった。「話は終わりよ、コルビー。もう切るわ」

コルビーはうなずいた。「切ってかまわない。もう一度顔を見て話したかっただけだから。おれにとっては重要なことだったんだ。おれたちふたりにとって」

「あしたになったらあなたはわたしの人生から消える。大事なのはそれだけよ」ケンドラは通話を切った。

体が震えていた。パソコンの電源を切り、テーブルの奥に押しやる。そばに置いておきたくなかった。完全に切り離されたかった。なぜかまだコルビーがそこにいて、ノートパソコンを開いたとたんに襲いかかってくるような気がした。

「時間の無駄もいいところだったな」リンチが隣に来てソファに座り、ケンドラを抱きよせた。「サラサールは、ただくたばれと言ってやればよかったんだ」

「無理よ」リンチの肩に埋もれて、ケンドラの声はくぐもっていた。「わたしたちの慈悲深い司法制度は、慈悲の意味を知らない者にも適用されるの」リンチを押しやるべきなのに、ケンドラは動けなかった。いまは彼の強さが必要だった。「サラサールは規則に従うしかなかった。ノーと言えたのはわたしだけで、わたしはそうしなかった」

「だからさっき、断れと忠告しただろう。こんなことは言いたくはないが、言っておかないと、きみはまたぼくの賢明なアドバイスを無視しかねない」

「いやな人」

「コルビーはきみをいたぶりたかっただけだ。死ぬ前に最後の一撃を加えたかったんだ」

「そうかもしれない。それが望みだったのかも。コルビーは正気じゃないし、わたしに執着している。峡谷のことをずっと言っていた……でも、思い出話をする以外、ほとんど何もしなかった。あなたも聞いていたでしょう」

「ああ」リンチはケンドラをさらにしっかりと抱きしめた。「あいつを殺してやりたかった。あと二十四時間生かしておくのも我慢できない」

「わたしもよ」ケンドラはつぶやいた。「刑務所にいるのだから安全だとわかっているのに怖くなる。あの男はずっとわたしをおびえさせてきた。誰にも宿敵がいるというけれど、それがほんとうならわたしの宿敵はコルビーよ」

「ちがう。宿敵は打ち負かせない相手のことだ。きみはコルビーを打ち負かした」

「そうかしら？　コルビーはそう思っていない」

リンチは低く毒づいた。「マイアットを使って、なんらかの形できみを攻撃しようとしているからだろう。だが無駄だ。マイアットはすぐにつかまる。そしてコルビーは死ぬ」

「そうなりそうな気がしてきたわ」

「〝気がしてくる〟じゃない。そうなるんだ」

「ええ、そうね」ケンドラは笑い、リンチから離れた。「あなたの言うとおりだわ。わたしは弱気になっていたみたい。コルビーのことになるとついそうなってしまう。肩を貸してくれてありがとう。なんだか使いすぎているようだから、これからは気をつけないと」

「残念だ」リンチはにやりと笑った。「きみと働く役得だと思っていたのに」

鼓動が速くなるのを感じて、ケンドラは急いで顔をそむけた。「わたしにとってはとても情けないことなのよ。誰にも弱い人間だと思われたくないの」そして、立ちあがった。

「そろそろ寝るわ」

リンチが眉を持ちあげた。「寝る?」

性的なほのめかしに、頬が熱くなった。どうかしている……小娘みたいじゃないの。

「ええ、眠れるまで時間がかかりそうだけど。あしたは忙しくなりそうだし」

「ぼくも行ってしばらく――」ケンドラの表情を見て、リンチは頭を振った。「気晴らしに付き合おうかと言おうとしただけだ。それだけだよ。これでもきみの守護天使を自任しているからね。宿敵の攻撃からきみを守らないと」

「そうね。あなた自身も強力な宿敵になりそうだけど。とにかく、ありがとう」ケンドラはアシュリーのポスターを見あげた。「それに、アシュリーも喜ばないと思う。おやすみなさい、リンチ」

「おやすみ、ケンドラ」リンチは立ちあがってケンドラを見送った。そしてアシュリーを見あげ、つぶやいた。「おやすみ、アシュリー。きみをどうにかしないといけない気がしてきたよ……」


眠れない。

さっきリンチに言ったように、眠れそうにないことはわかっていた。

しばらくしてあきらめ、ケンドラはバルコニーに出て外の空気を吸った。

まだ十二時前だ。長い夜になりそうだった。ケースファイルでも読もうか。ただ座ってコルビーのことを考えているよりはましだろう。

あるいは、マイアットのことを。いま脅威なのはマイアットだ。

そのとき、けさ以降に母と話していないことを思い出した。

電話しようか。母は宵っ張りだから一時か二時までは起きている。

声を聞きたかった。健全さや聡明《そうめい》さ、思いやりを感じたい。

二回めの呼び出し音でディアナが出た。「どうしたの？　まずいことでも起こった？」

しまった。「何もないわ、ただ話がしたかっただけ。そちらの様子はどう？」

「退屈よ。オリヴィアは一日じゅうパソコンに向かってるし。あの捜査官のネルソンは重々しい顔をしてうろつきまわってるし。隠そうとしてるけれど、あれはオリヴィアに気があるのよ」

「鋭いのね」

「でも、オリヴィアのほうはどうなのかしら。オリヴィアの心は読めたことがないのよ。子どものころから謎めいてた」

「そんなことないと思うけれど」

「あなたは親友だからよ。わたしには距離を置いている」

「でも、お母さんはオリヴィアのことが好きでしょう」

「だからって理解していることにはならないのよ」

ケンドラは話題を変えた。「何も問題はない?」

「わたしが知るかぎりはないわ。リンチの友人だという元特殊部隊員のタッド・マートリンが挨拶に来て、携帯電話の番号を教えてくれた。とても礼儀正しい人よ。冷たい目をしてた。敵にまわしたくないタイプね。さすがの人選だけれど、リンチはそういうことに詳しいのよね?」

「エキスパートよ」

ディアナは黙りこんだ。「でも、あなたから心配ごとを遠ざけておくのはうまくないようね」もう一度繰り返す。「まずいことでも起こった?」

心配をかけまいと努力するのもここまでだ。母はけっしてあきらめない。ケンドラはため息をついた。「コルビーよ。きょう話をしなくてはならなかったの。それが頭から離れなくて」

「想像できるわ。あした処刑されるんでしょう？」

「ええ」

「サン・クエンティンに行ってこの目で見たいものだわ。あなたがあの男を追っていたときのことはよく覚えてる。あなたは危うく殺されるところだった」

「大変な事件だったわ」

「でもやり抜いたでしょう。あなたはあのときのことをあまり話したがらないけど、あなたは勇敢だった。誇らしかったわ」ディアナは続けた。「いまも誇りに思ってる。これまであまり口にしてこなかったけれど、あなたほど立派で愛するに値する娘はいない」

「ねえ」ケンドラは喉が締めつけられるのを感じて唾をのみこんだ。「そんな話を聞くために電話したんじゃないのよ。でも、ありがとう」

「あなたが電話してきたのは、よくわかっているからよ。わたしならどんな闘いでもあなたの味方になることを。必ずしも賛成していなくても、あなたを理解していることを。あなたの傷を癒やすために、いつでもそばにいることを。それがわたしの仕事であり、特権なの」そして、ディアナはさばさばと続けた。「さあ、話は終わったわ。もう切って休む？　それとももう少しおしゃべりする？」

「おしゃべりをお願い」

「いいわ、でもサン・クエンティンのろくでなしや、わたしがこの山の上にいる理由の話はやめましょう。大学のものすごく変わったクラスの話をしましょうか、ディーンから聞いた軍隊時代の話もあるのよ。ディーンは変わったユーモアセンスの持ち主で……」

ディアナがケンドラとの電話を切ったのは四十分以上たってからだった。

ケンドラの声が聞けてよかった。けれども、コルビーが娘をぴりぴりさせているのは気に入らない。あの男が死んでこの世から永遠に消えたら、せいせいするだろう。とはいえ、コルビーが死んでも、また別の殺人者が現れてあの子を危険にさらす。いくら説得してもあの子は——

月の光が眼下の森に降りそそぐのを眺め、物思いにふけった。

「電話はケンドラからだったの？」

振り返ると、フレンチドアのそばにオリヴィアが立っていた。しゃれたシルクでできているターコイズブルーのカフタンを着た姿は、エキゾチックなアジアの姫君のようだ。

「ええ。別に何かあったわけじゃないわ。ただおしゃべりしてたの。こっちに来て座ったら？　椅子は二メートル進んで六十センチ左に行ったところよ」

「わかってる」オリヴィアは滑るように前に進んだ。「家のどこに何があるか説明してくれてありがとう。でも、もう覚えたわ。もとの位置から動かされていないかぎり、だいじょうぶ」ラタンの椅子に腰かける。「ケンドラほどではないけれど、わたしも優秀なのよ。それに、ケンドラよりも経験を積んでいる。ケンドラには途中で奇跡が起こったから」

「気にしているの？」ディアナは静かに尋ねた。

「うらやましいかということ？　もちろんよ、わたしだって人間だもの。でも、ケンドラのことは大好きだし、心からよかったと思ってる」オリヴィアは深く息を吸った。「外は気持ちいいわね。松の森とすがすがしい風……」そして、ディアナのほうを向いた。「ここにいるのが苦痛なのはわかってるわ。わたしも同じよ。でも、いい点もいくつかある」

「たとえば？」

　オリヴィアは黙りこみ、やがて微笑んだ。「しばらくはケンドラのお母さんを自分のものにできる」

　ディアナはその答えに虚を突かれた。「え？」

「わたしがケンドラをうらやましく思っているもうひとつのことよ。ケンドラとあなたの関係がいつもうらやましかった。わたしにも父がいるし、父はわたしを愛してくれているけれど、それとは別物なの。父は有能なビジネスマンで、数年ごとに新しい奥さんを迎えているし、わたしの世話は学校や子守に任せっぱなしだった。でも、学校でケンドラに出会って、すべてが変わったの。ケンドラは親友になって、わたしを家に招き入れてくれた。

そして、味方でいてくれるだけでなく、背中を押してくれる人がそばにいるのがどんなものかを知ったのよ。あなたはなんでもケンドラのやりたいようにさせるけれど、いつでも手を貸せるように寄り添っている。あなたが介入すれば、すべてがうまくいく」オリヴィアはくすくすと笑った。「ほんとうに、わたしだけのディアナがほしいと思っていたものよ」

「まあ……知らなかったわ。あなたはそんなそぶりは一度も見せなかった。ケンドラに夢中で、わたしは邪魔者なのだと思ってた。わたしがいると、いつもおとなしくしてたでしょう」ディアナは言葉を切った。「わたしはあなたの友達になろうとしてたのよ。もっと努力するべきだったのかしら?」

「いいえ、あなたはよくしてくれた。わたしが緊張していたのはあなたのせいじゃない」

「いいえ、わたしのせいよ。わたしは目の不自由な子の母親で、わが子と同じように目の不自由な親友の面倒もきちんと見るべきだったの。なのにケンドラで手一杯で、ケンドラ中心にすべてがまわっていたのよ」

「わかってる。罪悪感を持ってもらいたいわけじゃないの。それぞれにがんばってきて、いまは友達なんだから。でも、腹を割らなければほんとうの友情は生まれないでしょう? 子どものころは、素直になれなかった。いろいろ問題があったから」オリヴィアは顔をしかめた。「いまも問題がないわけじゃないけど、どれもあなたには関係ないものよ」

ディアナはオリヴィアをじっと見た。「相談に乗りましょうか？　わたしは問題を解決するのが得意なの。それはあなたも認めてくれるはずよ」

「ええ」オリヴィアは微笑んだ。「でも、そういうわけにはいかない。わたしたちはもう自立した大人なんだから」

「もうちょっとうまくやらないとだめみたいね……」ディアナはうなずき、考えこんだ。「ねえ、ケンドラは、わたしがあの子の人生に口を出して守ろうとするのをいやがるの。おかげであなたに割く時間と力がありあまってるのよ。そう、名案だわ。わたしがあなたを守る。お互いのためになるのよ。考えてみて、オリヴィア」

「いま考えてみてるけど」オリヴィアは用心深く言った。「なんだか怖いわ」

「臆病ね。あなたには味方になってくれる人が必要で、わたしがここにいる」ディアナは微笑んだ。「たとえば、あなたは目を治す治療法を探しているけれど、じゅうぶんな調査ができているとは思えない。わたしもいろいろ調べてるのよ。これまではあなたのやり方に任せてきたけれど、もしかしたら――」

「わたしのために治療法を探してくれてたの？　知らなかったわ」

「当然でしょう、あなたは娘のいちばんの親友なんだから」

「ケンドラのいちばんの親友はあなただと思ってた」

「わたしとケンドラの関係はまったくちがうものなのよ。ケンドラはわたしのことをうるさくてうっとうしいと思ってる」

「実際そうなの？」

「まあね。やりすぎないように努力はしてるけれど。でも愛があるからケンドラは受け入れてるのよ。あなたにはそういうふるまいはしない」

「よかった、安心したわ。養子になるつもりはないもの、どんな形でも」

「ばかね、そんなふうにはならないわ。ねえ、わたしは役に立つわよ。それに、きっと楽しいわ。わたしはあなたが好きだから」

「わたしも好きよ」オリヴィアは言った。「でも、なんだか息苦しくなりそう」

「試してみればいいのよ。あなたは勇気がある」

オリヴィアは顎をつんとあげてみせた。「ええ、まあね」そして、立ちあがって三歩進み、バルコニーの手すりに歩みよった。「考えてみるわ。でも、あなたの新しいペットになるのを断っても驚かないでね」

「驚くわよ。わたしたちには解決すべき問題があって、これは問題を解決するための名案なんだから。きっとすてきな関係を作れるわ」

「そうね」オリヴィアは笑いながら森を振り向いた。「でも――」ふいに言葉を切り、頭を持ちあげる。

「オリヴィア？」

「静かにして」オリヴィアはしばらく黙りこんだ。「ディアナ、このバルコニーはまっすぐ森に面していると言ってたわよね。両側が丘の斜面になっていて」

「そうよ」

「じゃあ、森のなかにいなければわたしたちを見ることはできないはずね。こんな時間に人がいるとは考えにくいけれど」

ディアナは座ったまま姿勢を正した。「ええ。どうして？」

オリヴィアはしばらくして答えた。「外に誰かがいる。たぶん森のなかに。こちらを見てはいないかもしれないけれど、誰かがいるの」

「ネルソンじゃないの？」

「彼は家の表側を見張ってる」

「きょう会った特殊部隊員の、タッド・マートリンかも」

「そうかもしれない」オリヴィアは頭を振った。「でもちがう気がする」

「何か聞こえたの？」

「いいえ。聞こえたのかもしれないけど、よくわからない」オリヴィアは首を傾け、耳を澄ました。「わたしも耳がいいのよ。ケンドラほどではないから、音を聞き分けるのは難しいけれど」暗闇に顔を向ける。「音じゃない。気配を感じたんだと思う。誰かがいるのを」オリヴィアは唇を湿らせた。「いやな感じがする……悪い予感が」

ディアナはすばやく立ちあがった。「それなら、何か手を打たないと」オリヴィアの腕をつかみ、フレンチドアのほうへと引っ張っていく。「バルコニーにあがってこられるとは思わないけれど、念のためよ」部屋に入り、鍵をかけた。「ネルソンに電話して、こっちに来てもらってちょうだい。わたしはタッド・マートリンにかけて、家の両側の森を調べてもらう」ディアナは携帯電話を手にした。「対策をとりましょう」

オリヴィアはディアナに顔を向けた。「気のせいかもしれない。証拠はないのよ」

「仮説があって初めて証拠が生まれるの。そして、直感に基づく仮説もある。目が不自由なぶん、あなたの直感は優れてるわ」ディアナはすばやく番号を調べてボタンを押しはじめた。「だから、直感を過小評価してはだめ。わたしはあなたの味方で、わたしたちはいっしょに闘ってるのよ。さあ、ネルソンに電話して、状況を把握しましょう」

12

サンディエゴ
午前九時五分

携帯電話に表示された発信者を見て、リンチは電話機を握る手に力をこめた。タッド・マートリン。

よくない徴候だ。

リンチはボタンを押した。「何かあったのか？」

「はっきり言えることは何もない。ディアナ・マイケルズからゆうべ遅くに電話があって、家のまわりの森を調べてほしいと言われた」

「物音を聞いたのか？」

「いや、オリヴィアが何かを感じたらしい」

「感じた？」

「ディアナはそう言っていた」マートリンは言葉を切った。「軽んじることはできない。

われわれはふたりとも、直感の重要性を知っている。証明はできないが」

「何か見つかったのか」

「ゆうべは異常はなかった。けさ明るくなってからもう一度調べてみたが、やはり足跡も人がいた痕跡も見つからない。誰かがいたとしても、森に慣れた人間だったようだ」

「ケンドラの母親にはどう伝えた？」

「いま話しているとおりのことだ。聡明《そうめい》な人だから、真実を伝えたほうがいい。対処もできる。彼女はふたつ指示を出した。ゆうべ誰かがいたと想定して警戒を続けることと、ケンドラにはこの件を話さないことだ。まだ推測にすぎないのだから心配させたくないと」

「妥当な指示だな」

「彼女は、家のなかで警護しているＦＢＩ捜査官にも口止めした。だが、きみに知らせるなとは言われなかった。どうする？」

リンチはしばらく考えた。ケンドラの母親とオリヴィアにわずかでも懸念があるのは気に入らないが、まだはっきりとした脅威とは言えない。

それでなくともケンドラはいま心労を抱えている。

大事な人間に危険が迫っていたのにそれを伝えなかったと知れば、ケンドラは自分を殺すだろうが、まだ脅威が現実になっているわけではない。

ここはリンチ自身が責任を負って、ケンドラの母親の方針に従おう。

「リンチ？」

「そちらには有能な指揮官がいるようだ。彼女の指示に従ってくれ。だが、こちらへの連絡は絶やすな。どんなささいなことでも、不穏な徴候があればすべて把握しておきたい」

「了解」マートリンは電話を切った。

リンチは物思いに沈みながら携帯電話を見つめ、切断ボタンを押した。胸騒ぎがする。考えるな。いまできることは何もない。

ケンドラを支局に連れていき、マイアットを見つけることに集中しなくては。

FBIサンディエゴ支局
午前十時二十五分

「ショータイムまであと五分だ」グリフィンが作戦室の前方に置かれたマイクに向かって言った。「ユニットリーダーはチームが配置についたら報告しろ」

いまやまさしく作戦室だ。ケンドラはそう思いながら、リンチとともに捜査官たちのあいだを抜けていった。高出力のプロジェクターが幅三・五メートルのスクリーンにサンディエゴの地図を映し出している。点滅する青い点が、街じゅうに配置された各対応チームの位置を表示している。

携帯電話会社〈ライトワイヤー・コミュニケーション〉の技術者がヘッドセットをつけ

て部屋の前方に待機していた。ヘッドセットはエスコンディード近郊にある本社とつながっている。

ひとつ、またひとつと対応チームの報告があがってくる。全チームが配置についた。

室内のざわめきがふと静まり、時計の表示が十時半に近づいていく。

メトカーフがケンドラのそばに来て、大画面に表示されたカウントダウンを見つめた。

「うまくいけば昼前には終わりますよ」小声でささやく。

「ほんとうにそう願いたいわ」

デジタルのカウントダウン表示がゼロに近づく。

十……九……八……七……六……。

うまくいきますように、とケンドラは祈った。この悪夢が終わりになりますように。

五……四……三……二……一。

グリフィンが技術者にうなずき、技術者がヘッドセットに何事かを話しかけた。やがて、彼は顔をあげて捜査官たちに告げた。「ピン送信を開始しました」

ボタンを押し、ヘッドセットの音声をスピーカーに流す。

「アカウント・ワン、反応なし」回線の向こうから声が聞こえた。「繰り返します。反応なし。接続できませんでした」

あちこちからうめき声があがった。

グリフィンが両手をあげ、みなを制した。

ケンドラは室内を見まわした。メトカーフの顔に先ほどまでの自信はもう見られない。

「アカウント・ツー、反応なし」スピーカーから声が聞こえた。「アカウント・スリーも同様です。いずれも接続できませんでした。残念です」

捜査官たちからまたうめき声が漏れた。

ケンドラは肩を落とした。なんとか抱きつづけてきた希望が薄れていく。「使い捨て電話とは言い得て妙ね」

「まだ終わってはいない」グリフィンが言った。「三台めの電話が刑務所との通話に使われてから、まだ二十四時間たっていない。次に使うまで電源を切っているだけという可能性もある。監視を続けよう。各チームはそのまま待機しろ。まだ望みはある」

ケンドラはテーブルに寄りかかった。「そう思いたいわ。そう信じたい」

「最善をつくすしかない」リンチが言った。「そのあいだ、ほかの手がかりを追おう。ノミをふるいつづければダムをも壊せる」

「ノミ？　わたしに必要なのは大型ハンマーよ」

リンチは微笑《ほほえ》んだ。「どこに振りおろせばいいか、正しい方向を示してくれ」

「わたしが示せるかもしれません」リードが部屋の反対側から声をかけた。「これを見てください」

ケンドラ、リンチ、グリフィンと数人の捜査官がリードを取り囲んだ。リードはノートパソコンの画面を指さした。「サン・クエンティンから、犯罪ドキュメンタリー作家になりすました人物の指紋が送られてきました。検索をかけたところ、一件ヒットしました」

ケンドラは鋭く息をのんだ。ふたたび希望がまたたきはじめた。

リンチが身をかがめて画面を見つめた。「名前は？」

「ノーマン・ウォーラックです」

ケンドラは身を固くした。「どこに住んでいるの？」

「サンディエゴです。まだ調査中ですが、たいした犯罪歴はありません。一年前に酒気帯び運転、今月に入ってから飲酒による治安紊乱《びんらん》行為で逮捕されています。この数年で何度か引っ越しをしているようですね」

ケンドラは記録を読んだ。「話をしたいわ。話をしなくては。知ってるのよ……この人を」

サンディエゴ　ミッション・ハイツ
午後二時十五分

リンチはうらぶれたアパートメントの前に車を停《と》めた。欠けたしっくい塗りの壁や、壊れたブラインドを頭で示す。「幽霊屋敷みたいだな」

ケンドラは悲しい気分でうなずいた。「以前はあんなにきれいな家に住んでいたのに」

リンチはケンドラを見た。「訪ねたことがあるような言い方だな」

「あるわ」

リンチは一瞬黙りこんだ。「質問を浴びせずにいるのはなかなか気が利いていると思わないか？　いずれきみから話してもらえる予感がするんだ」

「自制心に感謝するわ。あなたにはさぞかしつらいことでしょうから」

「かなりね」リンチはかすかに微笑んだ。「だが、きみにはその価値がある」

ふたりは車から降りて建物の入り口に向かった。防犯ロックつきのドアはいまは開けっぱなしになっていて、住人に解錠してもらうまでもない。階段をのぼって二階に行き、通路のいちばん奥まで進んだ。

ケンドラはドアをノックした。三十秒ほど待っても返事がなく、もう一度ノックする。しばらくして足音が聞こえた。ドアがわずかに開き、隙間からインタビュー映像に映っていた男の顔が見えた。

「ノーマン・ウォーラック？」

「ああ」男は寝起きのように見えた。四十代半ばでやせていて、白髪がやや伸びている。

「ケンドラ・マイケルズといいます。こちらはアダム・リンチ。ＦＢＩの捜査に協力している者です。なかに入っても？」

男はケンドラをじっと見た。「ケンドラ・マイケルズ。そうか……実は手紙を書こうと思っていたんだ。結局は……書けなかったが」

「お気持ちはわかります」

「ほんとうに？」男はドアを大きく開け、ふたりを通した。

ケンドラとリンチはワンルームのアパートメントに足を踏み入れた。家具はほとんどなく、ローンチェアがひとつと寝袋、小さなテレビがあるだけだ。

ウォーラックは髪をかきあげた。「それで、用件は？」

ケンドラはやさしく言った。「見当はつくんじゃありませんか、ミスター・ウォーラック……なぜエリック・コルビーに会いに行ったんです？」

しばらくたってから、ウォーラックは口を開いた。「ずっと、そのことで誰かが訪ねてくるのを待っていた気がする」ケンドラから目をそらし、ローンチェアに腰をおろす。

「もっと早いかと思っていた」

「ある男があなたの小さな息子を殺した。そして四年後、あなたは別人のふりをしてその男を訪ねた」

糊で開かされた目……。

ウォーラックは目をそらしたまま言った。「ああ。どうかしているよな？」

「かなり混乱した行動ですね」

「あの男にスティーヴィーを奪われてから、すべてが変わった。すべてが」

「つらかったでしょうね」

「いや、そもそも人生はつらいものだ。だがこれはまったくちがう。地獄だ。あの……獣《けだもの》はおれたちの人生から愛を奪った。おれたちのものだったはずの幸せを奪いとったんだ」

「奥さんはどこに？」

ウォーラックがついに振り向いた。「あのあと長くは続かなかった。妻はやさしい心の持ち主だった」

ケンドラはうなずいた。「捜査に加わってすぐに、シーラに会ったわ。強い人だった」

「おれよりも強かった。ついにはこの街を出て、しばらく姉とミシシッピで暮らしていた。いまはあちこちを渡り歩いている。ひとところに留《とど》まるのがつらいんだろう」ウォーラックの目から涙があふれた。「知っているだろう、スティーヴィーの遺体が発見されたとき、警察はおれの関与を疑った。おれは悲しみでどうにかなりそうだったのに、その仕打ちにも耐えなきゃならなかった」

「警察はあらゆる可能性を考慮しなくてはならない」リンチが静かに言った。「彼らは彼らの仕事をしただけだ」

「わかっているさ。だが、シーラさえしばらくおれを疑っていた。耐えがたかった」

「ふたりともひどいストレスにさらされていたのよ」

「そう思うか?」皮肉まじりにウォーラックは言った。

ケンドラは身を乗り出した。「ノーマン……なぜコルビーに会いに行ったの?」

ウォーラックは肩をすくめた。「あの男を自分の目で直接見て、この世になぜああいう悪が存在するのか理解しようとしたと言ったら、信じるか?」

「いいえ。信じない」

ウォーラックは微笑んだ。「さすがだな」

「理由を話して」

「コルビーに会いに行ったのは……やつを殺すためだ」

ケンドラはうなずいた。

ウォーラックは立ちあがり、窓辺に歩いていった。壊れたブラインドの隙間から外を見やる。「何年も、あの男が死刑になるのを見れば満足すると思っていた。だが、処刑の日が決まったとき、それでは足りないと悟った。この手で息の根を止めたい、苦しませてやりたいと思った」

「そのために作家のふりを?」リンチが尋ねた。

「おれはコルビーに近づけてもらえないとわかっていたから、別の方法を考える必要があった。コルビーが興味を持ちそうな、でもあまり有名ではなくてネット上に顔写真が出まわわっていない犯罪ドキュメンタリー作家を見つけた。写真が入手しにくい人物にしたのは、刑務所で調べられたときの用心だ。精巧な身分証を作って、試してみた。厳しい手続きがあるのでどこかでつまずくかと思ったが、そうはならなかった。結局、三回面会した」

「どうやって殺すつもりだった？」リンチが訊《き》いた。「武器は持ちこめないだろう」

「いや、持ちこんだ。三回とも」

「どうやって？」

　ウォーラックは窓枠に手を伸ばし、長さ十五センチほどの薄くて白い刃を取りあげた。ふたりに見せる。「動物の骨でできている」

　リンチはそれをじっと見た。「鋭い刃だ。だが、看守は厳しく身体検査をする。卑猥《ひわい》なほど徹底的に」

「ああ」ウォーラックは刃先を使い、左腕の上腕の内側にある、ほとんど見分けのつかない皮膚の垂れ蓋を持ちあげた。刃を押しこんで、完全に皮膚の下に隠す。

　ケンドラは目を見開いた。「いったい……」

「スキンポケットだ。自分で切って焼灼《しょうしゃく》した」ウォーラックは右腕の傷跡を見せた。「こっちを最初にやったんだが、失敗した。化膿《かのう》して、いっときは腕を失うんじゃないかと思った。それでも、もう一度反対側の腕で試した。今度はうまくいった。残念ながら、腕をまっすぐ伸ばすことは二度とできないだろうが」

「そうやって刑務所内に持ちこんだのか」リンチが言った。「なんの役に立ったんだ？　コルビーには使わなかっただろう」

「何週間も動きの練習をした。すぐに看守に取り押さえられるだろうから、チャンスは一度しかないとわかっていた。心臓をひと突き。できればさらに一、二回」ウォーラックは唾をのみこんだ。「だが、面会するたび、怖くなった。コルビーはあの醜い目でおれを見て、おれはおじけづいた。臆病者だったんだ。シーラが離れていったのも当然だ。そのうち、コルビーに疑われて面会を許可されなくなるのではないかと不安になった。コルビーにテレビ局のクルーと話をしろと言われたときは、もう一度面会できるようにという一心で承諾した。そろそろ作家ではないことが誰かにばれて、計画はだめになるのではないかと思っていた」ウォーラックは親指と人差し指で刃をつまんで、腕のポケットから引き出した。「おじけづくたびに自分がいやになって、家に帰ったらこれで自分の胸を刺そうと思ったよ」嫌悪に唇をゆがめる。「だが、その勇気もなかった」

「勇気の問題じゃない」ケンドラは言った。「心の奥底で、あなたは死にたくないと思っていたのよ。そして、コルビーにはあなたの残りの人生を棒に振るだけの価値がないこともわかっていた。息子さんもそんなことは望んでいなかったはずよ」

ウォーラックは頰の涙をぬぐった。「おれは今夜のためになんとか生きてきた。とうとうそのときが来るんだよな？　ようやくあの男は死ぬ。あの汚点がこの世界からぬぐいとられるのを見たら、どんなにか心が休まるだろう」

「ええ、そうね」

ウォーラックは黙りこみ、やがて尋ねた。「ひとつ訊いてもいいか」

ケンドラはうなずいた。

「機会があったのに、なぜあの男を殺さなかった？　殺していれば、ずっと前にすべてが終わっていた」

ケンドラは身を固くした。

リンチがすばやく前に出た。「その言い方はフェアじゃない、ウォーラック」

「いいえ、いいのよ。彼には訊く権利がある」ケンドラはウォーラックの目を見つめた。「わたしも同じことを自分に何度も問いかけたわ。わたしはその誘惑に駆られて、それを押しとどめた。倫理に従って、正しいことをしようと思ったの。それがこんなひどい結果を生むとは思っていなかった――あなたにとっても、ほかの大勢の人にとっても」ケンドラはウォーラックの腕を握った。「ごめんなさい、こんな思いをさせて。今夜が過ぎたら、あなたの心に平穏が訪れることを祈ってるわ」

「おれもだ」ウォーラックは腕に置かれたケンドラの手を見つめた。「おれたち全員に平穏が訪れることを祈っている」そして、リンチに目を向けた。「彼の言うとおりだ。おれにあんたを責める権利はない。あんたはあの男をつかまえてくれた。おれはただ、裁判やそのあとのいろいろなことがなかったら、おれとシーラにとってはずっと楽だったのにと思っているだけだ」

「そうね」ケンドラは声を震わせた。「そう思うのも無理はないわ。でも、そろそろ前を向かなくちゃ。コルビーが死んでも、あなたの人生はまだ終わらない。さっきも言ったけれど、スティーヴィーはそんなことを望んでいないわ。これからどうするつもりなの？」

「わからない」

ケンドラはリンチをちらりと見てから、ウォーラックに目を戻した。「ねえノーマン、あなたを助けることができる場所に連れていかせて。あなたの気持ちを軽くしてくれる人たちを知っているの」

ウォーラックは顔をしかめた。「行かないといけないのか？」

「いいえ。逮捕するとかそういうことではないの。あなたのために言っているだけ」

「おれはどこにも行きたくない」

「わかったわ。でも、誰かにここに来てもらってもいいかしら？　ここであなたを助けてもらえるように」

ついにウォーラックはうなずいた。「ああ」

「その刃をわたしにもらえない？　だめかしら」

ウォーラックはうなずき、おずおずと刃を差し出した。

　ケンドラはそれを受けとり、上着のポケットに滑りこませた。薄い刃は空気のように軽く、ポケットに入っていることさえ忘れるくらいだった。「ありがとう、ノーマン」

「どういたしまして」ウォーラックはテレビの前に座った。「もう帰ってもらえるか？　ニュースを観《み》て、死刑反対を主張しているやつらのせいでコルビーが処刑を免れたりしないように見張っていたいんだ」テレビの電源をつける。「おれがなぜコルビーに会いに行ったのか、知っている人ができてほっとしたよ。ずっと気にかかっていたんだ」

「わたしたちもあなたのことを知ることができてよかった。あなたを助けてくれる人をここによこしてもいいと言ってくれたこと、忘れないでね」ケンドラは戸口で振り返った。「約束よ」

　ウォーラックはうなずき、テレビに目を向けた。

　ケンドラはドアに向きなおった。

「ケンドラ」

　後ろを振り返る。

「おれたちのなかの誰よりも心の平穏が必要なのは、あんたかもしれない」ウォーラックは静かに言った。「おれのせいでつらい思いをさせて、すまなかった」

「だいじょうぶよ」ケンドラはなんとか笑みを浮かべ、部屋を出て階段をおりた。

「何がだいじょうぶだ」リンチが追ってきて、ケンドラのために建物のドアを開けた。

「あいつはきみを引き裂くところだったじゃないか」

「ちがうわ、わたしを引き裂いたのはコルビーよ。ウォーラックが言っていたように、人生はつらいものだわ。でもこれは地獄よ。ウォーラックは何も悪くない。コルビーが死んだあと、目標を失った彼が自殺しないように気をつけないと」ケンドラはフェラーリに乗りこんだ。「わたしを責めたことについては、もしウォーラックがマイアットのことを知っていたら、もっと厳しく非難して当然だった。コルビーがマイアットを引きこんだことで、連鎖がまだ続いている」手をあげて、リンチが反論しようとしたのを止める。「わかってる。すべては過ぎたことで、わたしたちは前に進むしかないのよ」ケンドラは深呼吸をして、体の力を抜こうとした。

「ぴりぴりしているな」

「なぜ神経を尖《とが》らせなくてはいけないの？　コルビーがもうすぐ死んで、そのときにマイアットが何か恐ろしいことをするんじゃないかと不安だから？」

「じゅうぶんな理由だろう」リンチはエンジンをかけた。「きみはこの一日を早く終わらせたがっている。だが、ウォーラックとちがって、きみはテレビの前で処刑が終わるまでぼうっとしているわけにはいかない。だから、きみを忙しくさせておくのがいいと思う」リンチは微笑んだ。「精力的に動きまわって、コルビーやマイアットのことを思い悩む暇ができないようにしよう。細かい点に注意を向けて、ピン送信のことやほかの捜査のことだけを考えるんだ。どうだ？」

「いいわ」ケンドラはリンチに感謝の目を向けた。リンチは揺るぎなく、タフで、やると言ったことは必ずやる人だと信じられる。そんな相手は滅多にいない。「まずは何をする？」

「グリフィンに連絡をして、あちらの様子を聞こう」リンチはスピーカーホンにして電話をかけた。ノーマン・ウォーラックについて報告したあと、尋ねる。「何か進展はあったか？」

「特にはない」グリフィンは言った。「時間が必要だ。だが、あまり猶予はない」

「よくない知らせだな。けさは楽観していたのに」

グリフィンは黙りこんだ。そして、言った。「わたしにとってもつらいんだ、リンチ。ひとつ頼みがある」

リンチは小さく笑い、ケンドラを横目で見た。「頼み？　ぼくにか」

「たいしたことじゃない」グリフィンは不機嫌に言った。

「ぜひ聞こう。貸しを作れるとは、こんなにうれしいことはない」

グリフィンはひとしきり悪態をついた。「借りなど作るものか」

リンチは舌を鳴らした。「それが人にものを頼む態度か？」

「これはわれわれ全員の利益になるんだ。すでにＦＢＩ副長官に依頼して、知事に交渉してもらっている」グリフィンは言葉を切った。「捜査が終わるまでコルビーの処刑を延期できないか、かけ合うしか道はないと判断した」

ケンドラは腹を殴られたような気がした。息ができない。

だめ、だめよ。

リンチは笑みを消し、ケンドラの表情をうかがいながら言った。「本気か？　その選択肢はないと思っていたが」

「やってみるしかないんだ。これは厳しい交渉になる。知事側は処刑を望んでいるし、延期が長びくほどコルビーが上訴する可能性は高くなる。それが何を意味するかはみな承知している」

「上訴したら、死刑が執行されなくなるかもしれない」リンチが言った。「カリフォルニアで死刑廃止の住民投票が行われれば、その可能性は高くなる。前回は廃止まであと二十五万票というところまで行ったからな。それでもほんとうに延期を求めるのか？」

「悪魔に魂を売るようなものなのはわかっている。だが、野放しになっている連続殺人犯がいて、コルビーがその正体を知っていることは確かなんだ」

ケンドラは信じられない思いでリンチを見つめた。なぜそんなに落ち着き払っていられるのだろう。あと一日でもあの怪物を生かしておく可能性について、なぜ平然と話せるのだろう。

「知事を説得するのは至難の業だろうな」リンチが言った。

「だからきみに頼らざるをえないんだ。きみはワシントンに強力な伝手《つて》があるだろう。知事室はいまケースファイルを評価している。夕方までに返事が来る予定だ。だが、きみから何か働きかけをしてもらえるとありがたい」

「考えてみる」リンチは通話を切った。

「考える？」ケンドラはショックを受けて繰り返した。「グリフィンがコルビーを生きながらえさせるのを手伝うか、考えてみるっていうの？」

「考えると言っただけだ。きみとちがって、ぼくにはやつと感情的なかかわりはない。是非を慎重に検討する必要がある」

「わたしが感情的になっているというのは事実だわ。でも、善悪の判断はつく」

「ぼくの影響力を使ったとしても、難しい交渉なのは変わらない。知事は州権を重んじている。ワシントンの実力者から指図を受けても意に介さないだろう」

「それなら知事に正しいことをさせればいいわ。グリフィンに手を貸すかどうかを検討しようとすること自体が理解できない」

「防げるものなら、これ以上人が殺されるのをぼくは防ぎたい」ＦＢＩ支局に着き、リンチは車を路肩に止めた。「ぼくはきみとはちがうんだ、ケンドラ。ぼくの正しいと思うことをする」

ケンドラは怒りと苛立《いらだ》ちを覚えてリンチをにらんだ。ついさっきまでリンチをとても近くに感じていたのに、いまはこれ以上ないほど遠く離れている気がする。ふいに、グリフィンの行動にも、リンチとの隔たりにも耐えられなくなった。

「わかったわ」ケンドラは車から降りた。「でも、グリフィンたちが罪を犯そうとするのを見るのは耐えられない。あとでまた会いましょう」

リンチが悪態をつくのを聞きながら、ケンドラは歩きはじめた。すぐにリンチが横に並んだ。「いまひとりで外を歩くのは危険だ」

歩きつづける。

リンチはケンドラの腕を押さえて自分のほうを向かせた。手をつかみ、フェラーリのキーを握らせる。「ぼくの車を使え。ただし、怒りに任せて傷をつけでもしたら、ただではすまないからな。何か進展があったらこちらから連絡する」それだけ言って、リンチは歩み去った。

ケンドラは手のひらのキーを見つめた。リンチはあのばかげた、自己顕示欲の塊のような車を大切にしている。壊してやったらさぞ――

でも、そんなふるまいは子どもじみているし、威厳を損なうような真似《まね》をするつもりもない。わたしの怒りと主張は正当なものなのだから。

そして、いまいましいことにリンチはそこまで読んでいる。

ケンドラは体の向きを変え、フェラーリのほうに向かった。

サン・クエンティン州立刑務所　礼拝室
午後八時四十分

「ありがとう、所長」コルビーは穏やかに微笑んだ。「最後の機会を作ってくれてうれしいよ。監房で最後の祈りをするのはいやだったんだ」そして、礼拝室を見まわした。「このほうが……ずっとふさわしい」

「最後の願いは支障がないかぎり叶《かな》えることになっている。邪魔が入ることもない」サラサールは四人の看守に合図した。「祭壇までついていけ。だが、祈るあいだは距離を置いて、彼のプライバシーを確保するように」そして、コルビーに言った。「牧師と話したいか？」

「なんのために？　前は牧師と話したが、いまはもう手遅れだ。あと四時間でおれは死ぬ。牧師はおれに赦《ゆる》しを与えることはできない。必要ないよ」コルビーは祭壇の上の蝋燭《ろうそく》と十字架像を見た。「房に戻るまで何分ある？」

「三十分だ」

「それならじゅうぶんだ」コルビーは看守たちをちらりと見た。「彼らをあまり待たせないようにするよ」唇をゆがめる。「あんたもだ、サラサール所長。あんたにとっては大変な夜になるだろうからな。おれが死ぬのを見に、人がたくさん集まるんだろう?」

サラサールは表情を変えずに言った。「興味を持っている者は大勢いる」

「どんな様子になるか想像がつくよ。おれは一種のスーパースターだ」コルビーは十字架像の下で揺れる蝋燭の炎を見つめながら、通路を進みはじめた。「おれのパフォーマンスがみなをがっかりさせないといいんだが」

サラサールは何も答えず、コルビーは彼を頭から締め出した。やつは取るに足りない存在だ。これまでずっと利用してきたが、もう重要ではない。いまは目の前の仕事に集中しなくてはならない。

コルビーは祭壇から二列めの信徒席に移動した。この数日、礼拝室に来たときはいつも同じ席に座っている。すべてがまったく同じになるよう気を配ってきた。

看守までもが同じ位置に立っている。最後尾から六列め、信徒席の通路に。

コルビーは膝をつき、十字架像を見あげた。声なき祈りを捧《ささ》げているかのように唇を動かす。

目の前の信徒席の下に手を伸ばした。

まぶたを閉じる。

どうか、あってくれ。

コルビーはほとんどすべての物事を自在に操れるが、マイアットが買収した看守だけは話が別だ。細部をマイアットに委ねなくてはならないのは気に入らなかった。やつはなんでも言うことを聞くが、連絡がとれないあいだの個々の判断まではコントロールできない。だが今回、マイアットはうまくやったらしく、看守もばかではなかったようだ。

携帯電話が手にふれた。

祭壇の蝋燭を見つめたまま、通話ボタンを押した。「いい子だ」ふざけた口調で言う。「よくやった」

「ちゃんとやると言ったでしょう」マイアットは小声で言った。「やらざるをえなかったんですよ、最近は連絡をとれていませんでしたから。言われたことを外できちんとやっているのをこうして伝えたかったんです」

「それで、うまくいっているのか」

「もちろんです。話し合って決めたことはほぼ全部やりましたよ。ケンドラ・マイケルズはまだ片づけられていませんが、数日中に対処します。マイケルズの母親と友人を使っておびき出すことになるかもしれません」マイアットはすばやく付け加えた。「でも、必ずやりとげますよ。約束したんですから」

「信用しているよ。これまですばらしい働きをしてくれたんだから当然だろう?」自分は誰も信用しないが、マイアットにはわれわれが一心同体だと思わせ、これからも仕事を続けてもらう必要がある。「ただ、すべてが予定どおりに進んでいることを確認したかったんだ」手を祈りの形に組み、頭を垂れる。「速やかに対処してくれ。ケンドラ・マイケルズと、きのうスカイプで話をした。向こうはもうすぐおまえをつかまえられると思っているようだ。かまをかけているんだろうと言ってやったが、万が一にも抜かるなよ。ふたりで手間をかけて追いこんだんだからな」

「全部おれがやったんだ」

「なんだって？」コルビーは物柔らかな声を出した。「いまなんと言った？」

「舌が滑りました」マイアットはあわてて取り繕った。「あなたは天才ですよ。これまでおれを導いてくれた。でも、全体像におれなりの色をつけてうまく対処してきたことも認めてください。このあいだはあなたの知らない殺しもやったんですよ」

思いあがった愚か者め。コルビーは苛立った。「ああ、おまえは賢い。おれの望んだことをやりとげる力があると思ったからこそ、おまえを選んだ。だが言っておいたはずだ、マイケルズに集中しろと」

「そうするつもりです。ただ、主導権を握っているのは誰なのかをあの女に思い知らせたかったんですよ」

「おれがやれと言ったことだけやれ」コルビーは歯を食いしばりながら言った。

「あなたを怒らせるつもりはなかったんです。喜んでもらいたくてやったんだ」

熱くなるな。落ち着け。「おまえにはいつも満足している」コルビーは言葉を切った。

「ただ、すべてをはっきりさせておかなくてはならないんだ。もうあまり時間がない」皮肉たっぷりに付け加える。「あと数分でおれは監房に戻されて、お決まりの儀式をやらされる。死刑執行人に会うんだ」

　マイアットは長いあいだ黙っていた。「怖いですか、コルビー」

「侮辱するな」コルビーは鋭い声で言った。「怖がるのは下等な人間だけだ。おれは恐怖など感じない。マイアット、おまえも感じるはずがない」

「すみません。そんなつもりでは――」

「いいさ。おまえはおまえの仕事をしてくれればそれでいい。もう行かなくては。じゃあな、マイアット」

「失望はさせません」

「わかっている」コルビーは通話を切り、電話機を信徒席の下に戻した。しばらくひざまずいたまま、祈りをつぶやくように唇を動かしつづける。

　絶望を思わせるしぐさで、信徒席に置いた腕の上に頭をのせた。さらに二分たってから、頭をあげ、深く息をついて立ちあがった。

　コルビーは礼拝室の後方へと通路を歩き出した。サラサールが待っている。

　通路にいた看守たちが、モーゼを前にした紅海のように道を空け、コルビーを通した。ぴったりの比喩だ、とコルビーは辛辣に考えた。自分の力と知性に比べ、やつらのなんと愚かで単純なことか。

コルビーが近づいてくるのを見て、サラサールが姿勢を正した。「どうだ？　気持ちは落ち着いたか」

「そう言っていいだろうな」コルビーはサラサールを見ずに礼拝室のドアへと向かった。

「少なくとも、おれが忘れ去られないことは確信できた」

13

サン・クエンティン州立刑務所　東門

刑務所の門の外には、死刑に反対する人々が二千人以上集まっていた。テレビ局のクルーや新聞記者、ビデオカメラを持ったブロガーたちも大勢いる。

リリー・ホルトが、被害者権利団体代表の殺気だった女性のインタビューを終えたとき、ボビー・チャッツワースが現れて、バリケードの外で合流した。

「うまくいった？」リリーは尋ねた。

「いや、立会室の席を手に入れようと一日奔走したが無駄だったよ。〈ロサンジェルス・タイムズ〉の記者が五千ドルで売ってくれそうだったんだが、おじけづいてしまった。仕事を失うんじゃないかと怖くなったらしい」

「いずれにせよカメラは持ちこめないでしょう」

チャッツワースは赤い口髭《くちひげ》を揺らして微笑《ほほえ》んだ。「向こうに見つかったカメラはね」

リリーは険しい目でチャッツワースを見た。「どういう意味？」

「きょうがまったくの無駄じゃなかったということだ。あすの朝に特別なオークションが開かれるという情報をつかんだ。ある〝名士〟の見届け人が、小型HDカメラをペンか飾りピンに仕込んでこっそり持ちこむらしい。処刑の映像がオークションに出されるんだ」

「いくらあなたでも悪趣味だわ」

「そりゃどうも」

「局は絶対に放送しないわよ」

「するさ。ぼくが売りこむ。きっと今シーズン一の視聴率をとるよ。ウェブ上にアップすれば、今後世界じゅうの何百万という人が観《み》ることになる」

「いまでさえ家族や友人から、どうしてあなたと仕事できるのかと言われているのに、そんなことになったらどう返事すればいいの？」

チャッツワースは笑った。「死刑執行が終わったら、ぼくはすぐにここを出るよ。オークションはあすの朝にサンフランシスコで行われるんだ」

「幸運は祈れないけど、悪く思わないで」

「いいさ。ケンドラ・マイケルズのインタビューの件は何か進展があったか？」

「まだよ」

チャッツワースは肩をすくめた。「まあいい。処刑の映像が手に入ればじゅうぶんだ」

日が傾くころ、ケンドラはフェラーリを運転してＦＢＩ支局に戻った。

リンチが通りに立って待っていた。

ケンドラは車を降りて、リンチにキーを渡した。「電話はなかったわね。知事はまだ決断してないの？」

「ほんの五分前に連絡があった。提出した証拠だけでは死刑の延期はできないそうだ」

「あなたのワシントンのお友達は？　力が及ばなかったの？」

「それは関係ない。ぼくは電話しなかったからね」リンチはケンドラの目を見つめた。

「だが、きみのためじゃない。死刑が執行されなくなる危険さえなかったら、電話していた。あらゆる手を使って延期させていただろう。だが、コルビーが死刑を免れるかもしれないと思うと、それだけは我慢できなかった」

「すると、グリフィンはあなたになんの借りもないわけね」

「残念ながらね」

「怒っていた？」

「どうでもいいことだ」リンチはフェラーリに目をやった。「五体満足だな。きみは誘惑に負けなかったらしい」

「あまり運転しなかったから」ケンドラは言った。「公園に行って、頭を整理してたの」

「うまくいったか？」

「あまり。でも、少しはましになったわ」ケンドラは建物の入り口に向かった。「知事が正しい判断をしたのなら、マイアットの捜査に戻れるわね。グリフィンはどこ?」

「作戦室にいる。炎を吐いているよ」

エレベーターの扉が開くと、グリフィンの姿が見え、リンチの言った意味がわかった。

「さぞ喜んでいるんだろうな」ケンドラを見るなり、グリフィンが苦々しげに噛《か》みついた。

「喜んではいないわ。どちらかといえば……満足してる」

グリフィンは悪態をつき、かつてはデスクが並んでいた窓辺に歩みよった。日が沈み、遠くに街明かりが輝いている。グリフィンは振り返ってメトカーフを呼んだ。「刑務所の情報から何かつかめたか?」

メトカーフが前に進み出た。「いくつかの線を追っていますが、いまのところは……」

そのとき、携帯電話会社の技術者のノートパソコンから高いブザー音が鳴り響いた。

ケンドラはスクリーンに映し出された地図に目を向けた。朝から何も変わっていないが、ブザー音は鳴りつづけ、やがて地図上に点滅する赤い点が表示されていることに気づいた。

「あれはどういう意味?」

「調べます」技術者が言い、ノートパソコンの前に駆け戻った。「来ました。電話機のひとつがネットワークに接続しました」

グリフィンが窓際から駆けよった。「場所は?」

「街の北東です」技術者は携帯電話を取りあげた。「どこまで範囲を特定できるかやってみます」

サン・クエンティン州立刑務所　死刑立会室

コルビーは立会人の看守、トム・レスターから手渡された新しいジーンズとデニムのワークシャツを見つめた。「これは？」

「着替えてください」

コルビーは眉を持ちあげた。「〝ください〟？　そんな言葉はここに来てから初めて聞いた。死刑囚には特権があるようだな」

看守は糊《のり》の利いた新品の服を指さした。「決まりだ。もう時間になる。着替えろ」

「笑えるな、処刑のための衣装か。着替える場所はあるのか？」

「ない」

コルビーはレスターともうひとりの看守、パトリック・ネーヴィスにうなずいた。「だろうな。一大ショーの前に自殺されるわけにはいかない」そして、左側の壁を示した。

「処刑室はこの向こうなんだろう？」

「いいから着替えろ」

コルビーは看守たちに背を向け、受刑者服を脱いでジーンズとシャツを身につけた。襟を直しながら向きなおる。「青は似合わないんだがな」

「座れ、コルビー」

コルビーはにやりと笑って寝台の脇に腰をおろした。「やさしくしてくれよ。おれがいなくなったらさびしくなるぜ」

サンディエゴ　FBI支局

「ユニットリーダー、出動準備をしろ。ターゲットが反応した」グリフィンはそう言うと、集まった捜査官たちに背を向け、技術者のほうに身を乗り出した。技術者は電話で話しながら手早くメモをとっている。

彼はメモを剝ぎとり、グリフィンに手渡した。「電話機はこの住所の三十メートル以内にあると思われます」

「ブレイカー・ドライブ二六六一三」グリフィンは言った。「対応チームを向かわせろ。この通りの住人全員の名簿がほしい。リード、これまでに集めた容疑者のデータベースに一致する者がいないか確認だ」

リードはすでにキーボードを叩《たた》きはじめていた。「住人のリストは抽出しました。いま照合中です」

ケンドラはリードに近づき、ノートパソコンに表示された名前の一覧を見た。ショックに体がこわばった。「まさか」

リンチがそばに立った。「どうした？」

ケンドラは茫然《ぼうぜん》と首を振った。「ありえない」唇を湿らせる。「何かの偶然だわ。リストの三番めにディーン・ハリーの名前があるの。歴史学の教授、母の同僚なの。先日の夜、カブリロ橋でいっしょにいた人よ。だけど、彼だなんてそんなはずは……」ケンドラの声は立ち消えた。「でも、彼には服役経験がある。わたしに話してくれた理由で服役していたのではないのかもしれない。ただ……嘘《うそ》をついていたようには見えなかった」

リンチはグリフィンを見た。「ブレイカー・ドライブ二六六一三。ターゲットはそこだ」

そして、リードを振り返った。「ディーン・ハリーの写真を入手して、全チームに配布してくれ。運転免許証やパスポートの写真がすぐに見つからないときは、カリフォルニア大学サンディエゴ校のウェブサイトをあたるといい」

ケンドラの耳にその声は届いていなかった。ただパソコンの画面を見つめていた。ディーン・ハリー。

サン・クエンティン州立刑務所　処刑室

「狭いな」コルビーは笑みを浮かべながら楕円形《だえんけい》のドア口を抜け、三人の看守に付き添われて八角形の処刑室に入った。直径二メートルあまりの部屋の中央に、台がひとつ置いてある。大きな窓が五つあり、その向こうの立会室にジャーナリストや政治家、いわゆる名士など四十五人が集まっていた。被害者の遺族の姿もある。

コルビーは見届け人たちと目を合わせることなく台に乗り、ナイロンの拘束具で体を固定された。

死刑執行の責任者である、がっしりとして濃い髭を生やしたロン・ホイルを見あげる。

「最後の言葉を遺《のこ》したい」

「その権利は放棄したはずだ、ミスター・コルビー」

「気が変わった」

ホイルは立会室の奥にいる刑務所長をちらりと見た。州司法長官と並んで立っている。

サラサールがゆっくりとうなずいた。

「いいだろう」ホイルは言った。「そこから最後の言葉を述べろ。みなには聞こえる」

「聞こえても聞こえなくてもどうでもいい。胸に書いてある」

「なんだと？」

「おれの最後の言葉は胸に書いてある。シャツのボタンをはずしてくれ」

ホイルはためらった。

「破ってもいいぞ。このシャツを使うのもあと少しだ」

異例の事態にとまどい、ホイルはしばらく凍りついていたが、やがてデニムシャツのボタンを上からふたつはずした。布を開いてコルビーの胸をのぞきこみ、とたんにぎょっとして手を離す。

コルビーは笑い声をあげた。

ホイルは怒りに身を震わせ、心電計の電極を持っている医師のほうを向いた。「やれ」

サンディエゴ　ブレイカー・ドライブ

ケンドラとリンチが到着したとき、ブレイカー・ドライブの二六六〇〇区画はＦＢＩとサンディエゴ市警によって封鎖されていた。捜査官たちが音もなくディーンの家を包囲し、制服警官たちが、困惑する近隣住民をそれぞれの家からバリケードの外に連れていく。

ケンドラとリンチは車を降りて、四軒離れた袋小路に停《と》まっているＦＢＩの装甲車に駆けよった。

グリフィンが双眼鏡でスペイン風の平屋を観察していた。「ディーン・ハリーの車は私道に停まっているが、本人が家にいる気配はない」

「バイクも持ってるわ」ケンドラは言った。「ガレージに置いている。私道の入り口にタイヤの跡がついているでしょう」

グリフィンはうなずいた。「市警が建物裏手の通りの安全確保を終えるのを待って行動に移る。ほかにハリーについて言っておくべきことはあるか」

ケンドラは首を振った。「ないわ。とても信じられないということ以外は」

「記録によると、ハリーは軍に在籍中、特殊部隊員としてアフガニスタンに赴いている。タリバンの兵士を排除するのに手腕を発揮していたらしい」

技官が強化プラスチックのケースに入ったタブレット端末をグリフィンに手渡した。ディーンの家の、緑がかった暗視映像が映し出されている。

グリフィンはケンドラに向きなおった。「ハリーの家に電話してみてくれないか」

「電話をかけて話をしろと言うの?」

「指示したらかけてくれ。ハリーはきみを知っているし、われわれがいることにはまだ気づいていない。きみから電話がかかってきても警戒はしないだろう。向こうが出たら、話しつづけてくれ。そのあいだに突入して身柄を確保する」グリフィンは冷ややかな視線を向けた。「気が進まないようだな。だが、これは彼の安全のためでもあるんだ」

リンチがうなずいた。「いい考えだ」

ケンドラにはいい考えなのかどうか判断がつかなかった。この状況にとまどい、混乱している。けれども、血を流さないためにはそれがいちばんいい方法に思えた。「わかったわ」携帯電話を取り出す。「いつでも言って」

サン・クエンティン州立刑務所　処刑室

立会医師のドクター・エドワード・プラルゴは、コルビーから一歩さがり、左腕の静脈二箇所につけた点滴のチューブを確認した。いまはそれぞれのチューブから生理食塩水が流れているが、これから三種類の薬剤が体内に送りこまれる。

医師は自分の手が震えているのを感じた。誰にも気づかれないことを祈るしかない。精神的な弱さを見せれば、ベテランの自分でも審査委員会に引っ張り出される。執行人は感情に左右されてはならない。だが、執行人も人間であり、コルビーに対してなんの感情も抱かない者がいたら、そんな相手とはお近づきになりたくない。

医師は処刑室を出て、長いグラフ用紙を吐き出しているプリンターを確認した。鋭いジグザグの線がコルビーの心拍を示している。

隣り合った狭い控え室で、ドクター・プラルゴはラベルつきの三本の注射器がのったトレイを持ちあげた。腕時計を確認する――午後十一時一分だ。

電話が鳴り、立会人が受話器をとった。「了解しました」彼は電話を切り、医師のほうを向いて、いつもどおりの明確な言葉で告げた。「刑務所長から命令が出ました。手続きを進めてください」

ドクター・プラルゴは深く息を吸い、処刑室に戻った。コルビーは冷ややかな暗い目で天井を見つめている。

死んだような目だ、と医師は思った。この男はまだぴんぴんしているが。

一本ずつ薬剤を注入する。最初に〝ペントタールナトリウム〟とラベルづけされた注射器を使い、麻酔をかける。チューブから薬剤が流れこむと、コルビーはすぐに意識を失い、わずかにまぶたを閉じた。

生理食塩水洗浄のあと、今度は〝臭化パンクロニウム〟とラベルづけされた注射器から薬剤を投与し、全身を麻痺《まひ》させる。また生理食塩水洗浄をし、〝塩化カリウム〟とラベルづけされた薬剤を投与して、心臓を止める。

一分後、ドクター・プラルゴは用紙を吐き出しつづけているプリンターに歩みよった。平坦《へいたん》な線が伸びている。

医師はコルビーのもとに戻り、簡単な死亡確認を行った。瞳孔拡大、角膜反射消失、呼吸停止を確かめる。

プラルゴはこれまで何百回となくこの確認をしてきたが、今回だけはいつもとちがっていた。この男は、愛し愛されることのできる普通の人間ではない。

邪悪そのものだ。

医師は立会人に向きなおった。

「午前零時九分、死亡を確認しました」

サンディエゴ　ブレイカー・ドライブ

ケンドラは携帯電話をおろした。「だめだわ。ディーンは出ない」

グリフィンはイヤホンを指で叩いた。「数人の捜査官が、居間の窓から何かが光ったのを目撃した。きみの電話が着信して携帯電話が光ったんだろう」そして、身をかがめて装甲車の後ろから反対側を確認し、ヘッドセットに向かって言った。「準備ができしだい突入しろ」

リンチはケンドラを装甲車の陰に引きよせ、グリフィンのタブレットの暗視映像をのぞきこんだ。

夜の様相が一変した。

瞬く間に前庭が捜査官であふれ、玄関のドアが蹴破られる音がした。

静寂。

懐中電灯の光が窓から漏れ、家じゅうを捜索しているのがわかる。

銃声は聞こえない。

叫び声も。

いったい何が起こっているのだろう。

さらに二分ほどたったとき、数人の捜査官が玄関から出てきた。その足どりに勢いや力強さはなく、表情はこわばり、先ほどまでとは何かがまったくちがっていた。

「クリア！」

通りのあちこちから声が聞こえた。ケンドラはグリフィンのほうを向いた。「いったい何があったの？」

グリフィンはヘッドセットを乱暴にはずした。「なかで死体が見つかった」

「え？　誰の？」

「まだ身元は確認できていない。少し待ってくれ――」

「待てるわけがないでしょう」ケンドラは家へと駆け出した。

「ケンドラ！」グリフィンが叫び、あとを追おうとしたが、リンチがその腕をつかんだ。

「もう遅い。ケンドラを家に入れないようにするには、腹を殴って気絶させるしかない」

リンチは言った。「ヘッドセットで何を聞いた？」

「悪い知らせだ」

ケンドラは庭を突っ切り、玄関に向かった。

警官も捜査官たちもどこかぼんやりとしていて、ケンドラを真剣に止めようとはしなかった。

しかし、玄関前に着いたとき、若い捜査官が道を塞いだ。「入らないほうが――」

ケンドラは彼を押しやり、壊れたドアを通り抜けた。玄関ホールで足を止め、居間の暗がりに目を慣らす。捜査官のひとりが、親切にも――あるいは残酷にも――懐中電灯を部屋の中央に向け、彼らが見つけたものを照らし出した。

ディーン・ハリーの首。

部屋の中央に長いポールがあり、その先に突き刺さっている。ポールは小さなライトスタンドで支えられていた。

ケンドラは息ができなくなった。ずっと昔に工場で見た、あの光景が目の前にある。ポールに刺さった首。糊で開かされた目。ポールに刺さった首。

「ああ、そんな……」ケンドラはあとずさり、吐き気とめまいに襲われた。「いや……いやよ……」

「ケンドラ」リンチが後ろに立っていた。力強い手で両腕を押さえ、ケンドラを支える。

「ディーンよ」

「わかっている」

「嘘でしょう。信じられない……」

いつの間にか流れ落ちていた涙を、リンチがケンドラの頬からぬぐった。

そのとき、ケンドラは部屋の奥にある大きな椅子に気づいた。ディーンの首のない遺体が、腕を肘かけに置き、心地よさそうな姿勢で座らされている。

懐中電灯が遺体の上を通りすぎ、ディーンのシャツのボタンがはずれているのが見えた。胸に文字が刻まれている。ラテン語だ、とケンドラは思った。

警官が遺体のそばにひざまずき、文字を読もうとした。「メテオ?」

「ちがうわ」ケンドラは感情の消えた声で言った。「〝メレオール〟よ」

「メレオール?」

「意味は……〝勝利〟」

サン・クエンティン州立刑務所　処刑室
サラサールはコルビーの顔を見おろした。死んでも生前と同じように冷たく残忍だ。最後まで残っていた見届け人も帰り、立会人たちは死体を霊柩車《れいきゅうしゃ》に運ぶ準備をしていた。

「あれを見たい」サラサールはホイルに言った。

ホイルは肩をすくめた。「そうおっしゃるならどうぞ」コルビーの死体に近づき、シャツを広げて最後の言葉をあらわにする。

そこにはかさぶたと血にまみれたラテン語が一語、刻まれていた。

メレオール。

サンディエゴ
午前一時三十三分

「さあ」リンチはケンドラが座る助手席のドアを開けた。「家に入れ。濃いコーヒーを飲むんだ。ひどい顔をしているぞ」

「だいじょうぶよ」嘘だった。ケンドラの心は凍《い》てついていた。ディーン・ハリーの家で過ごしたこの一時間は悪夢そのものだった。まともにものが考えられず、捜査の助けになることは何もできなかった。ただ、目の前の首のない遺体と、好きになりはじめていたやさしくて愉快な男性を、なんとか結びつけようと必死になっていた。さまざまな記憶がよみがえった。スターバックスで家族の話をしてくれたこと、デニッシュを分けてくれようとしたこと。母を講義室から送り出して、講義の代役を引き受けてくれたこと。「でも、コーヒーはほしい。わたし……寒くて」ケンドラはリンチについて玄関に行き、錠を開けるのを見守った。

「あしたまたこの試練に直面する前に、何もかも忘れてひと晩ぐっすり眠るんだ」リンチはキッチンに行き、御影石《みかげいし》のカウンターに置かれた椅子を示した。「座れ。すぐにコーヒーを入れる」コーヒーメーカーをセットして、ケンドラを見ずにキャビネットからカップを取り出した。「彼のことが好きだったんだろう？」

「いい人だった。おもしろくてやさしくて……」ケンドラは唾をのみこんだ。「母は、わたしにぴったりの相手だと思ってた。感じがよくて、堅実で、落ち着いていて。期待してたのよ、ディーンならわたしを――」口を閉ざし、震える息をつく。「母になんて言えばいいの？　あんなに気に入ってたのに、こんな――」

　ポールに刺さった首。

　椅子の上の首のない遺体。

　メレオール。

「まだ知らせる必要はない」リンチはケンドラの前にコーヒーを置いた。「グリフィンはメディアには詳細を伏せておくつもりでいる。少なくとも何時間かは猶予があるよ」

「それ以上は先延ばしできないわ。ほかの人の口から知らせるわけにはいかない」ケンドラはコーヒーをひと口飲んだ。熱くて苦く、いまはそれがありがたかった。「ただ……どう伝えたらいいのか。ディーン・ハリーが死んだのは、お母さんがブラインドデートをお膳立てしたせいだなんてとても言えない。でも、そういうことでしょう？　マイアットはどこかでわたしとディーンがいっしょにいるのを見て、このゲームの駒におあつらえ向きだと考えたのよ」

　ポールに刺さった首。

　だめよ、考えてはいけない。

「マイアットは勝ったと思ってる。わたしを傷つけたと」

「そうなのか？」リンチが静かに訊《き》いた。

「わたしを傷つけたのはほんとうよ。でも、勝ってはいない」ケンドラはさらにひと口コーヒーを飲んだ。「もう一度きちんとものを考えられるようにならなくちゃ。少し時間がかかるかもしれないけれど」唇をゆがめる。「でも、そんな余裕はない。マイアットはわたしに迫ってきている。そうでしょう?」

「ああ」リンチは自分のカップをコーヒーメーカーから取り出した。「だが、これ以上は近づかせない。ぼくが守る」

「できるの?」ケンドラはカップの縁越しにリンチを見た。「危険よ。ディーンもわたしを守ろうとしていたんだから」

「ぼくが守る」リンチは繰り返した。「ハリーとぼくでは比較にならない」そして、そっけなく付け加えた。「誰かがポールに刺されるとしても、それはぼくでもきみでもない」

まさしく大型ハンマーだ。けれども、いまはその猛々《たけだけ》しさが心強かった。ショックでひりついた心をなぐさめ、いつもの自分を取り戻させてくれる。

「いいえ、あんなことは二度と起こさせない。わたしが絶対に――」そのとき、ケンドラの携帯電話が鳴った。

サン・クエンティン。サラサールだ。

ケンドラは体をこわばらせた。「サラサール刑務所長よ」意識のどこかでは、いつかこの電話がかかってくるとわかっていたけれども、今夜は恐ろしいことがいろいろありすぎて、深く考える余裕がなかった。とはいえ、サン・クエンティンで起こっていることは、心の片隅にずっと引っかかっていた。「ケンドラ・マイケルズです。終わったんですか」

「ええ。コルビーは午前零時九分に死亡が確認されました。もっと早く連絡したかったんですが、遺体をできるだけ早く運び出してしまいたかったので」サラサールは苦々しく付け加えた。「門のまわりにいる死刑廃止論者たちが、カメラにしかめ面をしたりわたしの人形を燃やしたりして大騒ぎしていたんですよ。わたしは法に従っているだけなのに」

「死んだのね」ケンドラは安堵《あんど》で気がゆるむのを感じた。「ほっとしたわ。そうなるとわかってはいたけれど、知事が気を変えて処刑を取りやめるんじゃないかと不安だったから」

「知事にその選択肢はなかったでしょう。次の選挙で有権者たちに明確なノーを突きつけられる」サラサールはためらってから続けた。「コルビーの件が片づいて、わたし自身ほっとしていますよ。わたしの職務は法を判断することではなく法を執行することです。でも、コルビーを袋に入れて運び出すとき、あの悪と死にゆがんだ醜い顔を見おろして、まさに正義がくだされたのだと思いました」

「完全にではないわ。あの男は何年も前に死んでいるべきだったのよ。きょう、被害者の父親にそう言われたの。コルビーをつかまえたあの峡谷で、わたしが殺すべきだったと」

「それはあなたが良心に従った結果でしょう」

「ええ。でも、わたしの良心は、あれはまちがいだったと叫んでいる。あのときわたしが殺していたら、コルビーがマイアットを引き入れることはなかったし、新しい殺人事件が起こることもなかった」そして、ディーン・ハリーが犠牲者のひとりになることもなかった。彼はバイクにまたがってジョークを言いながら、人生を謳歌《おうか》していたはずだ。

「コルビーと言葉を交わしたことがマイアットを見つける役に立てばいいんですが。きのうスカイプで話をしてもらったことは申し訳なく思っています。つらかったでしょう」

「あなたはあなたの仕事をしただけ。あれはわたしが決めたことよ。ありがとう、コルビーのことを連絡してくれて。感謝します」

「あなたに気持ちを切り替えてもらいたかったんです」サラサールは間を置いて続けた。

「コルビーの最後の言葉については言わないでおこうと思っていたんですが、やはりお伝えすることにします」

「最後の言葉？」

「実際に話したわけではありません。胸に刻んでいたんです、ある一語を」

冷たいものが体を突き抜けた。ある一語。

「メレオール」ケンドラはつぶやいた。

サラサールは黙りこんだ。「そうです。お伝えしたのは正しい判断だったようですね。では、おやすみなさい、ドクター・マイケルズ」

ケンドラは通話を切り、リンチのほうを向いた。「コルビーは死んだわ」

「ハレルヤ」リンチは静かに言った。

ケンドラはぎこちなくうなずいた。「サラサールはわたしに気持ちを切り替えてほしいと言っていた。でも無理だわ。マイアットがまだ第二のコルビーになろうとしている」

「コルビーが死んで、蛇の頭は切り落とされた」

「双頭の蛇もいるのよ。知ってるでしょう」

「何度か出くわしたことがある」リンチは手を伸ばし、ケンドラの頬にふれた。「ひとつずつ勝利を積み重ねるしかない。マイアットをつかまえたら、居間の壁に双頭の蛇を飾ろう」

ケンドラは弱々しく笑った。「でも、そうしたらアシュリーにどいてもらわなくちゃならないわ。わたしが望んでるのは、マイアットの息の根を止めることよ。コルビーのように」そして、言葉を継いだ。「でも、早くつかまえないと。今夜の犯行は、彼のヒーローに対するはなむけだったのよ。あるいは、コルビー自身が命じたのかもしれない。コルビーの胸にも同じ言葉が刻まれていたそうよ」恐怖にも似た焦りがケンドラの全身を冷たく駆けめぐった。「マイアットを止めなくては。次に誰が狙われるかわからない。ディーンの家に戻って、手がかりが残っていないか調べるべきかもしれないわ。さっきやっておくべきだったのに――」

「だめだ」リンチはきっぱりと言った。「ベッドに行って、少し休むんだ」

リンチの言うとおりだ。わたしはまだショックから立ちなおっているとは言いがたい。母に電話してディーンの死を伝える仕事も残っている。

「グリフィンと連絡を絶やさないようにしておく」リンチは言った。「何か新しい情報が入ったら起こしに行くよ」

ケンドラはコーヒーカップを置いて立ちあがった。「じゃあ、またあとで」ドアへと向かいながら、ほろ苦い笑みを浮かべて振り返る。「ディーンがこういう堅牢《けんろう》な砦《とりで》に住んでいなかったのが残念だわ。そうしたらマイアットも手を出せなかった」

「ああ。たぶん彼は不意を突かれたんだろう」リンチは立ちあがってケンドラを見つめた。「ぼくはここにいる。何かあったらいつでも来るといい。わかっているね」

「ええ」ケンドラは疲れた声で言った。「ありがとう」そして、居間を出た。しばらく休んで、それから母に電話をしよう。きっとつらい会話になる。でも、脳裏にこだましているあの恐ろしい言葉のことはまだ言えない。

メレオール。

「嘘でしょう」ディアナは言った。「信じられないわ。ディーンが？」

「わたしも信じられない」ケンドラは言った。「悲しいし、くやしい。お母さんの気持ちはわかるわ」

「わたしは自分がどう感じているのかわからない。心が麻痺したみたい」ディアナは黙りこんだ。「いいえ、わたしは怒ってる。はらわたが煮えくり返ってるわ、あの悪党に」

「そうね」

「喉を切り裂いてやりたい。ディーンは……特別な人だった」

ケンドラは何も言えなかった。

「あなたは責任を感じているのね。わたしにはわかる」ディアナは言った。「でも、そんな必要はないのよ。あなたのせいじゃないんだから」そして、間を置いて続けた。「危ないから捜査から身を引きなさいと言われるんじゃないかって思ってる？　確かにそう言いたいわ。でも、それではディーンのためにも、あなたのためにもならない。マイアットはあなたを追いつづける。それがあの悪党の性《さが》だから。あなたを傷つけたいというだけでディーンのような善良な人を殺す人間は、誰かが止めるまで悪行を続ける」ディアナの声は鋼のように硬かった。「あなたが止めるのよ、ケンドラ。何かわたしに手伝えることがあったら手伝わせて。わたしはそうしたいし、ディーンも喜ぶと思うの」

「お母さんがマイアットの手の届かない安全なところにいてくれるだけで、じゅうぶん助けになってるわ」ケンドラは震える声で言った。「そっちは何も問題ない？」

ディアナはしばらく答えなかった。「じゅうぶん守られているし、マイアットが近づいた気配はないわ。ほかの場所で忙しくしているんじゃないかしら。そろそろ切るわね。思いきり泣きたいの。そのあとでディーンのお父さまに電話して知らせるわ」

「おやすみなさい、お母さん。またあした電話する」ケンドラは電話を切った。

思っていたとおり、つらい電話だった。反応は予想とちがっていたけれども、母は予測のできない人だ。

けれども、母の直感は信頼できる。

母は、まずすべきなのは死を悼むことだと理解していた。ディーンのために、わたしもまず彼に思いを馳《は》せるべきだ。彼を殺した人間のことを考える前に。

ケンドラは横になり、枕に頬をのせた。

さようなら、ディーン。わたしも母も、きっとさびしくなる。

そして、涙が流れるに任せた。

14

FBIサンディエゴ支局
午後四時三十分

「ここで何をしている？」作戦室前方のデスクからグリフィンが立ちあがり、エレベーターを降りたケンドラとリンチに歩みよった。「彼女はゆうべひどいショックを受けていたじゃないか、リンチ。しばらくここから引き離しておけなかったのか」

「無茶を言わないでくれ」リンチはケンドラの肩に手を置いた。「ケンドラが来ると言い張ったんだ。家でも一日じゅう、メールで送られてきた刑務所の記録を読んでいたよ」

ケンドラはメトカーフのほうを向いた。メトカーフは気をまわして、ディーン・ハリーの凄惨な現場写真のボードを裏返そうとしていた。「いいのよ。写真なんて何ほどのものでもないわ、その場にいるのに比べれば」ケンドラは言った。「あるいは、ひと晩じゅう頭から離れなかった記憶に比べれば」

メトカーフは手を止めた。「ぼくはただ――」

「片づけてもらえ」リンチが言った。「弱い部分を見せてもいいんだ、ケンドラ」

ボードに目をやったケンドラは、先ほどの言葉とは裏腹にすばやく視線をそらした。ディーン。

糊《のり》で開かされた目。こちらを見つめている。

「じゃあ甘えることにするわ、メトカーフ。ありがとう」ケンドラはなんとか自分を保とうとした。覚悟していたよりもずっとつらい。犯人をつかまえるために全力をつくすのが自分の責務なのに、ディーンの死はまだ生々しすぎる。「部屋の奥に持っていって」

メトカーフはなぐさめの言葉をかけたそうにしていたが、結局、ただ体の向きを変えてボードを運んでいった。

「ここにいないほうがいい」グリフィンは額に皺《しわ》を刻んだ。「少なくとも一日は休め。いまコルビーの面会者や通話先の記録を調べているところだ。ディーン・ハリーの殺害現場に関する鑑識からの仮報告もまだ届いていない。家に帰れ、ケンドラ」

「帰れないわ。頭がおかしくなりそうなの。あなたはこれから何をするの？」

「見込みのありそうなものはない」グリフィンは腕時計を見た。「いまからワシントンのプロファイラーと電話会議をする。いっしょに参加してもいいが、たぶん収穫はないぞ。こちらのプロファイラーが指摘した以上の知見が得られるとは思えない」

確かにあまり期待はできないとケンドラは思ったが、グリフィンとともにデスクに向かった。「ほかに選択肢がないのなら、同席するわ」

グリフィンの言葉どおり、会議の時間は無為に過ぎ、めぼしい収穫はなかった。会議が終わり、みなが片づけをはじめたとき、甲高い音が作戦室の静寂を貫いた。

前にも聞いたブザー音だ。

リンチが大きなスクリーンに目をやった。「ぼくが思っているとおりのものか？」

またただ、とケンドラは思った。また悪夢がはじまる。

「くそ！」グリフィンが電話会議の通信を乱暴に切断した。テーブルを囲んでいた捜査官たちが部屋の前方へと駆け出す。

ゆうべと同じように、携帯電話会社のノートパソコンからブザー音が鳴っていた。地図に赤い点が表示されている。

今度こそつかまえられるだろうか。

技術者がすでにノートパソコンの画面を見ていた。「追跡していたうちの別の一台がネットワークに接続しました」

グリフィンが頭を振った。「マイアットはゆうべ、タイマーで電話機を起動して、われわれをディーン・ハリーの家におびき出した。今回も同じかもしれない」

リンチが地図をじっと見た。「デスカンソの東か。このあたりは――」

「まさか」ケンドラは吐き気がこみあげるのを感じた。地図を凝視する。そんなはずはない。

そんなことがあってはならない。

リンチはケンドラの顔を見て、ゆっくりとうなずいた。

最悪の事態だ。

「マイアットが母とオリヴィアを見つけたんだわ」

「お母さん、すぐにそこを出て。聞こえてる？　すぐによ。質問は受けつけない。とにかく急いで」

「待って。声がよく聞こえない。いまバルコニーに出ていて、電波がよくないの」ディアナは携帯電話を持って家に入り、受信状態のいい場所を探して居間にたどり着いた。外は暗く、ネルソンが携帯で話をしながら、居間の明かりを消していた。上官と話しているかのような背筋の伸びた姿勢ときびきびとした口調に、ディアナはいやな予感を覚えた。

「さあ、いいわ、何があったの？」ディアナは電話に向かって言った。「ネルソンがとても……護衛らしく見えるわ」

「それはよかった。彼はそのためにいるんだもの。マイアットがお母さんたちを見つけたの。どこか近くにいるはず。グリフィンがいま、ネルソンにその説明をしてるの。すぐにそこを離れてジュリアンの保安官事務所に行って」

「ここで警察やFBIを待ったほうがいいんじゃない？　逮捕するチャンスでしょう」

「だめよ。お母さんたちを囮《おとり》にするわけにはいかない。ネルソンの指示に従って。いいわね？」

「でもやっぱり――」

「だめ。何も考えずに、そこを出て。オリヴィアは？」

「キッチンにいるわ。パソコンで仕事をしてる」

「そう。ふたりいっしょにいて。そして、ネルソンの言うとおりにして」

「それを言うのは二回めよ」

「お母さんの性格はわかっているから」ケンドラは間を置いて言った。「愛してるわ、お母さん」

「やめてよ、感傷的になるのは。怖くなってくるじゃないの」

「だいじょうぶよ。一時間たたないうちに会えるわ」

電話を終え、ディアナが顔をあげると、ネルソンがホルスターからオートマチックを出して弾倉を確認していた。

「心配いりませんよ」ネルソンが言った。

「自分に言い聞かせてるように聞こえるわよ」オリヴィアが仕事用のナップサックを肩に

かけて、キッチンから入ってきた。

「ちょっと問題があるだけだ」ネルソンは言った。「心配することは何もない」

「殺人犯が外をうろついている以外はね。電話を盗み聞きしたことは謝るわ。でも、わたしには誰も電話をくれなかったから、そうするしかなかったのよ」

　銃を手に持ったまま、ネルソンは携帯電話を出してどこかの番号を押した。しばらく耳を澄ましたあと、切断ボタンを押す。「タッド・マートリンが電話に出ない」

「何かあったとはかぎらないわ」ディアナは言った。「ここは電波がよくないから」

「確かに。でも、最後に連絡があってからかなり時間がたっている」ネルソンは表側の窓に近づき、カーテンの合わせ目から外をうかがった。「玄関の近くで待っていてください。車をとってきて家のできるだけ近くにつけます」

「いっしょに行きましょうか」オリヴィアが尋ねた。

「いや、ここにいてくれ。それから、荷物のことは忘れてください。あとで回収します。いまはここを離れるのが先決です」

　ディアナはうなずいた。「わかったわ。車が停《と》まったらすぐに飛び乗る」

　ネルソンは玄関に移動した。「六十秒で戻ります。準備していてください」

「気をつけてね」オリヴィアが言った。

　ネルソンは外に消えた。舗道を歩く音が聞こえる。

「ドアの近くに行きましょう」しばらくしてディアナは言った。「準備をして――」

パン、パン、パン、パン。

大きな、鋭い銃声が響いた。

「ドン！」オリヴィアが叫んだ。

窓が数枚割れた。またもう一枚。

パン、パン、パン、パン。

ドアが勢いよく開き、ネルソンが飛びこんできて床に倒れた。

パン、パン、パン、パン。

居間のランプが砕けた。ネルソンが足を払ってドアを押し、閉めた。

痛みに歯を食いしばる。「撃たれた」

オリヴィアが駆けよってひざまずいた。「何があったの？」

「道路の向こうの茂みから誰かが撃ってきた。姿は見えなかった」ネルソンは脇腹の血まみれの傷にそっと手を当てた。「くそ」

ディアナがソファから小ぶりのブランケットを持ってきて、彼の胴にきつく巻きつけた。

パン、パン、パン、パン。また銃声が響き、窓が割れた。

オリヴィアがネルソンの腕をとり、肩にまわした。「立てる？」

「ああ」ネルソンは痛みにうめきながら、肩を借りて立ちあがった。

オリヴィアは彼を引っ張って家の奥へ向かった。「地下におりましょう。ディアナ、家のなかを案内してくれたときに、地下には窓のない部屋がいくつかあると言ってたわね」

「ええ」ディアナは言った。「家の片側は道路に、反対側は森に面してる」

「窓のない部屋に立てこもって、応援が来るのを待ちましょう。それでいいかしら」

「そうね」ディアナは用心深く玄関のドアに近づき、鍵をかけた。

「よかった」オリヴィアは地下に続くドアへと進みはじめた。「ドンが階段をおりられるように、手を貸してもらえる？」

ふたりはネルソンが一段ずつ慎重に階段をおりるのを手伝った。

背後ではまだ銃声が鳴り響いていた。

サンディエゴ
チェイス・ウィンダム・ヘリポート

ケンドラ、リンチ、グリフィン、メトカーフは、ＦＢＩ支局から一・五キロほどの場所にあるチェイス・ウィンダム・ビルのエレベーターを降り、四十四階建ての屋上に出た。ヘリパッドに六人乗りのヘリコプターが待機している。

「対応チームはすでに出発した」ローターの騒音に負けじとグリフィンが叫んだ。「陸路と空路でそれぞれ現地に向かっている」

曇った表情で携帯電話を見つめていたリンチが、ヘリに乗りこんでドアを閉めた。「タッド・マートリンと連絡がとれない。電話をかけてメッセージも送ったが、返事がないんだ」そう言ってケンドラを見る。「いやな予感がする」

「十五分で着く」グリフィンが言った。「もう一台のヘリはもっと早く着くだろう。心配するな」

心配するな？

ケンドラは信じられない思いでグリフィンを見た。ヘリが離陸し、大きな弧を描いてサンディエゴ上空を旋回する。十五分は長い。命にかかわる時間だ――母の、そしてオリヴィアの命に。心配せずにいられるわけがない。

ようやく地階に着くと、オリヴィアは足を止めてネルソンを担ぎなおした。ネルソンは先ほどよりも衰弱し、息遣いが苦しげになっている。「ドン、だいじょうぶ？」

「痛みがひどい」

「もう少しがんばって」オリヴィアは後ろを振り返り、頭をあげた。「なんのにおい？」

ディアナは鼻をひくつかせた。「火薬かしら」

「ちがう」オリヴィアは首を振った。「最初はそう思ったけれど、これは……」

「この先の戸口から煙が漏れてる」ディアナは言った。「上の階が燃えてるのよ」いまおりてきた階段を見あげると、鼻を刺す煙が渦を巻いて押しよせてきていた。「後ろからも煙が」

　オリヴィアははっとした。「ケンドラが昔扱った事件にこういうのがあったわ……被害者たちを家に閉じこめて、火をつけて焼き殺したの」

「マイアットが火を放ったのね」ディアナは言った。「煙で肺が燃えるようだわ。姿勢を低くして、頭を床の近くに……」

　ディアナとオリヴィアはネルソンのそばに膝をつき、床を這《は》い進んだ。咳《せ》きこみながら、袖口を鼻に当ててなるべく煙を吸わないよう呼吸をする。

「ここにこもっているわけにはいかない。計画変更よ」ディアナは言った。「家を見てまわったときに、森に通じる出口を見たと思うの」

「じゃあ、それを探しましょう」オリヴィアがあえいだ。肺が焼けるように熱かった。

「炎の音が聞こえるわ。火が見える？」

「いいえ――」ディアナはなんとか声を発した。「煙が多すぎる。どちらに行けばいいのかわからないわ。迷路のよう」

　でも、ここにとどまるわけにはいかない、とオリヴィアは思った。出口を見つけなくてはならない。さもないと、あと数分で意識を失ってしまう。考えるのよ――出口を見つけるの。

オリヴィアはあることを思いついて、体をこわばらせた。

「もしかしたら……」ナップサックのファスナーを開く。「アメリカ人の発明の才と、ちょっとした幸運を祈って、ディアナ」

「アメリカ人の発明の才？」

オリヴィアはもう聞いていなかった。これならきっとうまくいく。

どうか、うまくいかせて。

ナップサックからサンプル品の入ったビニール袋を取り出し、なかを探った。さまざまな製品にふれ、目的のものを探す。

あった。ついに、オリヴィアは操縦士用眼鏡に似た、イヤホンつきの機器を取り出した。眼鏡をかけ、イヤホンを耳に入れる。

「何をしてるの？」ディアナが咳きこんだ。

「いまレビューを書いている製品なの。まだ試していなかったから、これがテストになるわね。発明した人はこういう状況で使うことは想定していなかったでしょうけど。この眼鏡にはソナーが搭載されてるの」オリヴィアは這いながら前に進みはじめた。「ついてきて」

オリヴィアを先頭に、三人は黒い煙のなかを進み、何度も角を曲がって、洗濯室、客用寝室、レクリエーション室を通り抜けた。

オリヴィアは首をまわし、眼鏡が発するブザー音を頼りに、壁と通路を区別しながら前に進んだ。右に曲がろうとして、ふと止まり、壁に手を当てた。「この壁は熱を持ってる。急いで、反対側に行きましょう」

有毒な煙のなかを引き返し、オリヴィアは別の通路を見つけて、テレビルームに向かった。

「ここには外に出るドアはないけれど、部屋の奥に窓があるはずよ」ディアナはすばやく廊下のドアを閉めた。

携帯電話を作動させ、バックライトを使って、この部屋で唯一の窓まで進んだ。窓は床から一・八メートルほどの高さにある。ディアナはスツールを引きずってきてその上に乗り、窓を引き開けた。

新鮮な空気が煙たい室内に流れこんだ。

「気をつけて」ネルソンが言った。「マイアットが近くにいるかもしれない」

ディアナは身をかがめ、ふたたび咳きこんだ。廊下からさらに煙が流れこんで、清涼な空気を窓から押し出している。「これ以上ここにはいられないわ」

ネルソンが銃を抜いた。「ぼくが先に行きます。そうすれば必要に応じて援護できる」

オリヴィアが心配そうにネルソンを見た。「あがれそう？」

「もちろんだ」ネルソンはむっとしたように言ったが、スツールにあがるだけで顔をゆがめた。「痛みはあるが、やれる。ぼくの仕事だ。怪我人《けがにん》扱いしないでくれ」そして、窓から外をうかがい、体を持ちあげて、開口部を通り抜けた。窓から三十センチほど下の地面に転がり出る。すぐさま茂みの陰に隠れると、あとに続くよう、ディアナに合図した。

「オリヴィア、ネルソンが合図してるわ」ディアナは言った。「先に行って」

「だめよ」

「議論してる暇はないのよ」

「これは譲れない。あなたはわたしほど若くないでしょう。わたしが下から支えるわ。わたしが出るときは、必要なら上からふたりで引っ張って」

「わかったわ」ディアナは窓に取りついた。「でも、よくも年寄り扱いしてくれたわね。あとで覚えてらっしゃい」外に出て振り返ろうとすると、すぐ後ろで咳きこむ声が聞こえ、オリヴィアがすでに窓にのぼってきているのがわかった。

「引っ張り出す必要はなかったようね」ディアナはつぶやき、オリヴィアとふたりでネルソンのそばにひざまずいた。

「何か見える？　ドン」オリヴィアが尋ねた。

「誰もいないようだ」ネルソンは振り返り、家を見あげた。急速に火の手がまわっている。「急いでここを離れないと。ふたりとも、森まで走ってください」オートマチックをきつく握りしめ、ネルソンは続けた。「あの男がいても、ここから援護射撃します」

「ああ、なんてことなの」

ヘリコプターの窓から、ケンドラは火に包まれた別荘を見おろした。暗い丘でかがり火のように燃えあがっている。

「きっと避難しているよ」リンチが静かに言った。

「どうしてわかるの？」ケンドラは鋭い口調で言った。「誰にもわかるはずがないでしょう」携帯電話を取り出し、電話をかける。「母は出ないわ」

「確かにわからないが、きみのお母さんもオリヴィアも頭のいい人だし、ネルソンは優秀な捜査官だ。きっと炎から逃れる方法を見つけている」

「マイアットが下にいるのよ。家から脱出できたとしても、あの男の懐に飛びこむことになりかねないわ」

「ケンドラの言うとおりだ」グリフィンがヘッドセットのマイクをさげて言った。「だが、いま下にいる対応チームから連絡があった。救急車を要請したそうだ。あと四分で来る」

「救急車？　何があったの。母たちを保護したということ？　無事なの？」

「すぐにわかる」グリフィンは人差し指を立て、静かにと合図した。操縦士のほうに身を寄せる。「聞こえたか？」

「はい」操縦士は言った。「六十秒後に着陸します」

ヘリコプターは機体を傾けながら燃えさかる別荘の上を旋回し、道路脇の空き地の上空でホバリングした。対応チームのヘリコプターがすでに着陸しているのが見える。ヘッドライトが空き地を照らしていた。

ほどなく、ケンドラはシートベルトをはずし、ヘリコプターから飛びおりた。ローターが引き起こす強風と騒音のなか、小さな空き地を突っ切る。

いた！　空き地の端の、道路にいちばん近い場所で、ディアナ、オリヴィア、ネルソンがそれぞれ対応チームの手当てを受けていた。

三人とも、元気そうには見えない。

「お母さん？」

ケンドラは三人が治療を受けているそばに膝をついた。顔は真っ黒に煤《すす》け、服は破れてしわくちゃになっている。それぞれが酸素マスクをつけていた。

ケンドラはディアナの手を握った。「だいじょうぶ？」

ディアナはマスクをとった。「ネルソンにはすぐに助けが必要よ。ヘリで病院に運ぶよう言ったんだけど、聞いてもらえないの」

ケンドラは横たわっているネルソンを見た。シャツを脱がされ、胴に包帯が巻かれている。捜査官ふたりがそばについていたが、そのうちのひとりがディアナの酸素マスクをかぶせなおした。

「もうすぐ救急車が到着します。救急隊員がネルソンを診ますから」その断固とした声から察するに、ディアナはふたりを相当手こずらせたらしい。

元気そうだ、とケンドラは胸をなでおろした。

ディアナが何か言い、マスクが曇った。たぶん聞きとれなくて幸いだったのだろう。

ケンドラはオリヴィアのほうを向いた。「気分はどう？」

オリヴィアはただうなずいた。ネルソンを見おろして手を握っていたが、やがてケンドラに顔を向けた。「わたしたちのために撃たれたの。マイアットが待ち伏せしてたのよ」

「何があったのか教えて」

「あまり話さないほうがいいと思います」対応チームの捜査官が言った。「われわれが到着したときに、リーダーが詳細を聞きました。あとで彼から説明があるはずです」

振り返ると、グリフィンとリンチがすでにリーダーと話し合っているのが目に入った。

丘の斜面が赤いライトに照らされるのが見え、救急車が二台、カーブを曲がって道路脇に停車した。

救急隊員たちが処置をはじめると、ケンドラはリンチとグリフィンに合流した。「何があったのか、わたしにも教えてもらえる？」

説明を受けながら、ケンドラはリンチが険しい表情を浮かべているのに気づいた。「まだタッド・マートリンと連絡がとれないの？」

予想は的中していたらしい。「ああ、まだだ」

「オリヴィアと母、それにネルソンは病院に行くと思うから、わたしもついていくわ」

「もちろんだ」

「あなたはどうするの？」

「ぼくはここに残ってマートリンの捜索に加わる」リンチは頭を振った。「彼を引きこんだのはぼくだからね」

「仕事を引き受けたときに、何にかかわることになるのか彼も承知していたはずよ」

「そうだろうか」

「わたしたちはみんなそうでしょう」

リンチはうなずいた。「連絡を絶やさないでくれ。こちらの状況も知らせる。地元警察が幹線道路に検問を置いた。誰も、われわれに知られずにこの山を出ることはできないよ」

「まだ犯人がここにいるのならね」ケンドラはネルソンを振り返った。ストレッチャーに乗せられて救急車に運ばれていく。「もう行かないと。〝医者は最悪の患者になる〟って言うけれど、それを言い出した人は母に会ったことがなかったのよ」そして、リンチに目を戻した。「気をつけてね」

「きみも」

救急車へと向かいながら、ケンドラは森の暗がりに目を凝らした。あそこにマイアットがいて、こちらをうかがっているのだろうか。いえ、いるはずがない。ここには捜査官たちがあふれているのだから。

でも、マイアットが何を考え、何を目論《もくろ》んでいるのかは誰にもわからない。彼は大胆にも母とオリヴィアを襲い、もう少しでそれを成功させるところだった。

この事件にかかわりはじめたときには、これほど険しい道のりが待っているとは思いもしなかった。いまはっきりと言えるのは、マイアットはどんな機会も逃さずに最後までやりとげようとするということだ。

邪魔をする者全員をねじ伏せて。

カリフォルニア州　ラ・メサ
シャープ・グロスモント病院

「冗談でしょう」ディアナは若い女性の救急医を、信じられないという顔でにらんだ。「ここに泊まる気なんてないわよ。すぐにこの腕輪をはずしてちょうだい」

「入院はあなたのための処置で……」

「わたしは元気でなんの問題もないわ。わたしのことはわたしが決めます」

ケンドラは目をくるりとまわした。「母に鎮静剤を打って、怖い話で脅してやってください。それしか効き目はありませんから」

二十代と思《おぼ》しき医師は、困惑した顔で眉を寄せた。「鎮静剤と……」

「怖い話です。いま家に帰ったらどんなことが起こりうるか話してください」

「わたしたちは患者さんを不必要に不安にさせないようにしているんですが」

「不安にさせてください」ケンドラは言った。「必要なことなんです」

「娘の言うことは聞かなくていいわ」ディアナが言った。「娘はただ――」

「死ぬかもしれませんよ」医師がぼそりと言った。

「その冗談はおもしろくないわよ」

「そうですね。でも、あなたとご友人たちは有毒なガスを吸いこんだんですよ。住宅火災では避けられないことです。いまあなたの血液にどんな毒素が取りこまれているかわかりません。四時間から六時間は経過を観察する必要があります」

「でも、もう気分はよくなったわ」

「それはよかった。でも、わたしは実習生時代に、火事に遭った患者さんを見たことがあるんです。その患者さんは知らないうちに有害なレベルの塩素と水素を吸いこんでいました。高温になるとそういう物質を放出するプラスチック製の建材が家に使われていたんでしょう。はじめは軽い咳をしていただけだったのに、帰宅後数時間たってから呼吸器が停止して、その患者さんは亡くなりました」

「ぞっとする話ね」ディアナは不機嫌に言った。「ほんとうに鎮静剤が必要みたい」

少し離れたストレッチャーの上で、オリヴィアがマスクをはずした。「念のために言っておくと、わたしはその話を聞きたくなかったわ」

「おふたりともそんなことにはなりませんよ」医師は言った。「念のための処置です」

オリヴィアは起きあがってケンドラに体を寄せた。「ドンはどうなの？」

「さっき訊《き》いたら、手術中で、あと一時間半はかかると言ってたわ」

オリヴィアは顔をしかめた。「大きな手術みたいね。もう一度訊いてきてもらえるかしら？」

「いいわよ」ケンドラは肩をすくめた。病院でのわたしの役目は、母におとなしく治療を受けさせることと、恋人と引き離された友人をなぐさめることらしい。「すぐに戻るわ」

「あなたが考えてるようなことじゃないのよ」オリヴィアは言った。「なんといっても、ドンはわたしたちのために殺されかけたんだから」

「そういうことにしておきましょう」ケンドラは微笑《ほほえ》み、ドア口に向かった。「わたしも彼には感謝してるのよ。すぐに訊いてくるわ」

FBIサンディエゴ支局

「ミスター・ディリンハム……」サフラン・リードはエレベーターを降り、ロビーでビル・ディリンハムをにこやかに出迎えた。「リード捜査官です。お噂《うわさ》はかねがね。お会いできて光栄です」

ディリンハムは肩をすくめ、受付のそばの木のベンチから立ちあがった。ニットのスラックスに半袖の白いワイシャツという恰好《かっこう》で、大きなスケッチブックを抱えている。八十代半ばと聞いていたけれども、もっと年をとって見える、とリードは思った。

「どうも、お嬢さん」ディリンハムは眉を寄せた。「ケンドラ・マイケルズに会えないかと思って来たんだよ。もう遅い時間だが、まだこのあたりにいるのではないかと」

リードは笑みを浮かべた。「今夜はみな現場に出ているんです。わたしは連絡係で残っていたんですよ。でも、残っていてよかった。あなたに会いそこねるところでした」

「そうだな」

リードは眉をあげた。「わたしでよければ用件をうかがいますが」

「ああ。だが、居残っていてよかったとは思わなくなるかもしれないぞ。きみの時間を無駄にするだけかもしれない」ディリンハムは大判のスケッチブックを掲げた。「ケンドラに頼まれて、あの似顔絵の別バージョンを何枚か描いたんだ。変装に見えないように変装する方法をいろいろ考慮に入れてみてほしいと言われたんだよ。つけ歯とか、鼻や頬や顎の詰め物とか……ケンドラのヒントをもとに、十枚ほどバリエーションを描いてみた」

リードはスケッチブックを受けとり、ページをめくった。「すごい。すばらしい出来ですね。これまでにあなたのスケッチは何度も見ましたが、とうとうそれを描いたご本人に会えるとは……」

リードは凍りついた。

これは悪い冗談にちがいない。

ディリンハムがリードの腕にふれた。「リード捜査官？」

「信じられない」リードはつぶやいた。たっぷり十五秒スケッチを見つめ、顔をあげる。冗談ではなかった。ディリンハムはこちらの反応にすっかりとまどっているように見える。

「いっしょに上に来てください。どうやってこの絵を描いたのか詳しく知りたいんです」

「ああ、いいとも」

リードはもう一度スケッチを見た。吐き気がするような恐怖がこみあげた。「でも、その前に、まずはいくつか電話をかけなくては」

シャープ・グロスモント病院

ケンドラは携帯電話を耳に当てながら病院の外に出た。途中、廊下ですれちがった看護師ふたりに、〝携帯電話禁止〟の貼り紙をぶっきらぼうに指さされた。ずっとリンチにかけているのだが、いまだに連絡がついていない。そのとき電話が鳴り、ケンドラは急いで通話ボタンを押した。

「ドクター・マイケルズ？」イギリス風アクセントの聞き覚えのない声が聞こえた。

「はい？」

「はじめまして。ボビー・チャッツワースといいます。こんばんは」

「ミスター・チャッツワース、いまはちょっと取りこんでいるんですが」

「切らないでください。何があったかは知っています。われわれはいまサンディエゴにいて、警察無線を聞いていたので」

「なんのためにそんなことを？」

「率直に言うと、あなたの映像を撮るためです。インタビューの代わりですよ。あなたが追っている殺人犯がふたたび凶行に及ぶ可能性は非常に高い。あなたが現場に着いたとき、われわれもそこにいようと思ったわけです」

「母と友人が病院にいるんです、ミスター・チャッツワース。いまはあなたの番組にかまっている暇はないの」

「そうでしょうね。でも、数分だけでも時間をとってくれませんか。ちょっとしたコメントをもらえれば、それでわれわれはイギリスに退散して、二度と邪魔はしません」

「ミスター・チャッツワース、わたしは――」

「認めたらどうです、魅力的な取り引きだと」背後から声が聞こえた。

ケンドラはすばやく振り返った。髭《ひげ》を生やし、眼鏡をかけたボビー・チャッツワースが、ほぼ空の駐車場を微笑みながら近づいてきた。「どうですか、ドクター・マイケルズ」

ケンドラは携帯電話をおろした。「信じられない。粘り強いことだけは確かだわ。クルーも連れてきているの？」

「ここから五分のところにいますよ。〈オールド・カントリー・ロッジ〉に部屋をとったんです。そちらに来てもらってもいいし、みなをここに呼ぶこともできます。いずれにせよ、三十分後には、二度とわれわれの顔を見なくていいようになっていますよ」

ケンドラは苛立《いらだ》ち、断りの言葉を口にしようとした。

そして、凍りついた。

ああ、そうだったのか。

冷たいものが背筋を這いのぼるのを感じた。

悟られてはいけない。絶対に。

落ち着くのよ。

「二十分後にクルーをここに呼んで。カメラの前で五分だけ話すわ」ケンドラは体の向きを変え、病院の通用口に戻りはじめた。

「ご配慮に感謝します」チャッツワースは言った。「でも、その前に――」

ケンドラの鼻と口に布が押しあてられた。

布をはずそうと、ケンドラは必死にもがいた。

しかし、チャッツワースは力が強かった。強すぎた。

いえ、チャッツワースではない。パニックになりながら、ケンドラは思った。

マイアットだ。

彼はケンドラの耳にささやいた。「がんばっていたよ、ケンドラ。だが、ポーカーフェイスが下手だな」

暗闇が訪れた。


痛い。痛くて頭が割れそうだ。

ケンドラははっと目を覚ました。息ができない。

嘔吐《おうと》したのだ、とケンドラは悟った。身動きがとれず、気管に詰まったものは喉の筋肉で押し出すしかない。咳きこんであえぐと、なんとかまた酸素が取りこめるようになった。

あたりは真っ暗だ。ここはどこなのだろう。

体の下で何かが動いている。そのとき、ぴんときた。車の後部座席に寝かされているのだ。チャッツワースのSUVにちがいない。座席がたたまれ、体全体にシートがかけられている。両足が縛られて、手も背中で縛られていた。車は動いていて、タイヤが路面にこすれる軽い摩擦音が聞こえる。おそらく幹線道路のアスファルトの上を走っているのだろう。砂漠に向かっているのだろうか。

「あんたが窒息死していたらがっかりだったよ、ケンドラ」チャッツワースが運転席から言った。「嘔吐はこの麻酔薬の副作用でね」

ケンドラはしゃべろうとしたが、また吐き気に襲われた。しばらくして、ようやく声を絞り出した。「どこに……行くの」

「おやおや。あれだけいっしょにいたのに……この数日、あんたの心を疑問と不安でいっぱいにしてきたというのに、それを訊くのか？」

「悪いわね……がっかりさせて」

「たとえば、先日の夜には、危険を冒しておれの姿をさらした。リスクがあっても、あんたに会って、話をし、ふれてみたかったんだ。うれしいだろう？　それもこれも、あんたを大いに尊敬してるからだ」

「あら……光栄だわ」

「危険を冒した価値はあった。あんたがおれの変装を見破れなかったのには興奮したよ」

「どう……やったの」

「髭を剃《そ》らなくちゃならなかった。このふさふさの髭は偽物だが、ほんの数週間前までは本物だったんだ。万全を期したかったから、テレビの視聴者たちが高解像度の画面で見てもつけ髭だと気づかなければ、あんたもきっと見破れないと思った。それから、あんたは知る由もないが、チャッツワースはこめかみの生え際の上に肌色のテープを貼って、額の皺を伸ばしている。警官に扮《ふん》したときは、つけ歯をして頬にも詰め物をしていた。チャッツワースの眼鏡も役に立ったよ。そう……普段のおれは眼鏡をかけない。全部ボビー・チャッツワースの扮装なんだよ。おれが作り出したキャラクターなんだ。だが、おれたちはみんな、生きるためにキャラクターを作り出すものだろう?」

「哲学的なのね。とても……深淵《しんえん》だこと」

男は笑った。「浮かれているのかもな。あんたとこの話をするのが、ずっと楽しみだったから」

「自慢したかったのね。あなたみたいな男に何人も会ったことがあるわ。女にも」

「ばかな」男はいきなり鋭い怒声をあげた。「おれみたいな男はほかにいない」

「模倣犯が言うにはおかしな台詞《せりふ》じゃない?」

「模倣犯? ちがうね。おれはやつらの上を行っている。手本を見せているんだ」

手をゆるめなくては。あまり追いつめてはいけない。ケンドラは後部座席で体の姿勢を変えた。「腕の感覚がないわ」

「手首のロープは何日も水に浸《つ》けておいたもので、海軍仕込みの結び方を使った。武器を持っていないこともわかっている。そこにほうりこむ前に身体検査をしたからな。だから、ぜひがんばって逃げてみてくれ。無駄に終わるだろうが」

「優秀な連続殺人犯だこと。コルビーの教え方がよかったのね」

「そうとも言えるし、そうでないとも言える」男はしばらく黙って運転を続けた。「この手のゲームは初めてじゃない。前にもやったことがある。だが、おれを芸術家にまで高めてくれたのはコルビーだ。コルビーは技術以上のものが必要だと教えてくれた。大切なのは想像力だと。人々がいまも切り裂きジャックのことを覚えているのはなぜだと思う？当時の人を震えあがらせたからじゃない……歴史をひもとけば、もっと大勢を殺した残虐な殺人鬼はたくさんいる。彼がいまも人々の記憶に残っているのは、メディアに出した手紙のおかげだ。大衆の想像力を掻《か》きたてれば、その人物は永遠に生きつづける」

ケンドラはロープを引っ張った。チャッツワースの言うとおり、結び目はほどけない。別の方法を見つけなくては。考えるのよ。彼は武器について何か言っていた……。

「永遠に生きつづける？　コルビーが死んで二十四時間もたっていないのに、そんなことを言うの？」ケンドラは言った。「コルビーはいままさに忘れられつつあるのよ」

「ちがうね。長い時がたって、スコットランドヤードの刑事たちが忘れられても、切り裂きジャックは記憶に残りつづける。そして、あんたはじきに、存在したことすら忘れ去られてしまうんだよ、ケンドラ・マイケルズ」

武器。彼はわたしが武器を持っていないと言った。でも、ウォーラックからもらってポケットに入れた、あの風変わりな刃はどうなのだろう。これまですっかり忘れていたけれども、あまりに薄くて見つからずにすんだのだろうか。ケンドラは縛られた手をポケットに近づけはじめた。話を続けて、男の気をそらさなくては。

「なぜあんなにインタビューをしたがったの？」ケンドラは尋ねた。「それもゲームの一環だった？　視聴者の前で対峙《たいじ》して、わたしが正体を見破れるか試そうとしたの？」

「ちがう。実のところ、そんな危険を冒すつもりはなかったよ。あんたがインタビューを承諾しないのはわかっていた。これまで、おれよりもずっと有名なジャーナリストの依頼もすべて却下されていたからね。だが、ＦＢＩがコルビーと面会した者全員を調べることはわかっていたから、自分から出ていくことにしたんだ。まちがってもあの警官と関連づけられないような角度で映った遠目の映像を用意して、面会者のリストにボビー・チャッツワースの名前が出てきても、おれのプロデューサーが渡したＤＶＤで顔を確認するように仕向けた。やましいことがあるならインタビューを申しこんだりしないと、ＦＢＩが判断する利点もある。そういうわけで、プロデューサーを交渉に行かせたんだ」

「彼女は自分が怪物のために働いているなんて夢にも思っていないのね」

「いや、彼女はおれが怪物だと知っているよ。別の意味でだがね。おれはときどき姿を消す必要があったから、別の取材と称してサンディエゴまで行っては、あんたとゲームをしていた。だが、苦労の甲斐《かい》はあったよ」男は続けた。「あの夜、おれがアクセントを隠していることを言い当てられたのはおもしろかった……だが、隠していたのは南部のアクセントじゃない。イギリス南西部のアクセントだ。もう少し長く話していたら見破られていたかもしれない。だが、あれもおれの勝利としておこう」

ケンドラは頭をはっきりさせようとした。まだ麻酔のせいでぼんやりしているが、なんとか集中して、あの薄い刃があるかどうかを確認しなくてはならない。

そして、少しだけ動揺させて、相手の気をそらさなくてはならない。連続殺人犯が欲している支配の感覚を揺るがすのだ。チャッツワースは支配欲と自己顕示欲が強い。

「あの夜はうまくやったけれど、仕事が雑になってきているわ。母とオリヴィアはまだ生きているもの」

男は小さく笑った。「もちろん生きているさ。殺すつもりはなかった」

「ほんとうに？　子どもでも使いそうな言い訳だけど」

あった！　裏地に半分隠れている刃の輪郭が手にふれた。これを出してロープを切ろう。

「ひどいな、ケンドラ。あの三人なら、誰かひとりは脱出方法を見つけると踏んでいたさ。なあ、おれはちょっとした問題を抱えていたんだよ。アダム・リンチがあんたをあの堅牢《けんろう》な砦《とりで》に隠してしまって、砦の外では常にあんたに目を光らせていた。だから、ふたつのことをする必要があったんだ。あんたを外におびき出すこと、そしてリンチから引き離すことだ。あの別荘を襲ったことで、あんただけでなくＦＢＩまでごっそりこちらにおびき出すことができた。あんたは大事な母親に付き添って病院に行こうとするだろうが、リンチの傭兵《ようへい》が行方不明になれば、リンチはしばらく森に足止めしておける」

「マートリンを殺したのね」

「手強《てごわ》かったよ。だが、いくらタフでも銃弾には敵《かな》わない。特に、知性も技術も格上の人間に狙われればね。少なくとも夜明けまで死体は見つからないだろう」

ケンドラはふたたび吐きそうになった。命がまたひとつ失われた。

「わかるだろう、ちょっと策を練れば問題は解決するんだ。あんたがサンディエゴを出る前から、おれはこの病院の近くで待ち伏せしていた。コルビーに感謝だな。数手先まで読むことの大切さを教えてくれた」

「コルビーはあなたを利用していただけよ」

「お互いに利益を得ていたんだ。おれはコルビーのために外で働き、コルビーは資金を出した。伝手《つて》もいろいろ持っていたよ。もののやりとりには刑務所の給食業者を使った。コルビーが開拓した連絡係だ。あんたがあの若い女の家で見つけたTシャツもそうやって持ち出した。すべての犯行現場にコルビーのDNAがついた品物を残しておいたんだが、コルビーは発見しにくいものにしろと言い張った。たぶん、あんたに見つけてほしかったんだろうな。そして、最初に行った現場であんたは期待に応えた。さすがだよ」

「あなたにほめられたくない」

「だが、おれは頭をなでてやりたい気分だよ。あんたのおかげでゲームは最高に楽しくなった。だが、あんたもおれをほめてくれないとな。さあ、おれがいかにうまくやったかは説明した。ほかに知りたいことがあるか?」

「ひとつだけ。これから何をするの?」

「わからないのか?　あんたはもう推測しているはずだ、ケンドラ」男はしばらく間を置いて、ささやいた。「いまからおれがコルビーの作品を仕上げるのさ」

15

ラグーナ山

「こっちに来てくれ、リンチ」グリフィンが言った。「ヘリコプターのそばだ。見せたいものがある」

「十分くれ。西区域の捜索隊からの報告を待っているんだ」

「いますぐ来い。そんな猶予はない」電話が切れた。くそ。

リンチはためらわなかった。グリフィンの声音が気に入らない。四分後、リンチは森を出て、ヘリコプターに足早に近づいた。グリフィンとメトカーフがいる。「緊急事態か?」

「ディリンハムの描いた似顔絵がリードから送られてきた。ケンドラに頼まれていたものだそうだ。何か聞いているか?」

「ああ。変装前のマイアットの顔を描いてみるよう依頼したらしい」

「それをやってのけたんだ」グリフィンはノートパソコンを手渡した。「見てみろ」

リンチはパソコンを握りしめた。「これはボビー・チャッツワースじゃないか」

「そっくりだろう」

「信じられない」

メトカーフがスケッチに目をやった。「リードによると、ディリンハムは以前にチャッツワースを見たことはないそうです。純粋に変装をといた状態を想像して描いた、と」

「すごいな」リンチはつぶやいた。

「リードがチャッツワースのプロデューサーと連絡をとったところ、クルーはけさイギリスに発《た》ったそうです――チャッツワース以外は。やつはまだこちらにいます」

リンチは切迫した口調で言った。「ケンドラには連絡したか？」

グリフィンはメトカーフと目を見交わした。「すぐに戻れと言ったのはそのためだ。ケンドラが電話に出ない」

「なんだって」

「病院にもいません」メトカーフが言った。

リンチはゆっくりと尋ねた。「それなら、いったいどこにいるんだ」

「誰にもわかりません」

「白々しいことを言うな。ケンドラはチャッツワースの手に落ちたんだ」言葉にしたことで、その事実が重く胸にのしかかった。「やつを見つける手立ては考えているのか。チャッツワースは自分の携帯電話を持っているはずだ。われわれが照準を定めたことを知らなければ、まだ手もとに置いているだろう。探知ははじめているのか？」

「リードがすでに開始している。じきに突き止められるだろう」

「じきに？」リンチは悪態をつき、燃え落ちた別荘のほうへ歩き出した。

「どこに行く？」グリフィンが背後から叫んだ。

「ネルソンの車を使う」

「行き先は？」

「まずは病院に向かう。ほかに行く当てが見つかれば話は別だが」リンチは振り返り、冷ややかな声で言った。「急いでやつの携帯電話のありかを突き止めたほうがいい。さもないと、怒りの矛先がチャッツワースではなくそちらに向きかねないぞ、グリフィン」

カリフォルニア州　リバーサイド郡
ジュロッパ山

静かだ。何も聞こえない。

チャッツワースがエンジンを切ると、いっさいの音が消えた。車は十五分ほど前から舗装道路を離れ、わずかに傾斜した道をのぼりはじめた。かすかな松のにおいが車内に漂ってきて、砂漠に向かっているのではないかという予想を覆した。

チャッツワースが車を降り、後部座席のドアを開けた。シートを剥ぎ、ケンドラの上着の襟をつかんで引きずり出す。夜ながら、満月の青みがかった光が周囲を照らしていた。

チャッツワースが足首のロープを切った。「ここがどこかわかるか?」

ケンドラは心を落ち着けようとしながらあたりを見まわした。そこは丘の上で、近くに森が見える。「知っているはずの場所なの?」

「そのうち思い出すだろう。あんたがかつて手柄を立てた場所だ」チャッツワースは長いナイフで、ある方向を指し示した。「だが、正確にはここじゃない。もっと先だ。ついてこい。あんたに見せるのが待ちきれないよ」

「悪い知らせだ」リンチが電話に出るなり、グリフィンが言った。「チャッツワースの携帯がネットワークから消えた」

あわてるな。「まったく位置がつかめないのか?」

「三十分以上、どの基地局も電波を受信していない。電話機が壊れたか、バッテリーを抜いたかだ。探知されるのを恐れているのかもしれない」

リンチは路肩に車を停《と》め、タブレット端末に表示された地図をにらんだ。「やつはリバーサイド郡に向かっていたように見えるな。あるいは、サンバーナーディーノか」

からない」

「範囲が広すぎる」

「いや……ケンドラの過去の事件ボードを思い出してみろ」

「何か思いついたのか」

リンチはまた地図をじっと見た。「ケンドラがどこに連れていかれたのか、わかった気がする。グリフィン、ヘリを飛ばしてくれ。至急だ。ぼくは近くにいるが、間に合うかわからない」

「もっと速く歩け」チャッツワースに小突かれて、ケンドラは足をもつれさせた。まだ手は背中で縛られている。車のなかでなんとかロープに傷をつけることはできたが、なかなか作業がはかどらず、結局途中までしか切れなかった。いますぐにロープを引きちぎって行動に出たかったが、タイミングを誤れば悲惨な運命が待っている。もしロープがちぎれなかったら、二度めのチャンスはない。

「教えてくれ、ケンドラ。さっきの病院でのことだ……あんたは急におれの正体に気づいただろう。何がきっかけだったんだ?」

「あなたの指よ」

チャッツワースは手を持ちあげた。「指?」

「ええ。右手の指に小さなあざがいくつかある。あなたがナイトクラブで殺したダニカ・

ビールは、手袋をした犯人の右手を噛《か》んだ。前歯に茶色の革の切れ端がついていたのよ。このあたりに手袋をする人はあまりいないし、万一のために持ち歩く人はもっと少ない。茶色の革手袋となればなおさら数はかぎられる。でも、あなたの国ではもっと一般的なんじゃないかしら。上着のポケットから、茶色の革手袋がはみ出ているのが見えたわ」

　チャッツワースは微笑《ほほえ》んだ。「すばらしい」

「それに、病院の駐車場には車が四台しかなかった。三台は窓が結露していたから、しばらくそこに停まっていたのは明らかだった。結露していなかったのがあなたの車の可能性が高い。そして、その車はインフィニティのＳＵＶだった。先日コリーン・ハーヴェイの家で車が走り去る音を聞いたけれど、そのエンジンの音はまさしくインフィニティのものだった」

「あんたは期待を裏切らないな」チャッツワースは足を止め、ケンドラの腕をつかんだ。「ここだ」丘の麓を指さす。そこには、打ち捨てられ、水の溜《た》まった採石場が広がっていた。下へと掘り進められてできた壁が、まっすぐ垂直に切り立っている。「思い出したか？」

　ケンドラは鋭く息をのんだ。「ジュロッパ採石場。マリー・デルガド」そう言って首をまわす。「そしてあの木立は……」

「そう、バートン・マクネアが最後の被害者を吊《つ》るそうとした場所だ。マクネアはほかにも三人を殺してこの森に吊るした。保安官助手だったマクネアが、一年前に父親を殺した場所から北、南、東にそれぞれ同じだけ離れたところに。そして、この西の地点であんたは、マクネアがマリー・デルガドを殺して仕上げをするのを阻止した」チャッツワースはにやりとした。「今夜あんたは、おれがマクネアの代わりに作品を仕上げるのを手伝うんだ。やつよりもっと洗練された方法で仕上げるのを」

「わたしを殺してあの木のどれかに吊るすのね」

「わかってくれると思っていたよ」

「わかるに決まってるでしょう」この男をしゃべらせつづけなくては。ケンドラはロープをこすり合わせ、そっと引っ張った。

「おれが過去の事件を再現するのを見て、あんたは考えたはずだ。最後はどうなるのかを。最後の作品ではあんたを被害者役に据える。これがおれの交響曲の締めくくりだ」

そして、チャッツワースはこの交響曲を華々しいクレシェンドで終わらせようとしている。

もう時間がない。いますぐ行動を起こさなくては。

チャッツワースはナイフを構え、一歩前に出た。「残念だよ、ケンドラ。あんたほど楽しい相手はいなかった。あんたは特別だったよ」

ケンドラはうつむき、肩に力をこめてロープを引きちぎる準備をした。

チャッツワースはうなずいた。「あんたにはあいにくだが、ときに歴史は塗り替えられるのさ」

「ときに歴史は繰り返すのよ」

ロープがちぎれた。

すかさず前に飛び出し、ケンドラは骨の刃をチャッツワースの腹に繰り出した。

チャッツワースがナイフでなぎ払う。ケンドラは身をかがめ、背中の真ん中めがけて刃を突いた。しかし、チャッツワースがとっさに身をかわし、刃は斜めに食いこんだ。

深さが足りない。これでは足りない。

とはいえ、痛みを与えるにはじゅうぶんだった。チャッツワースは苦痛にうめき、刃を抜こうとむなしくあがいた。

ケンドラは走って数メートル遠ざかり、振り返った。「大きな刃ではないけれど、致命傷になるわ」

チャッツワースは胴を探り、信じられないという表情で、月明かりに照らされた血まみれの手を見つめた。そして、ケンドラをにらみつけた。「これで勝ったと思ってるのか?」

ケンドラはあとずさりつづけた。「これはゲームじゃない」

チャッツワースは上着のポケットに手を入れ、銃を取り出した。しまった。

ケンドラは森へと駆け出した。銃声が二発響いた。

道らしきものを避け、森の奥へと走る。後ろから足音が追ってきて、葉のこすれる音や枝の折れる音が聞こえた。

また銃声が一発。頭上で枝が吹き飛んだ。すばやく体の向きを変え、地面に身を投げ出して、転がりながらゆるい斜面を数メートルくだった。背中に刃が刺さっているのに、チャッツワースの速度はほとんど落ちていない。

ケンドラは体をこわばらせ、息を詰めた。

チャッツワースはどこか後方で足を止めているらしい。こちらが動いて居場所を明かすのを待っている。

こちらが愚かな真似《まね》をするのを待っている。

一分がたった。そして二分。

そよ風が吹き渡り、梢《こずえ》を揺らした。物音を聞かれずに斜面をくだるチャンスだ。けれども、向こうにとっても気づかれずに忍びよるチャンスになる。

ケンドラは低い姿勢でさらに丘をくだり、明るい月光を避けて木陰を進んだ。

もうすぐ木立が切れる。まずい。開けた場所では敵からまる見えだ。ケンドラは採石場のへりに来ていた。花崗岩《かこうがん》の底から十メートルは高い場所にいる。底には水が溜まっているが、水深が五メートルなのか三十センチなのかわからない。

斜面の上を振り返る。

まだ待ち伏せしているのだろうか。

ケンドラはゆっくりと音をたてないように斜面を引き返した。風に合わせて歩を進める。

「ケンドラ！」

大きな足音。茂みの枝が折れる音。

近づいてくる。

ケンドラは走り出した。

ところが、何かが足首に当たり、体が宙を舞った。地面に激しく倒れこむ。

横に転がり、足がとられたものを見た。

ロープだ。六メートルほどのロープが木のあいだにぴんと張ってある。

チャッツワースのロープにちがいない。

跳ね起きた瞬間、別のロープが首に巻きついた。

息ができない。

耳もとでチャッツワースがささやいた。「おれの交響曲を台なしにはさせないよ、ケンドラ。これまで手間暇かけてきたんだ」ロープを締める手に力がこもる。

目が飛び出し、舌がふくれるのをケンドラは感じた。森の地面に、ふたりが踊る死のダンスの影が落ちている。かすむ視界に、男の背中から突き出た刃の影がかろうじて映った。

深さが足りない。これでは足りない。

ケンドラは歯を食いしばり、残る力を振り絞って体を後ろに投げ出した。男もろとも地面に倒れこむ。

刃が地面に当たり、チャッツワースの背中に深く食いこんだ。

うめき声があがり、男の手から力が抜けた。

ケンドラは横に転がってすばやく立ちあがった。息を弾ませながら、チャッツワースを見おろす。傷口から血があふれ出るのが見えた。胸から曲がった刃の先端をのぞかせて、チャッツワースは痛みに身をよじった。「抜いて……くれ」

「お断りよ。その刃はスティーヴィー・ウォーラックの父親からの贈り物なの。ほんとうはあなたのヒーローであるコルビーのためのものだけど、あなたに使ってもウォーラックは喜んでくれると思うわ。驚くほど薄くて軽い刃だから、ざっと体を検《あらた》めただけでは見逃してもしかたがないわ」ケンドラは辛辣な口調で言った。「あるいは、スティーヴィーが少し力を貸してくれたのかも。どう思う？」

チャッツワースはぎらつく目を見開き、憎々しげにケンドラをにらんだ。「このあばずれ、まだ自分が勝ったと思ってるのか？　おれはあんたとは比べものにならないほど頭がいいんだ。おれたちはずっと上手《うわて》なんだよ。これは最初の闘いにすぎない」

「あなたは死んだも同然よ」ケンドラは冷ややかにチャッツワースを見おろした。「闘いはこれで終わり。頭がいいですって？　しょせん、あなたより少しだけ頭のまわる悪党に入れ知恵されただけの、お粗末な人殺しじゃないの。コルビーはあなたを利用して、人生の最後の数カ月を楽しんだ。コルビーが糸を引き、あなたは踊っていただけなのよ」

「ちがう！」チャッツワースは頬を紅潮させた。「おれはコルビーの腹心だったんだ。兄弟のようなものだった。コルビーは言っていたよ、おれは彼の目であり、手であり、剣だ、と」激しい咳《せき》とともに、口の端から血がひと筋流れ出た。「おれは頼まれたことをすべてやった。そう、ほぼすべてを。コルビーはいつもあんたとあの峡谷のことを話していた。いつも……峡谷のことを。あんたの始末はできなかったが、それはおれのせいじゃない。だがこれでいいんだ……ときどき、あんたを手にかけるのがおれだということをコルビーは喜んでいないような気がしてたから。コルビーは自分のことをモリアーティと呼んでいた。あんたの……モリアーティだと」

「シャーロック・ホームズの宿敵の？　ばかばかしい。わたしはシャーロックではないし、コルビーはモリアーティのような頭脳など持ち合わせていない。サン・クエンティンの処刑台で死んだ、ただの人殺しよ。あなたも、コルビーに最後の貢ぎ物をしようとさえしなければ、あの男と同じ末路をたどっていた。わたしの大切な人たちに手出しをするべきじゃなかったのよ。わたしにもね」

「もう少しで……うまくいったのに」まぶたが閉じはじめた。「おれが怖がってると思うか？　怖くなんてない。コルビーが言っていた。おれたちは恐怖を超越していると。おれたちは……特別なんだ。おれは……これを乗り越えられる。コルビーのように」

「死は乗り越えられない。あなたは死ぬのよ、チャッツワース」

「ちがう。あんたは自分を賢いと思ってるが、おれのことは何もわかってない……コルビーのことも」

「目を開けてわたしを見るのよ」ケンドラは言った。「わたしがまちがっていないことがわかるはず。これで終わりだと認めなさい。あなたは地獄に堕《お》ちて、それはけっして止められない。さあ、目を開けるのよ」

チャッツワースはゆっくりとまぶたを持ちあげた。

「そうよ。わたしを見なさい」ケンドラは厳しい声で言った。「コルビーの命令で殺した人たちのことを考えるのよ。彼らのために、あなたは永遠に火で焼かれるの」

これで言いたいことはすべて言った。一瞬、チャッツワースの目に恐怖がよぎったように見えた。しかし、ふたたび憎悪が浮かんだ。「終わり？　あんたはけっして……絶対に……」男は咳《せ》きこみ、あえいだ。「こっちに……来い。聞け……よく聞くんだ」

ケンドラは身を乗り出し、数センチの距離まで顔を近づけた。「聞こえるわよ、チャッツワース。何を言いたいの？」

「これ……だけだ」目を爛々《らんらん》と光らせながら、チャッツワースはささやいた。「テトロド……トキシン」目が閉じていく。「メレオール……」

チャッツワースは事切れた。

ケンドラは凍りつき、身動きもせずに男を見つめた。

テトロドトキシン？

ゆっくりと上体を起こす。

「ケンドラ？」かろうじて振り返ると、すぐそばにリンチがひざまずいていた。「無事でよかった。車を走らせていたら銃声が聞こえたんだ。撃たれたのか？」

「いいえ」ケンドラは唇を湿らせた。「あの男を殺したの。でも……」

「ショックを受けているな」リンチはケンドラを胸に引きよせた。「震えているぞ」

「ええ。寒い。心の底まで冷えきっている……」

「あの男を殺したからか？　やつは死んで当然だ」

「そうね」

「さあ、ここにいてはいけない。車に戻ろう。グリフィンに連絡しておいた。ヘリでチームがこちらに向かっている。すべて終わったんだよ、ケンドラ」

「ほんとうに？」ケンドラはまだチャッツワースの顔を見つめていた。「チャッツワースはそう思っていなかった。そしてわたしも確信が――」頭をめまぐるしく回転させせながら、身をかがめてチャッツワースのポケットを探る。

「何をしているんだ」リンチは尋ねた。「何を探している？」

「わからない。何もないのかもしれない」財布が見つかった。運転免許証と現金しか入っていない。ケンドラは財布を置き、立ちあがった。「もしかしたら車に――」

丘の上に停めてあるチャッツワースのＳＵＶへと駆け戻る。

「いったいどうしたんだ」リンチがあとを追ってきた。

ケンドラは運転席に座った。座席からｉＰａｄを取りあげ、メニューを表示する。「わたしはメモを調べる。あなたはグローブボックスを調べて」

「何を探すんだ？」

「情報よ」

「どんな？」

「さあ」

「上等だ」リンチはグローブボックスを開け、なかを調べはじめた。「あるのはレシートが何枚かと、手袋……」奥を探る。「あとは……」小さなリング閉じのメモ帳が出てきた。

「これかな？」

ケンドラはそれをしばらく見つめ、慎重に受けとった。「そうかもしれない」表紙をめくる。「住所がたくさん……」ふいに、吐き気がこみあげた。「ディーンの住所もあるわ」ページをめくると、さらにいくつかの名前や場所が出てきた。〈ゴー・ニュークリアー・

ダンスクラブ〉や、ケンドラ自身の住所……。

さらに先をめくる。

テトロドトキシン。

その単語が目に飛びこんできた。

下には、また別の名前と住所が書いてある。

ケンドラは猛然とほかのページをめくった。何もない。あとは白紙だ。

「探していたものが見つかったのか?」リンチが尋ねた。

「ええ、たぶん。じゅうぶんではないかもしれないけれど。少し時間をちょうだい、よく考えてみないと」ケンドラは目を閉じた。すべての点を結びつけ、ひとつながりにする。

ありえない。そんなことができるはずがない。

「そろそろ説明してもらえないか」リンチが静かに言った。

ケンドラは目を開いた。「いっしょに来て」そして、車からすばやく降りた。「でなければ、あなたの車のキーを貸して。どっちでもかまわない」

「行くよ。ネルソンの車だが」リンチはケンドラを車まで案内した。「どこに行くんだ」

「道はわかっているから、わたしが運転したほうが早い」ケンドラは手を差し出した。

「お願い、説明している暇はないの。いまは」

リンチはじっとケンドラを見つめ、手のひらにキーを落とした。「賢明な判断とは思えないがな。きみは運転できる状態に見えない」
「同感よ」ケンドラは運転席に乗りこんだ。「乗って、リンチ。行かなくては」
「なぜ急ぐんだ?」
「乗って」エンジンがうなりをあげた。「確かめなくてはならないのよ……」

コーチェラ・ヴァレー

ケンドラがブレーキを踏むと、横滑りして車が停まった。ハンドルを握りしめたまま、暗闇を見つめる。

恐怖。

死。

息が詰まり、苦しくなった。

「ここがどこか訊《き》いてもいいか」リンチが言った。「ここに何があるんだ?」

「地獄よ」ケンドラは声を震わせた。「ここは地獄なの」

「地獄?」リンチは考えこむように崖や落ちくぼんだ谷を見まわした。「誰にもそれぞれの地獄がある。ここは昔遺体が見つかった場所だな。きみがコルビーをつかまえた場所」

「そうよ」ケンドラは峡谷から目を離せなかった。「とっくに遺体は運び出されている。それなのに、どうしてまだあのにおいがするのかしら」動かなくては。いつまでもここに座っているわけにはいかない。ケンドラは車を降りた。

さあ、やるのよ。

震える指で携帯電話のキーを押し、目的のサイトを表示して下部にスクロールする。

名前を見つけるのよ。

名前を。

名前を。

半分ほど行ったところで、その名前を見つけた。

息ができない。吐き気がした。

「さあ、説明してくれ。ぼくも心配する以外に何かをしたい」リンチが背後に立った。

ケンドラはぎこちなくうなずいた。「名前を探してたの、チャッツワースのメモ帳に書いてあった名前を。いま……見つけたわ」

「どこで?」

「サン・クエンティンの職員名簿よ」ケンドラは電話をかけはじめた。「でも――信じられないの。サラサール所長に電話しなくては」

三回めの呼び出し音でサラサールが出た。眠そうな声が聞こえた。「こんなに早くまた話をすることになるとは思いませんでしたよ、ドクター・マイケルズ。それも夜のこんな時間に。何かお役に立てることがありますか」

「ええ。刑務所のスタッフについて知りたいんです。エドワード・プラルゴ。彼にはマリアという名前の奥さんか娘さんがいますか」

「いますよ。マリアは彼の妻です」サラサールはとまどったように言った。「話をしたいんですか？　電話番号は教えられますが、いまはつかまらないと思いますよ。彼とマリアはけさから休暇をとっていて、たしかハワイに行っているはずです。休養が必要だと言うのでね」物憂げに付け加える。「まあ、無理もありません。いやな仕事のあとですから」

「電話番号を教えてください」ケンドラは手早くそれを書き留めた。「ありがとう」

「住所もいりますか」

「いえ、住所は知っています」ケンドラは電話を切り、聞いた番号にすぐさまかけた。

出ない。

留守番電話も応答しない。

「電話機が死んでるんだわ」ケンドラは言い、電話を切った。「たぶんプラルゴと、奥さんのマリアも」

「プラルゴというのは誰だ」

「ドクター・エドワード・プラルゴ。コルビーの処刑に立ち会った医師よ。彼の名前がチャッツワースのメモにあったのは偶然じゃない。何か指示を受けていたのよ」

「処刑を担当する医師を殺すようコルビーが命じたというのか？　復讐《ふくしゅう》か何かで」

ケンドラは答えなかった。もう一度インターネットで情報を検索する。まちがいがあってはならない。

テトロドトキシン。

あった。詳しい説明が書かれている。

内容をじっくりと読んで、ゆっくりと画面を閉じた。「復讐じゃない。プラルゴは目的を達成するための道具だったのよ」

「目的？」

ケンドラは顔をあげ、谷に目をやった。「コルビーはまだ生きてるのよ、リンチ」

リンチは黙りこみ、身を固くした。

「まさか」しばらくして口を開く。「ありえない。何重にもチェックしているんだ。サラサール自身も死体を確認している」

「でも、生きてるのよ。チャッツワースが死ぬ前にふたつの言葉を言ったの。ひとつはメレオール。もうひとつがテトロドトキシンよ」

「メレオールは勝利という意味だろう。もうひとつは？」

「チャッツワースとコルビーが勝ったと考えていた理由よ。テトロドトキシンは、ロミオの秘薬とも呼ばれる物質なの。ロミオが仮死状態になるために使った薬になぞらえているのよ。フグに含まれている毒で、ブードゥー教の祈祷師《きとうし》がゾンビ化の儀式に使うことでも知られている。心拍数と体温をさげて人工的な昏睡《こんすい》状態を作り出すの。検査をしないかぎり、まるで死んでいるように見える。でも、適切に投与しなければ、横隔膜が麻痺《まひ》してほんとうに死んでしまう危険がある」ケンドラは唾をのみこんだ。「コルビーは処刑室で死ぬつもりなんてなかったのよ。マイアットに抜け道を作らせたの」

「プラルゴか」

「彼は薬剤の投与と死亡確認を任されていた。彼が薬をすり替えたのよ。あとはテトロドトキシンがやってくれる」

「すべて憶測だろう」

「プラルゴを見つけるまではね。難しいかもしれないけれど。たぶん、マリア・プラルゴがチャッツワースに誘拐されて、プラルゴはコルビーの要求をのまざるをえなくなったのよ。偽の処刑のあと、プラルゴは証拠をすべて片づけて、妻を取り戻すために引き渡し場所に向かった」ケンドラは頭を振った。「妻を救おうと必死だったんでしょうね」

「ふたりとも殺されたと考えているのか？」

ケンドラはうなずいた。「チャッツワースには、ディーンを殺したあとにサン・クエンティンに飛んでプラルゴと妻を始末する時間があった。きっとふたりは見つからない。コルビーは、自分が死んでいないことを誰にも知られないようにしろと命じたはずだから」

ケンドラは苦い笑みを浮かべた。「そして、チャッツワースは常に忠実だった」

「コルビーの死体は？」

「たぶん火葬にされているでしょう。サラサールに確認してみたら？」

「そうしよう」リンチは数歩離れ、電話をかけはじめた。

ケンドラは電話の内容にはかまわず、谷を渡る風の音を聞き、数メートル先に口を開けている谷を見つめた。

ここにいるの？　コルビー。

「すぐに火葬にされたそうだ」リンチが戻ってきた。「灰はけさ早くにオレゴンの沖で太平洋に撒《ま》かれた」

「チャッツワースが死体とすり替えたのよ。葬儀業者も不幸な事故に遭うかもしれない」

「だが、チャッツワースはもう死んでいる」

「つまり、コルビーが汚れ仕事を引き継ぐしかないということよ」ケンドラは身震いした。

「しかもチャッツワースよりもずっと腕が立つ」

「証拠はない。グリフィンならきっと、ストレスによる妄想だと言うだろう」

「あなたはどう思うの？」

「きみはぼくが知るいちばん聡明《そうめい》な女性だ。だが、きみがまちがっていることを祈るよ」

「わたしもよ。でも、そんな幸運には恵まれない気がする」ケンドラは谷に歩みよった。

崖の縁には大きな石がたくさん落ちている。そのなかに、血まみれの石が見つかるような気がした。コルビーの血にまみれた石が。ばかな。そんなことはありえない。かがみこんで大ぶりな黒い石を拾いあげ、じっと見た。もちろん血はついていない。

いまはまだ。それは次のひと幕、次の物語だ。

目を閉じ、耳を澄ました。あれは……風の音？　それとも何か別の音？

「ケンドラ」リンチの手が肩に置かれた。「なぜここに来たんだ？　なぜこの荒れ果てた場所に来た？」

「来たかったわけじゃない」ケンドラは目を開けた。「でも、チャッツワースが言っていた。コルビーがいつも話していたのはわたしのこと……そして峡谷のことだったと。それに、スカイプで話したときも、コルビーは峡谷のことを言っていた。重要なことだと」

「それで、コルビーがここにいるかもしれないと思ったのか」

「さあ。あれはわたしに対するひねくれたメッセージだったのかもしれない。実際、コルビーに州を縦断する時間はなかったはずだわ。テトロドトキシンは影響が長く残ることが多いの。しばらくは起きあがることもできない。理性的に考えていれば、パニックに陥ってここに来ることはなかったかもしれない」

「だが、パニックになった」

「コルビーはほかの誰ともちがう」ケンドラは崖の縁にさらに近づいた。「あの男は人の姿をした悪魔よ。弱った体に鞭打《むちう》って、わたしを苦しめるためにここまで来かねない」

あの音……。

あれは風だ。風のはずだ。

けれどもその風は、コルビーのにおいを――この忌まわしい峡谷で行われた殺人と死のにおいを運んできた。

「やつはここにはいない」リンチは言った。「きみはこの数日、大変な思いをしてきた。こんなふうに苦しんでいる姿は見たくない。家に帰ろう、ケンドラ」

ケンドラはうなずいた。「もう少ししたら」

「いますぐだ」リンチはケンドラの肩をつかんで、自分のほうを向かせた。「もしコルビーがきみをここに来させたがっていたのなら、物憂げにここにたたずんで、あの男を喜ばせてやることはない」両手でケンドラの頬を包み、目をのぞきこむ。「ほうっておけ。またやつを追うときが来たら、生きたまま皮を剥いでやろう。どうだ？」

「ずいぶん……野蛮ね」けれども、その猛々《たけだけ》しさに、ケンドラはぬくもりと心強さを感じた。わたしはひとりではない。コルビーがどこかにいるのだとしても、自分ひとりで対峙《たいじ》せずにすむ。ケンドラは石を地面に落とした。「でも納得だわ。あなたがいつも敵に身構えているのは――」

「もういい」リンチは荒々しくキスをした。「ぼくが何を望んで何を望まないか、分析はもうたくさんだ。素直に受け入れるか、離れるか、どちらか選べ」ふたたびキスをし、彼はケンドラを谷から引き離した。「だが、いずれにせよ、ぼくはきみを追いかけることになりそうだ。さあ、家に帰るか？」

「あれはあなたの家よ。わたしのじゃない」

「訂正する。コルビーがぼくたちどちらにとっても脅威でなくなるまで、ぼくから数メートル以上離れるな。離れたら何が起こったか思い出してみろ。前にきみを守ると言ったが、遠く離れていたらそんなことはできない」

わたしもそばを離れたくない。いまはまだ。彼のぬくもりとユーモアと強さが必要だ。これからわたしたちがどうなるのかはわからないけれども、リンチはこの嵐のなかで、わたしの錨《いかり》になってくれる。「そうね……もう少しあなたのところにいてもいいかもしれない。ずっというわけではないんだから」

「そうかな？」リンチはかすかに微笑んだ。「どうなるか見てみようじゃないか」そして、一歩さがり、先ほどケンドラが捨てた石を拾った。「きみにこれは必要ない」リンチは振りかぶり、石を思いきり遠くに投げた。谷底に石が当たる音が聞こえた。「時が来たら、もっと強力な武器を見つけてやる」

「自分で見つけるわ」ケンドラはリンチから離れ、もう一度崖に近づいた。

まだ風がうなりをあげている。

まだ死があたりを漂っている。

けっして消えることのない恐ろしい記憶も。

そして、あの怪物が忍びよってくる恐怖も。

先ほどと同じように、すべてまだそこにある。

けれども、いまは何もかもが変わっていた。自分自身が変わった。これまでコルビーに与えられた衝撃に心がすくんでいたけれども、リンチのおかげで正気に戻れた。

コルビーが胸に刻んだ言葉が脳裏によみがえった。

メレオール？

冗談じゃないわ、コルビー。

勝つのはわたし。

ケンドラは体の向きを変え、リンチのもとに戻った。

「終わったか？」

「いいえ、終わってはいない」ケンドラは背伸びをし、リンチにすばやくキスをした。どうしてキスしていけない？　そうしたかったし、しばらくリンチに主導権を握られすぎていた。この関係がどうなるにせよ、受け身のままでいるつもりはない。ケンドラは車に向かって一歩踏みだした。「見ていて。わたしは、いまはじまったばかりよ」

訳者あとがき

ロマンティック・サスペンスの名手アイリス・ジョハンセンとその息子ロイ・ジョハンセンによる、ケンドラ・マイケルズシリーズ第二作『見えない求愛者』をお届けします。

本シリーズのヒロイン、ケンドラ・マイケルズは、生まれつき目が不自由だったものの、二十歳のときに視力を取り戻したという特殊な生い立ちを持つ女性です。目が不自由だった時代に発達した聴覚や嗅覚、そして新たに手に入れた視覚によって驚異的な洞察力を発揮するケンドラは、各種捜査機関に協力し、これまで数々の難事件を解決してきました。

今回の物語がはじまるのは前作『暗闇はささやく』から一年後。フリーランスの工作員アダム・リンチと組んでFBIに協力し、連続殺人事件を解決に導いたものの、捜査の過程でつらい思いをすることになったケンドラ。以来、法執行機関とは距離を置き、本業である音楽療法の分野で精力的に働く日々を送っていました。ところがある日、一年ぶりにリンチがケンドラの前に現れ、ふたたびFBIに協力してほしいと依頼してきます。過去のさまざまな殺人事件の手口を模倣した連続殺人がサンディエゴで起こっており、その模倣された一連の事件に、あるつながりが見つかったというのです。すべてケンドラが捜査にかかわった事件であるというつながりが……。

本作では、ケンドラの宿敵といえる人物が登場します。前作ではシャーロック・ホームズばりの観察力が冴《さ》えわたり、次々と手がかりを見つけ出して敵を追いつめたケンドラですが、今回はケンドラの能力を見越して利用してくる相手に翻弄され、苦しむことになります。〝なんの手がかりもないまっさらな壁が立ちはだかっている〟ような不安と恐怖にさらされるケンドラと、彼女を支えようとするリンチ。不穏でスリリングな物語が展開されます。

ケンドラとリンチの関係の変化も読みどころです。ケンドラは母親の勧めでブラインドデートをしているし、リンチには美人モデルの恋人がいる模様。リンチの新たな一面も垣《かい》間《ま》見え、惹《ひ》かれ合いながらも距離をとるふたりが今後どうなっていくのか注目です。

最後に、カリフォルニア州の死刑制度について。作中に〝死刑廃止の住民投票が行われれば廃止の可能性は高くなる〟という記述がありますが（本作の発表は二〇一四年）、トランプ氏が勝利した二〇一六年十一月の大統領選と同日に、カリフォルニア州では死刑廃止の是非を問う住民投票が行われました。結果は反対票が約五十三%となり、死刑制度存続が決定されました。オクラホマ、ネブラスカの二州でも同様の住民投票が行われ、いずれも死刑存続または復活の結果となったとのことで、議論を呼んでいるそうです。

本国では、続編としてこのあと The Naked Eye（2015）、Night Watch（2016）の二作品が発表されています。

二〇一七年四月

瀬野莉子

訳者　瀬野莉子
お茶の水女子大学卒業。ＳＥなどの職を経て翻訳者の道へ。主な訳書にアイリス・ジョハンセン／ロイ・ジョハンセン『暗闇はささやく』（ＭＩＲＡ文庫）があるほか、シリーズロマンスの訳書多数。

☆　☆　☆

見えない求愛者
2017年4月15日発行　第1刷

著　　者／アイリス・ジョハンセン／ロイ・ジョハンセン
訳　　者／瀬野莉子（せの　りこ）
発 行 人／スティーブン・マイルズ
発 行 所／株式会社ハーパーコリンズ・ジャパン
東京都千代田区外神田 3-16-8
電話／03-5295-8091（営業）
0570-008091（読者サービス係）
印刷・製本／大日本印刷株式会社
装 幀 者／中尾　悠

ISBN978-4-596-91711-9